大学生朋辈心理辅导

王冰蔚　杨宾峰　王永铎　主编

清华大学出版社

北　京

内 容 简 介

　　本书详细介绍了心理咨询的含义、原则与一般过程，心理咨询的内容、类型和基本作用机制，朋辈心理辅导的基本理论、高校朋辈心理辅导员在心理健康教育中的作用，朋辈心理辅导员的角色与素质要求，朋辈心理辅导员的选拔、培养与考核，朋辈心理辅导关系的建立，朋辈班级团体辅导，心理危机的朋辈心理干预，自杀现场应急干预的注意事项，心理问题分类与症状识别等内容。

　　本书适合作为大学生辅导员的培训教材，也适合对朋辈心理辅导有兴趣的读者阅读。

图书在版编目(CIP)数据

大学生朋辈心理辅导/王冰蔚，杨宾峰，王永铎主编. --北京：清华大学出版社，2011.11
ISBN 978-7-302-27169-7

Ⅰ. ①大… Ⅱ. ①王… ②杨… ③王… Ⅲ. ①大学生—心理健康—健康教育—高等学校—教材 Ⅳ. ①B844.2

中国版本图书馆 CIP 数据核字(2011)第 215029 号

责任编辑：张彦青　　陈立静
装帧设计：杨玉兰
责任校对：周剑云
责任印制：李红英

出版发行：清华大学出版社　　　　　　　　地　　　址：北京清华大学学研大厦 A 座
　　　　　http://www.tup.com.cn　　　　　邮　　　编：100084
　　　　　社　总　机：010-62770175　　　邮　　　购：010-62786544
　　　　　投稿与读者服务：010-62776969，c-service@tup.tsinghua.edu.cn
　　　　　质量反馈：010-62772015，zhiliang@tup.tsinghua.edu.cn
印　刷　者：清华大学印刷厂
装　订　者：北京国马印刷厂
经　　销：全国新华书店
开　　本：185×230　印　张：13.5　字　数：288 千字
版　　次：2011 年 11 月第 1 版　　印　次：2011 年 11 月第 1 次印刷
印　　数：1～4000
定　　价：25.00 元

产品编号：044404-01

前　　言

教育部门的统计资料表明，20.33%～25.63%的大学在校生存在不同程度的心理问题、心理障碍或心理疾病，由此而引发的高校恶性事件也呈上升趋势。大学生的心理问题已经引起了教育部门与社会的高度关注，全国绝大多数高校都设立了心理健康教育机构。但目前高校从事心理健康教育工作的人员相对缺乏，专业心理咨询人员更少，无法满足高校心理健康教育的需求。而大学生这一群体又有着鲜明的个性特点，他们往往更倾向于向自己的同龄人倾诉问题和寻求帮助。因此，探索一条切实可行的学校心理健康教育的新途径，真正把心理健康教育深入到每个班级、宿舍和学生的心中，更好地满足大学生的心理需求，就成为高校心理健康教育亟待解决的问题。

同样的困境在 20 世纪 60 年代也曾经存在于美国的高校，他们解决这一问题的办法之一就是朋辈咨询。借鉴国外高校的经验，立足于发掘现有资源，充分发挥学生的能动性，开展朋辈心理辅导，就成为高校心理健康工作的一种现实的选择。

朋辈心理辅导是指年龄相当者对周围需要心理帮助的同学和朋友给予心理开导、安慰和支持，提供一种具有心理咨询功能的帮助，它可以理解为非专业心理工作者作为帮助者在从事一种类似于心理咨询(辅导)的帮助活动。因此，有时它被称为"准心理咨询(辅导)"或者"非专业心理咨询(辅导)"。朋辈心理辅导作为一种咨询方式在大学生心理健康教育中发挥了极大的作用：朋辈心理辅导是大学生心理发展的客观需求；朋辈心理辅导是学校专业心理辅导队伍的重要补充，可缓解目前专业人员不足的压力；朋辈心理辅导是高校心理卫生三级预防中的重要一环；朋辈心理辅导有助于提高大学生心理素质，形成互助友爱的良好氛围。

《大学生朋辈心理辅导》一书就是在这样的背景下，为了给高校朋辈心理辅导员提供培训和学习的参考，在广泛调研和图书参考的基础上，由河南科技学院大学生心理健康教育与指导中心的专兼职老师编写的。本书在写作过程中，参阅了大量的国外学术资料和我国最新的一些研究成果，力图介绍高校心理健康教育的新模式——朋辈心理辅导。同时，非常注重实用性，力求从大学生朋辈心理辅导员最关心、最能满足其需要的角度构思本书的章节和内容，注重理论联系实际，把朋辈心理辅导的理论运用到我国高校目前心理健康教育的现实工作中，力争把国外朋辈心理辅导的理论本土化。

本书由王冰蔚、杨宾峰、王永铎任主编，负责全书的编写方案、提纲设计和最后统稿工作；魏双锋、张高峰、高普梅任副主编，协助统稿和修改工作。王冰蔚、王永铎、魏双锋、张高峰、杨宾峰、王晶、朱黎娅、陈锋正、高普梅、刘朝锋、吴丹、王凤、冯岩负责各章节的编写。

本书在写作过程中，得到了河南科技学院心理健康教育与指导委员会、学生处、大学生心理健康教育与指导中心的各位专兼职老师的大力支持和帮助，在此表示衷心的感谢！

由于朋辈心理辅导工作在我国起步较晚，对其理论与实践操作环节的研究还很粗浅，尤其是朋辈心理辅导的具体形式和内容仍然处于探索中，加上编者自身研究水平有限，书中难免有不妥之处，敬请各位专家、同行和读者朋友批评指正。同时，也希望有更多有志于这方面工作的同行，共同来总结大学生朋辈心理辅导的经验，为完善大学生朋辈心理辅导的理论、内容、方法和模式，提供更多的研究成果。

编者

目　　录

第一章 什么是心理咨询——朋辈心理辅导员须知

学校心理健康教育可以通过不同的途径和形式来实施，心理咨询与辅导就是其中最重要的途径之一，不仅如此，心理咨询与辅导本身也是学校心理健康教育的重要组成部分。作为一项专业性、操作性很强的理论和技术，学校心理咨询与辅导的有效性，在很大程度上取决于其最基本的理论、方法和技术。初步了解这些，有助于提高学校心理健康教育的规范性和科学性。而要真正从根本上提高学校心理健康教育的效果，还必须进行系统而专业的教育与训练。

在本章中，将对心理咨询的含义、心理咨询的种类与形式、心理咨询的原则与一般过程、适宜咨询的对象进行探讨。

第一节 心理咨询的含义

一、心理咨询的定义

咨询(counselting)，在古汉语中，"咨"是商量的意思；"询"是询问，合起来就是与人协商、征求意见。英语的咨询含有协商、商讨、会谈、征求意见、寻求帮助、顾问、参谋、劝告、辅导等含义。"心理咨询"由英文 counseling 翻译而来。我国香港地区的学者们把它译为"心理咨询"。counselting 一词在英文中的原意为"咨询"，其用途是多种多样的，像"投资咨询"、"购物咨询"等，从事此类工作的人员主要是向他人提供必要的信息、建议，或进行必要的劝说。心理咨询是来访者就心理、精神方面存在的问题，找专业人员进行诉说、商讨和询问，以求解决问题的过程。在咨询人员的启发与帮助下，在良好的人际关系氛围中，使来访者的潜能得到发掘，从而找到产生心理问题的原因，辨明心理问题的性质，寻求摆脱心理困扰的条件和对策，达到恢复心理平衡、增强心理素质、提高适应能力、增进身心健康的目的。

关于心理咨询这一概念的界定，无论在国内还是国外尚无被大家公认的统一定义，但从有关心理咨询的著作中可以看到学者们对心理咨询这一活动在认识上的某些共识。

张人骏等在《咨询心理学》中对心理咨询提出如下定义："心理咨询是通过语言、文字等媒介，给咨询对象以帮助、启发和教育的过程。通过心理咨询可以使咨询对象的认识、情感和态度有所变化，解决其在学习、工作、生活、疾病康复等方面出现的心理问题，从而更好地适应环境，保持身心健康。"

钱铭怡在《心理咨询与心理治疗》一书中认为："心理咨询是通过人际关系，运用心理学方法，帮助来访者自强自立的过程。"她指出，对心理咨询的解释必须依据四点：第一，咨询的要素之一是人际关系，有良好的人际关系才可能达到帮助来访者的目的；第二，咨询是在心理学有关理论的指导下进行的活动；第三，咨询是一个过程，往往不是一次会谈就能解决问题；第四，咨询是帮助来访者自强自立，而不是包办解决来访者的各种问题。该书还提到了里斯于 1963 年对心理咨询所下的定义："咨询乃是通过人际关系而达到的一种帮助过程、教育过程和增长过程。"

我国学者王登峰等认为："心理咨询是运用心理学的知识、理论和技术，通过咨询员与求询者的协商、交谈和指导过程，提供可行性建议，针对正常人及轻度心理障碍者的各种适应和发展问题，帮助求询者进行探讨和研究，从而达到自强自立、增进健康水平和提高生活质量的目的。"

香港学者林孟平对心理咨询的定义是："咨询是一个过程，在这一过程中，一位受过专业训练的咨询员，与来访者建立一种具有治疗功能的关系，协助对方认识自己、接纳自己，进而欣赏自己，克服成长中的障碍，充分发挥个人的潜能，使之有丰富的发展。"

综上所述，我们给心理咨询如下定义：心理咨询是指咨询员运用心理学的有关理论与方法，通过特殊的人际关系，帮助来访者解决心理问题，增进身心健康，提高适应能力，促进个性发展与潜能发挥。

从以上的定义中可归纳出心理咨询应强调的几个基本要素。

第一，心理咨询解决的是来访者心理或精神方面存在的问题，而不是帮助他们处理生活中的具体问题。咨询员对此应加以解释并引导来访者把解决问题的着眼点集中于自己的心理问题，通过咨询，使消极情绪得到调整，以积极的态度面对生活中的实际问题。

第二，心理咨询不是一般的助人行为，它是运用心理学的知识、理论与方法从心理上为来访者提供帮助的活动。咨询员必须是经过专业训练的职业人员。心理咨询有特定的目的和任务，解决问题有专业的理论与方法。它是一种有目的有意识的职业行为，而不是人与人之间一般的社会交往。

第三，心理咨询强调良好的人际关系氛围。在来访者和咨询员之间必须有一定程度的相互理解和信任，来访者才愿意坦述自己的问题，接受咨询员的帮助。能否建立这种良好的关系，营造出相互信任的氛围，取决于咨询员的态度和技巧。咨询员与来访者之间的关系不同于社会生活中的朋友或其他人际关系，双方均不谋求发展咨询以外的关系。

第四，咨询是一种学习和成长的过程。这种学习和成长主要表现为人格或个性方面的成长。

第五，寻求心理咨询是基于来访者心理需要的自愿行为。只有来访者感到心理不适，产生寻求咨询的需要时，咨询才有意义。能主动找咨询人员坦述自己的难处、麻烦并探讨解决办法的人是有寻求帮助愿望的人。

小贴士

咨询不是说教，它是聆听；

咨询不是训示，它是接纳；

咨询不是教导，它是引导；

咨询不是控制，它是参与；

咨询不是探听，它是了解；

咨询不是制止，它是疏导；

咨询不是做作，它是真诚；

咨询不是改造，它是支持；

咨询不是解答，它是领悟；

咨询不是包办解决问题，它是协助成长；

咨询不是令人屈从，它是使人内心悦服。

二、心理咨询、心理辅导和心理治疗的区别与联系

心理咨询、心理辅导和心理治疗是三个在学校心理健康教育中经常会遇到的名词，它们有什么区别与联系？如何正确使用这三个概念？这是教育者比较关注的问题，同时也是专业人员和研究人员关注的问题，因为要区分这三个概念非常困难。

(一)心理辅导

辅导(guidance)，在古汉语里，"辅"是帮助、佐助、辅助的意思；"导"是指引、带领、传导、引导的意思。英语里辅导的含义和中文相同或一致，泛指有关专业人员对当事人的协助与服务。

心理辅导(psychological guidance)是学校教育者根据学生心理发展的特征与规律，在一种新型的建设性的人际关系中，有关专业人员，运用心理学等专业知识技能，设计与组织

各种教育性活动，以帮助学生形成良好的心理素质，充分发挥个人潜能，进一步提高心理健康水平的过程。

　　心理辅导这一词是港台学校心理健康教育活动中常用的概念，中国大陆过去使用得不是很普遍。近年来，有些学者开始使用这一词，但是其含义具有广泛性。多数情况下，心理辅导就是指心理健康教育，有时还可发现这两个概念通用。

(二)心理治疗

　　心理治疗在英语中有时被称为"心理治疗"(psychotherapy)，有时直接被称为"治疗"(therapy)。心理治疗的含义是指在良好治疗关系的基础上，由经过专业训练的治疗师运用心理学的有关理论和技术，对当事人进行帮助的过程，以消除和缓解当事人较严重的心理问题和障碍，促进人格向健康协调发展，恢复其心理健康。

　　精神病学家和临床心理学家都可以用心理治疗这个概念来描述自己的工作，而心理咨询师则不能，心理治疗与心理咨询有着不同的含义。相对于心理咨询，传统心理治疗具有以下特征。

(1)　心理治疗的对象都患有严重的心理疾病，而非正常人；

(2)　心理治疗更加重视来访者过去的经验，而不是现在的或当前的经验；

(3)　心理治疗更加强调领悟，而不是改变；

(4)　心理治疗要求治疗者藏匿，而不是显露自己的情感和价值观；

(5)　心理治疗要求治疗者扮演一种专家的角色，而不是与来访者建立平等的伙伴关系。

　　心理咨询与心理治疗是很接近的，因此有些学者根本不赞成对这两项工作进行区别。他们认为咨询中有治疗，治疗中有咨询，二者有许多相同或相似之处。

　　第一，心理咨询与心理治疗都强调在良好的人际关系氛围中，运用心理学方法解决心理或精神方面的问题。心理咨询与心理治疗在咨访关系、解决的问题及从业人员的要求等问题上都是一致的。

　　第二，心理咨询与心理治疗所遵循的理论和方法都是一致的。

　　第三，咨询和治疗所遵循的原则都是一致的。如理解、尊重、保密、疏导、促进成长等基本原则在这两种工作中都必须遵循。对从业者的工作态度、职业道德也有同样的要求。

　　从以上几点分析看来，心理咨询与心理治疗是同一性质的工作，很难对二者做出明确的区分。

　　也有一些学者认为，这两项工作在工作对象、所解决的问题等方面，在层次上是有区别的。这些区别如下。

第一，工作对象有别。咨询主要面对正常人在社会生活中产生的心理问题。心理治疗的主要对象是有心理疾病的人，如神经症、精神疾病、性心理障碍、行为障碍和身心疾病。咨询主要涉及意识层次的问题，治疗更多地与潜意识打交道。

第二，遵循的模式有别。在学校开设的面向来访者的心理咨询，在社会群体中面向青少年的心理咨询等这类咨询主要遵循发展与教育模式，其称谓是心理咨询。心理治疗遵循医疗模式。因为它是医疗工作的一个方面，工作任务是治病救人，机构一般设在医疗系统，其称谓是心理门诊。心理治疗法除个别会谈外，还可以配合其他治疗手段。

第三，工作任务的侧重面有别。心理咨询贴近生活，心理治疗贴近疾病。咨询任务的侧重面是预防心理疾病的发生；治疗任务的侧重面是对已经发生的心理疾病进行治疗补救，消除疾病，恢复正常。

第四，从业人员的来源有别。心理咨询的从业人员主要是心理学专业工作者和社会工作者；心理治疗的从业人员应有医学知识，特别是精神疾病方面的知识，因而心理治疗的从业人员多来自医疗队伍。

总之，心理咨询与心理治疗虽有上述区别，但这些区别都是非本质的。两者在许多方面交错、重叠、互有渗透，很难截然分开。咨询中有治疗的作用，治疗中也少不了咨询。这两种性质相似的工作，只是在某些侧重面和层次上有所区别而已。

(三)心理辅导、心理咨询与心理治疗的区别与联系

对人的心理问题的处理，目前大致有医学模式和教育模式，前者重视心理的治疗和重建，后者重视心理的预防和发展。按使用这两种模式因素的多少，可区分为心理辅导、心理咨询和心理治疗三个层次和类型。共同点都被认为是心理有问题者的一个学习过程，即通过学习来改变其不健康的心理和行为。所以三者都强调双方之间的合作和建立一种民主、平等、和谐的关系，但是三者之间在目的、手段、对象等方面又各有差异。

心理辅导的对象往往是处在转变或转折时期的普通学生，即他们的心理健康状况相对良好，关注对象的未来。心理干预的重点是预防，根本目标是为防止未来问题的发生提供知识性服务。

心理咨询是以遇到心理困惑或有强烈心理冲突与矛盾的正常人为对象，关注对象的现在。心理干预的重点是发展，根本目标是改善个体的心理机能，提高心理健康水平。

心理治疗是以心理健康水平较低或心理机能失调及心理上有障碍的疾患的个体为对象，关注对象的过去。心理干预的重点是矫治，根本目标是纠正与治疗个体心理与行为的失常问题，恢复其心理健康。

必须说明的是，上述的三个概念都是狭义的，而在实际开展学校心理健康教育的活动中，这三个概念的使用不仅有很大程度的交叉和重叠，而且多数时候都是在广泛意义上使用某个概念，如心理辅导，就可能包括所有的咨询、辅导和治疗在内。同样，使用心理咨询与心理治疗这两个概念往往也都是包括其他两个概念。之所以只使用其中某一个概念，可能是由于心理健康教育在对象、任务、内容、方法、手段等方面的侧重点不同而已。而现行较多统一的提法"心理健康教育"一词实际上也包括了上述三者，因为仅仅只使用三者中某一个概念来涵盖学校的心理健康教育是很不全面的。所以，学校使用心理健康教育这一概念不仅是学术上的慎重选择，而且是学校教育现实状况和实际需要的反映。

虽然心理辅导、心理咨询和心理治疗是互相紧密联系的，不能也无法完全区别开来，但是这三者毕竟是不同的，从真正意义上说，都具有各自不同的特点，所以它们应该区别开来。只有这样才有利于进行心理辅导、心理咨询和心理治疗工作，也有利于提高学校心理健康教育工作的准确性、针对性和科学性。

三、心理咨询与思想教育工作

所谓"思想"，据《辞海》的解释，亦称观念，即理性认识。思想教育是教育者根据一定社会或阶级的要求，帮助受教育者逐步树立相应的世界观、人生观和价值观，逐步提高其思想、政治、道德素质的过程。可见，仅从内涵上看，两者就有严格的区别，思想教育主要是解决学生的思想品德方面的问题，而心理咨询则主要是解决人的心理方面的问题，它们在许多方面都不相同。

心理咨询与思想教育工作有密切联系。尤其是在高等院校和各类中等学校中开展的面向学生的心理咨询和思想教育工作的联系更为密切。教育是学校一切工作的出发点，在学校开展心理咨询的目的与思想教育的总目标是一致的，都是为国家培养德才兼备、身心健康的社会主义建设者和新世纪的接班人。背离了这个目标，就失去了心理咨询在学校的存在价值。但是，心理咨询与一般的思想教育工作又有明显的区别，它有特定的理论、方法与任务，这些也是一般思想教育工作所不能取代的。我们认为，在学校开展心理咨询应注意以下三个方面。

第一，思想上的一致性。心理咨询是促进学生自强自立的过程，自强自立的过程便是人格健康发展的过程。学校思想教育的一个重要目的是帮助学生树立正确的人生观、世界观和价值观，形成良好的思想品格和道德风貌。这一目标和人格的健康发展具有一致性。心理咨询和思想教育都以促进青少年学生健康成长为目标，这个共同目标是这两项工作的交叉处和重合点。心理咨询工作者在对青少年学生从心理上进行疏导和帮助时，必须坚持正确的教育方向，把从心理上启发、疏导和帮助来访者树立正确的人生观、世界观和价值观有机地结合起来。

第二，组织上的联系性。在学校开设的面向青少年学生的心理咨询是学校整体工作的一个组成部分，在组织机构上应纳入学校工作的组织系统，成为学校工作的一个方面。只有在组织上接受学校有关部门的领导和支持的情况下，才能顺利开展工作。学校心理咨询工作不能以营利为目的，而应重在为学生身心健康服务。因此，在机构设置、经费开支、活动组织等方面都需要学校及各级教育领导部门的认可和支持。因此，学校心理咨询在组织上应隶属于所在学校的相关部门，工作上与学校各项工作协调一致。

第三，业务上的独立性。心理咨询是一种特定的专业，它有系统的理论、方法与技巧，在许多方面都不同于一般的思想教育工作。它所面临的问题也不是一般的思想教育方法所能解决的。从事心理咨询工作的人员必须经过严格的专业学习和训练，方能上岗。如果没有心理咨询的专业知识和技能，不具备一个咨询员应当具备的各种素质，就很难胜任心理咨询工作，甚至使咨询出现偏差和误导。因此，心理咨询在业务上必须坚持独立性和专业性，不能用一般的思想教育工作代替心理咨询。

那么，心理咨询与思想教育工作存在哪些区别呢？

1. 理论依据不同

心理咨询的理论体系属于心理科学的范畴，心理咨询工作的开展是以心理学、医学的理论和方法为依据进行的，同时还要遵循心理咨询工作的原则和方法，它不是一般的思想工作和谈心活动。思想教育工作则属于社会意识形态的领域和范畴，它是以马列主义、毛泽东思想和邓小平理论为指导，用辩证唯物主义和历史唯物主义的基本原理、时事政策与形势政策对人们进行教育。两者分属两种完全不同的体系。

2. 工作目标和范围不同

心理咨询是对当事人的帮助过程。其根本目标是促进当事人成长，自强自立，使之能够自己面对和处理个人生活中的各种问题。主要包括日常生活中人际关系的问题、职业选择方面的问题、教育过程中的问题、婚姻家庭中的问题及各种轻度心理障碍等方面的咨询。思想教育则是从客观上帮助人解决政治立场方向、提高人的思想政治觉悟和道德价值观念。主要包括爱国主义、集体主义、社会主义道德规范、劳动观念以及社会主义民主与法制等方面的教育。

3. 工作人员的素质要求不同

思想教育工作者的专业方向属于政治学、德育，它要求思想教育工作者具有坚定的政治立场和共产主义信念，精通思想教育方面的业务知识并具有相关技能，同时还要求纪律严、作风正等。而对心理咨询工作者在专业知识、技能方面的要求，至少有6个方面。

(1) 应具备丰富的心理学、社会学、精神病学、教育学等方面的专业知识；

(2) 至少对一种心理咨询的理论有一定程度的了解并能运用于实践；

(3) 至少应掌握一些谈话、问题解决等方面的基本技巧和方法；

(4) 能够运用一些基本的心理测量工具；

(5) 具有一定的临床实习经验；

(6) 能够通过某种较为全面的基本知识与技能的考试等。

可见，做心理咨询工作不仅仅是凭热情和爱心，而且还要有较高的专业理论水平、专业技能水平和丰富的实践经验。但是，就现状来看，受过专门心理咨询专业训练的人员为数甚少，许多从事心理咨询工作的人员都是政工人员担任或改行而来的。这种状况很容易把心理咨询混同于一般的思想教育，从而改变心理咨询的工作性质，这必须引起高度重视，否则，心理咨询活动的严肃性、科学性和专业性将难以保证。因为，心理咨询面对的是特殊人的工作，要么他们有心理障碍，要么他们在适应、发展上遇到了困惑，需要帮助，且必须建立在了解的基础上进行帮助。怎么了解当事人？怎么帮助当事人？必须建立在科学而有效的基础上。可见，从事心理咨询工作，仅仅靠爱心和热情是远远不够的，否则，不但达不到帮助的目的，甚至还有可能加重当事人的心理负担。

4. 工作方法不同

思想教育的工作方法是多种多样的，但主要以理论教育和宣传活动为主，例如，开设思想品德修养课程，组织专题报告会，进行参观、访问，组织演讲比赛、辩论会、讨论会等形式多样的活动，还可采用说服法、榜样示范法、情感陶冶法、表扬或批评法、实践锻炼法等，具有公开性、群众性、强制性等特点。而心理咨询是以个别咨询为主，同时配合心理健康教育课程、团体辅导、心理测验等方式，采取宣泄、自由联想、暗示、角色转换等专业性和技术性较强的方法。它要求心理咨询员摒弃那种主观武断、自以为是的非科学态度，要以积极主动的态度敏锐地发现当事人的问题，做好其心理问题的预防和矫治工作，并要求采取接纳、关心、专注、平等和信任的态度。这与思想教育工作有所不同。在某些方面，心理咨询具有技术性、个别性、保密性和自愿性的特点。

5. 凭借的手段不同

在思想教育工作中，由于教育者处于主导地位，他们往往采用正面灌输、教育者讲授、被教育者聆听的方式进行，其教育手段显得有些简单。虽然目前的思想教育手段有多样化的趋势，但传统的以说为主的手段仍占主要地位。而在心理咨询中，由于咨询员处于辅助地位，他们往往更多的是积极地倾听当事人的诉说，把握当事人非言语行为的内涵，同时赋予他同感性的非言语行为。因而，在心理咨询中咨询员主要是以听为主。

6. 工作原则不同

思想教育主要遵循方向性、理论联系实际、继承和创新、正面教育为主、严格要求和热情关怀相结合的原则等；而心理咨询则主要遵循发展性、保密性、理解支持、治疗与预防相结合的原则等。前者是以方向性原则为核心，后者是以发展性原则为核心。

7. 工作机制不同

思想教育工作有"统一"的规范，工作目标是朝"规范"转化，对"失范"者要进行处罚。因此，思想教育工作者在分析受教育者的问题时，其参照点是统一的标准或规范，分析的结果就是对与错、是与非、美与丑之分。在处理时，他们往往很少考虑对方产生问题或问题行为的动机或心理背景，客观(或机械化)地按"规范"、"制度"等来处理。这就使得被处理者有时在心理上会产生抵触情绪，出现口是心非、问题行为不断反复等情况。

心理咨询工作有一定的参考常模，但仅仅是"参考"。其工作目标是发掘当事人的个人潜能，以达到实现自我。在心理咨询中，咨询员与当事人之间的关系非常重要，正如罗杰斯(Rogers)指出的：许多用心良苦的咨询之所以未能成功，是因为在这些咨询过程中，从未能建立起一种令人满意的咨询关系。因此，正是咨询员与当事人建立了一种新的、亲密的、建设性的人际关系，使得咨询员在分析当事人的问题时，具有能体验他人的精神世界，就好像那是自己的精神世界一样的一种能力。他们能无条件地接纳当事人，不会有批评、论断和惩罚的态度。这就使当事人产生信任感、安全感，从而促进他们的自我袒露，这有助于咨询员对当事人问题的分析、诊断和处理。可见，在心理咨询中，咨询员对于那些偏离常态的当事人，无论是因为何种原因，都没有否定权，而始终是以理解、尊重、真诚、同感、信任的态度整体地接纳他们，帮助他们。对于有心理障碍的当事人，更不能有任何批评、惩罚的态度或方法。

8. 工作效果的评估标准不同

心理咨询的效果并不是"药到病除"，而是一个循序渐进的过程，对心理咨询工作的评估是依据心理咨询的目的、任务来衡量的，主要取决于心理问题解决与否和解决的程度。思想教育工作是从政治、思想、品德素质的角度来衡量，主要看是否把受教育者培养成有理想、有道德、有文化、有纪律的"四有"新人。

总之，心理咨询工作与思想教育工作在许多方面都有很大的不同，正确把握两者的区别，对于更好地开展两方面的工作都具有积极的、现实的意义。

第二节　心理咨询的原则与一般过程

一、心理咨询的基本原则

心理咨询的原则是对咨询工作的基本要求，它对心理咨询工作的成效有重要意义，因而在咨询过程中必须遵循。

心理咨询应坚持六项基本原则。

(一)理解性原则

理解性原则是指咨询员认识到来访者的心理和行为是可理解的，抱着一种尝试或尽力去理解来访者的心态，从而深入体验来访者的心理世界和精神世界。也就是说，要求咨询员能设身处地地体会来访者的情绪和情感体验，正确地理解来访者的思想，使来访者能够在精神上得到理解与支持。作为心理咨询师，在一对一的心理帮助活动中，这种理解和支持是至关重要的。

由理解性原则引申出来的原则：对来访者的行为和问题表示宽容，对来访者表示接纳；准确把握来访者的情绪和情感；正确揭示来访者的意思(包括话语含义及言外之意)，成为评判咨询员是否在积极倾听以及咨询员能否采取有效策略的重要标准。

(二)保密性原则

保密性原则是心理咨询中最重要的原则，它是鼓励来访者畅所欲言的心理基础，同时也是对来访者人格及隐私权的最大尊重。来访者确信咨询员会对他们的谈话内容保密时，也即建立了相互信任的咨访关系后，才可能谈出自己未向他人泄露过的内心隐秘，这时也才是真正解决其心理困扰的开始。咨询人员随意泄露来访者的私人秘密，不仅应受到舆论的谴责，而且要负法律责任。所以，保密性是咨询员必须严格遵守的原则。心理咨询的保密范围，包括对与来访者的谈话内容保守秘密，不公开来访者的姓名，拒绝关于来访者情况的调查，以及尊重来访者的合理要求等内容。

有学者对咨询的保密性提出如下建议。

(1) 来访者的资料绝不应当作为社交闲谈的话题。

(2) 除了在培训教学中，并且当来访者的个人身份能得到充分隐藏时，个案的资料不应出现在咨询员的公开讲演和谈话中。

(3) 咨询员应避免有意无意地以个案举例，来炫耀自己的能力和经验。

(4) 咨询员所做的个人记录，不能被视为公开记录，不能随便让别人查阅。

(5) 咨询员不应当将记录档案带离咨询机构。

(6) 任何咨询机构都应设立健全的储存系统来确保来访者档案的保密性。

(7) 只有在下列两种情况下可以突破不公开来访者身份的原则：一是有明显自杀意图者，应与有关人士联系，尽可能加以挽救；二是处理伤害性人格障碍或精神病来访者，为免于使别人受到伤害，也应做一些预防工作。

(三)不包办代替的原则

不包办代替的原则是美国人本主义心理学家罗杰斯提出的。他认为心理咨询应以咨访双方的真诚关系为基础，这种关系不是一种灌输的关系，而是一种启发或促进内部成长的关系。因为人有理解自己、不断趋向成熟、产生积极的建设性变化的巨大潜能。心理咨询应懂得发挥，并促进其成熟或成长，而不是包办代替地进行解释和指导。

在心理咨询的过程中，咨询员不应主观地指示来访者一定要怎样做或一定不能怎样做，而应该与来访者共同分析、讨论，设想有助于问题解决的各种方案，以及不同方案可能导致的不同后果。但究竟采取哪一种方案去解决问题，则应由来访者自己进行选择，咨询人员不能代替。当然，在来访者能力明显不足和环境恶劣(如经济状况极差、智力缺陷、时间紧张、压力过大)，以及咨询员方便的情况下，咨询员可主动或在征得来访者同意时，力所能及地为来访者承担一些责任和义务，待其适应和发展之后逐步减少此类帮助。

根据本原则，我们得出如下准则：尽量不包办代替，这是评判心理咨询好坏的重要标准。

(四)保持中立的原则

保持中立的原则是说无论在价值观念上、人际关系上、对来访者的行为好坏的判断上，还是对来访者的生活态度和方式的选择上，咨询员均不偏向，不把自己的价值观念强加给来访者。保持中立的原则有助于咨询员客观地收集有关来访者及其他事物的信息，为准确地把握来访者的情感和意图打下基础。如果能遵循保持中立的原则，那么在积极倾听的过程中，咨询员就不易受到来访者情感和思想的干扰和影响，并能够在咨询过程中理智地分析问题。保持中立的原则，有助于咨询员与来访者关系的正常发展，不会因咨询员与来访者的关系好坏而偏向来访者一方或者偏向另一方面，也不会因咨询员的偏见而影响到咨询的进展和效果。当来访者的心理问题涉及人际关系冲突时，保持中立的原则还有助于避免咨询员卷入一场不必要的人际纠纷和争斗之中。

由保持中立的原则而引申出来的准则是：咨询员不偏向哪一方；放弃偏见(自我)。这也成为评判咨询员是否在积极倾听以及咨询员是否采取有效策略的重要标准。

(五)针对性原则

由于人具有独特性和个别性，来访者的心理问题千差万别，因此心理咨询的方法就不能千篇一律，必须从来访者具体的心理问题出发。充分考虑其问题形成的环境、来访者的个性(特别是气质、性格特点)、当时的心理状态以及期望、要求等，就事论事，因人而异，具体问题具体分析，选择不同的方式方法，以收到良好的咨询效果。

由针对性原则引申出来的准则是：避免过分说教和劝告；就事论事，避免离题或泛泛而谈。这也成为评判咨询员是否在积极倾听以及咨询员是否采取有效策略的重要标准。

(六)咨询、治疗和预防相结合的原则

心理咨询和心理治疗虽有区别，但在本质上是相通的。咨询过程本身就有一定的治疗意义，心理治疗也离不开必要的咨询过程。对待心理疾病也要像对待生理疾病一样以预防为主。在心理咨询过程中，经过咨询双方推心置腹的深入交谈，敏锐的咨询工作者可能会发现来访者受到了某些消极的心理暗示而产生疑病、恐病或对其他人无根据的猜忌，也有人由于消极厌世而产生轻生的意念。对于这些情况，咨询工作者一定要及时加以开导，帮助来访者解除疑虑、打消轻生意念，鼓起战胜困难的勇气，以积极的态度面对人生。对于一些严重问题(如自杀倾向、对人有伤害等)，应及时采取措施，加以防范。

二、心理咨询的一般过程

心理咨询是一个过程。美国心理咨询专家科特勒认为，咨询一般可分为判定问题、探索问题、理解问题、采取行动和检查结果这五个步骤。有的国内学者也将心理咨询分为构建关系、诊断定位、劝导帮助和检查巩固这四个阶段。不管如何进行阶段划分，了解和重视每阶段的任务以及重点、难点和注意事项，有助于工作的顺利开展和提高效果。下面将从六个阶段分别加以叙述。

(一)信息收集阶段

信息收集阶段的主要任务是广泛深入地收集与当事人(求助学生)及其问题有关的所有资料，并与当事人建立初步的信任关系，主要的步骤和要求如下。

首先，要建立良好和恰当的关系。咨询与辅导员要给当事的求助学生以良好的第一印象，给他们以职业上的信任感，并使他们感到你乐意帮助他们。同时要以热情而自然的态度，亲切温和的言行，消除初次见面的陌生感，使来访者的紧张情绪得以放松。

其次，通过求助者的自述和询问，了解他们存在的问题和要求。此时要注意了解他们的基本情况、社会文化背景和存在的问题。在这一阶段，辅导人员要注意倾听对方的谈话，不要随意打断，避免过多提问和追问，必要时才加以引导。

(二)分析诊断阶段

分析诊断阶段的主要任务是根据收集到的材料和有关信息，对当事人进行分析和诊断，明确当事人问题的类型、性质、程度等，以便确立目标，选择方法。其要求和注意事项如下。

首先，要弄清当事人是否适宜作心理咨询与辅导。例如来访者系由家人、亲友、单位送来，而非本人自愿，没有求助的咨询动机；某些人的文化水平和智能极低，缺乏领悟能力；某些人对心理咨询与辅导及从业人员采取不信任的态度，等等。这些人都不适宜在一般情况下进行心理咨询与辅导，为此，要在这一阶段进行分析和诊断、确认。

其次，要对来访的求助当事人的问题及原因、形式、性质等进行分析诊断。求助的当事人，有些问题可能包括有精神病的症状，这属于精神病学范畴，要注意区别。辅导人员要对当事人的问题进行辨认，并对其严重程度予以评估，特别是对问题的原因进行分析，必要时可结合心理测量等手段进行诊断和分析。

最后，此阶段还要进行信息反馈。辅导人员要把自己对来访当事人问题的了解和判断反馈给当事人，以求证实和肯定，使当事人做出进一步决定，考虑是否继续进行咨询。反馈要注意尽可能清晰、简短、具体和通俗易懂。

(三)目标确立阶段

目标确立阶段的主要任务是心理咨询与辅导的双方，在心理分析和诊断的基础上，共同协商和制定心理咨询与辅导的目标。通过确定咨询与辅导目标，引导咨询与辅导过程，并对咨询过程进展和效果进行监控评估，督促双方积极投入咨询。确立目标，可以这样引导当事人：通过辅导，你希望解决什么问题？有什么改变？达到什么程度？等等。确立目标应注意以下几点。

首先，目标是具体的，具体的目标应有一些客观标准，很清晰，可接近，最重要的是可操作，可测试。

其次，目标是现实可行的，要根据当事人的潜力、水平及周围环境来制定。

再次，目标是心理学的，也就是心理学方面的，可以通过心理学的手段来达到，而非依靠生物学的干预手段。目标限制应在心理品质和行为特征的改变上，不应以生活干预作为咨询的基本目标。

最后，目标应分轻重缓急，应有经常性的检查和评价。

(四)方案探讨阶段

方案探讨阶段的主要任务就是根据问题性质及其与环境的联系，当事人自身的条件、资源、能力、经验等，结合既定的辅导目标，设计达到目标的方案。通俗地说，也就是双方共同拟订类似日程表一样的方案，明确双方在什么时间，做什么事件，怎么去做，做完如何，等等。此阶段应考虑以下问题。

首先是咨询与辅导方案应由双方共同探讨、协商确定，不能由辅导人员单方面直接拟订，也不能仅依从当事人来拟订。

其次是有效性、可行性，应首先设想多种可能的方案，然后对这些方案的优劣进行权衡、评估，最后选择一个合适的、有效的、可行的方案。当然最后选定的方案还应该是经济、简便的。

(五)行动实施阶段

行动实施阶段的主要任务就是根据拟订的方案，采取行动，达到咨询与辅导的目标。在此阶段，辅导人员应以心理学的方法和技术帮助当事人消除各种心理问题，改变不良心理状态，提高心理健康水平。这一阶段是心理咨询与辅导中最关键的、最具影响力的、最根本的阶段。辅导人员对当事人的帮助，常采用领悟、支持、解释和行为指导等方法，支持和引导当事人，积极进行自我探索，产生新的理解和领悟，克服不良情绪，开始新的有效行为，巩固一些新的生活方式，借此发生真实的转变。此阶段应注意以下问题。

首先，辅导人员要介入到当事人的行动过程中，对其遇到的困难，不明白之处予以及时讨论或指导。

其次，保持对行动过程的监控或作必要的调整。

最后，随时注意评估进展情况，并创造一种积极的氛围，保持双方良好的关系。

(六)结束阶段

结束阶段的主要任务是对咨询与辅导情况作一小结，帮助当事人回顾工作的要点，检查目标的实现情况，指出当事人的进步、成绩和需注意的问题，更需注意传达这样的信息：你现在表现得越来越好了，等等。此阶段要注意结束关系和跟进巩固等问题。

首先，处理好结束时的关系。成功的辅导关系在结束时会使当事人感到一些不情愿、焦虑，甚至依恋，因为他担心失去一位最知心的朋友，并要独自面对挑战。因此辅导人员应及时说明，今后会仍然关心他的情况，还会有一些跟进辅导(有时称随访)，随时提供一些必要的支持。

其次，为学习迁移和自我依赖做准备。针对当事人的情况，咨询与辅导的双方要讨论：在离开咨询与辅导后一段时间如何自我依赖，并运用在咨询与辅导中学到的知识和技能处理新问题，或应用到以后的生活里，从而扩大辅导效果，促进成长发展。

最后，要帮助当事人愉快自然地结束咨询与辅导。

心理咨询与辅导是一个过程，由不同的步骤和阶段构成，每阶段都有各自的任务和侧重点。它们相互关联，相互重叠，形成完整的一体。对于从事这一实际工作的教育者来说，重要的并不在于搞清全过程究竟是几个阶段，而是懂得心理咨询与辅导的每个过程、每个环节、每个阶段与步骤都是极其重要的，都需要高度重视，这才是问题的关键。

第三节　适宜咨询对象的选择与转介

对特定的咨询师来说，即便是排除了来访者患有精神病、严重人格障碍和脑器质性病变的可能性之后，也并不是所有来访者都完全适合接受该咨询者所做的咨询与治疗。来访者的特点以及来访者与咨询师的匹配程度将直接影响着咨询与治疗的效果。从一定程度上讲，选择合适的咨询对象是咨询与治疗成功的开端。

一、适宜咨询对象的特点

国内许多长期从事心理咨询理论研究和实际工作的学者，如单怀海、马建青、汤宜朗、许又新、曾文星、徐静等人，根据各自对心理咨询和治疗规律的认识和实践经验的总结，提出了选择适宜的咨询对象的方法。我们在归纳、分析了他们的观点的基础上，结合自己的咨询经验，总结出适宜的咨询对象应具备以下特点。

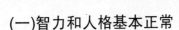

(一)智力和人格基本正常

　　来访者的智力一般需要在正常范围，因为需要他们能够叙述自己的问题以及其他相关情况，要能理解咨询者发出的言语和非言语信息的含义，还要有一定的领悟能力，等等。所以，一定的智力水平是必需的，否则，咨询将相当困难。一般来说，来访者的智力水平越高，文化层次越高，越适合进行心理咨询。那些深入分析、说理和探讨的咨询方式对于文化水平较高、领悟能力较好的来访者而言是适宜的，而对于智力水平较低的人，则应根据来访者关心的问题，作简明扼要的针对性回答、生动形象地解释或比喻、运用成功案例进行示范说明以及恰当的暗示和保证等。但这并不是说，教育水平较低的人，就不适宜接受心理咨询。在咨询实践中发现，很多受教育程度虽不高、但内心单纯且质朴的人，很容易接受咨询者有道理的指点与建议，从而获得不错的咨询效果。

　　来访者的人格也应基本正常，无明显的人格障碍。这里所说的人格，是指非认知性的人格特质，包括意识的倾向性、气质和性格。如果来访者有人格障碍，则不仅会妨碍咨询关系的建立，也会影响咨询的进行。一般来说，在心理咨询的过程中，根据来访者的需要，咨询者会适当地给予支持与鼓励，但心理咨询的进行，对来访者来说并非都是舒适的过程。来访者要向咨询者述说自己的问题或症状，接受咨询者的指导，并且努力改善自己的行为，这就需要来访者有基本正常的人格。否则，就难以忍耐痛苦，接受逆耳的劝导，更改自己的行为，也就不容易产生明显的咨询效果。

(二)有强烈、真正的求助动机

　　来访者有无强烈的咨询动机直接影响到咨询的效果。那些缺乏咨询动机、经咨询者反复做工作后仍缺乏动机的来访者，一般不适宜作心理咨询。因为虽然来访者需要咨询者的心理指导，但最主要的，还是要靠来访者本身的努力。来访者不仅要体会到自己有心理或行为的问题，而且确实因其问题而多少感到痛苦。因有痛苦，才会想解决问题、减轻和消除症状，改善其心理与行为。来访者要有相当的勇气，能承认自己的短处、缺陷或问题，而且愿意与咨询者谈论自己的短处、过错或问题，而这些都取决于来访者对接受心理咨询与治疗的动机。

　　一般来说，咨询动机越强烈，双方就越容易密切配合，就越容易取得效果。不仅是动机强度，而且动机的内容也常常决定咨询的效果。有些来访者前来咨询的目的不是为了调整自己的心理状况、解决心理问题、消除心理症状、改变不适应行为，而是为了别的目的，如有些来访者前来咨询仅仅是想寻求心理安慰；有的是为了能多见几次某位咨询者；有的是把咨询室当成避难所；有的来向咨询者证明自己比咨询者还有本事。因此，咨询者应搞清来访者的真实动机，否则很可能是白费口舌。如果发现来访者的动机不正确或缺乏真正的求询动机，咨询者应首先调整动机，否则就应中止咨询。

还有一些来访者，起初不熟悉心理咨询与治疗是什么，也不知道怎样接受心理咨询。在这种情况下，咨询者一般要先给予必要的解释、说明，并且经过一段时间，才能确定来访者是否真正有意接受心理咨询与治疗，而不宜过早判断来访者前来求询的动机。另外，也有一些来访者自己开始根本没有接受心理咨询与治疗的要求，可能被亲朋好友强迫而来。在这种情况下，咨询者应运用一定的咨询特质、经验和技巧，通过建立良好的咨询关系，帮助来访者看到自己的问题，产生接受心理咨询、改善自己心理与行为的动机。

(三)需要解决的问题属于心理咨询的范围

并非任何与心理有关的问题都可以通过心理咨询获得较满意的解决。有些内容适合心理咨询，而有的内容则不太适宜。在此，我们把心理咨询和心理治疗放在一起加以考虑。比如，一个大学生想拿到学校一等奖学金，咨询者没有办法、也不可能帮助他去学校主管部门争取到一等奖学金，但是假如这个大学生想讨论自己需不需要一定拿到这个一等奖学金，如何通过学习上的努力与进步来早日实现这个目标，那么这种帮助则是可以从学校心理咨询工作者那里得到的；又如，一个人在工作单位由于人际关系失调而产生心理困扰，这时咨询者无法像其上级领导那样通过调解或采取行政手段为来访者争取到比较有利的结果，从而缓解其心理困扰。但如果来访者想通过调整自己的某些不合理认知和信念，培养自己达观、超然的人生态度，调整或改善自己的某些行为则属于咨询者能解决的心理问题。

一般来说，神经症性心理障碍、某些性心理障碍、行为障碍、心身疾病等属于心理咨询与心理治疗的范围。尤其与心理社会因素有关的各种适应性心理问题和心理障碍、心理教育与发展等更适合开展心理咨询。而处于发作期、症状期的精神病人，由于与外界接触不良，缺乏自知、自制力，难以建立人际关系，因此，一般不属于心理咨询范围。但康复期的患者也可从心理咨询中获益。另外，有较严重人格障碍的人也不适于进行心理咨询和治疗。

(四)年龄适宜

严格地说，心理咨询并无明确的年龄限制，就适宜性而言，每个年龄段的人都有长处和短处，而且，有些特殊的心理咨询就是专门为某一特定的年龄段而设的。如青少年心理咨询、老年心理咨询等。但一般来说，青年人比其他年龄段的人更适合接受心理咨询。这是因为：一方面，与少年儿童相比，青年人的心理发展程度更高一些，尤其是表现在自我意识方面，他们可以较容易、准确地表达自己的问题，也容易领会和接受咨询与辅导；另一方面，与中老年人相比，青年人的可塑性较大，他们的人格尚未完全定型；再者，青年人受到心理困扰的时间相对较短，出现的问题多为适应不良、情绪障碍，距离童年期还不太长，容易挖掘问题的根源，咨询效果比较明显。

(五)匹配性好

所谓匹配性好，包括两个方面：一是咨询者与来访者心理相容，彼此相互接受、相互容纳、相互吸引；二是来访者的特征恰好与咨询者的擅长相吻合，咨询效果(尤其是短期咨询效果)比较明显。比如，某咨询者擅长某一人群的咨询(如大学生、妇女等)，在处理某些问题方面有经验(如善于处理人际关系)，专长于某一种理论和方法(如人本主义心理治疗方法)，而来访者的特征恰好符合咨询者的这些特长。

此外，外部支持良好、注重心理感受、交流能力强、对咨询方式和咨询者高度信任的来访者也容易获得较好的咨询效果。必须指出的是，来访者的这些特征是相对而言的，而且这也并不意味着不具有上述典型特征的来访者就不能通过心理咨询与治疗来解决心理问题。

二、咨询对象的转介

对于某一特定的咨询者来说，并非所有适合咨询的来访者都适合于自己。对该咨询者而言，有些来访者是特别适宜的，双方匹配性好。例如，咨询者对这类来访者的背景比较熟悉，对他们所遇到的问题有丰富的咨询经验，彼此有接近的价值观念，个性适合度高，容易产生信任感、亲切感。也有些来访者一般地讲是适合作心理咨询的，但对于某一特定的咨询者而言，则是不适合的。对于这样的来访者，最好的办法就是转介给其他咨询者或咨询机构。

(一)哪些来访者需要转介

1. 咨询内容与咨询者不匹配

当来访者的咨询内容与咨询者不匹配时，就需要将来访者转介给其他咨询者或咨询机构。这种转介是最常见的。由于每位咨询者所受训练的不同，加之自身条件(如年龄、性别)的限制，其擅长或适宜咨询的内容也会有所不同。比如，有些来访者的问题已经达到重性心理疾病的程度，而咨询者没有能力予以解决，就应迅速转介到精神科医师那里。又如，从事家庭婚姻咨询的咨询者对学校心理咨询就不很熟练，而一直从事青少年心理咨询的人对成人心理咨询会不很在行。再如，一位年轻男性咨询者来对一位中年女性的性问题进行咨询就往往效果不佳，同样，让一个未婚的女性咨询者去接待由于性生活不协调而导致夫妻矛盾的男性来访者也不大恰当。在实际咨询工作中，一旦遇到这种情况，恰当的做法是把来访者转介给其他适宜的咨询者。

2. 价值观念与咨询者不相容

前面我们曾分析过，在心理咨询活动中咨询者要想完全避免或隐藏自己的价值观是不可能的，而且要想完全排除价值干预或价值影响也是难以做到的。随着咨询的进行，有些咨询者发现自己与来访者在根本的价值观念上有明显分歧或尖锐对立时，则往往不适合继续作心理咨询。比如，咨询者在性的问题上很保守，而来访者在性的问题上过分开放；咨询者是坚定的无神论者，而来访者是虔诚的宗教徒等。遇到这样的情况，若条件允许的话，咨询者最好将来访者转介给合适的咨询者。

3. 个性与咨询者不相容

有些咨询者与来访者在个性等方面存在着某种不协调，比如，有的咨询者不能容忍来访者的盛气凌人，有的咨询者不喜欢过于内向、退缩的来访者，有的害怕异性来访者，害怕有移情发生等，在这种情况下，如果咨询者没有能力去排除这种因素对咨询活动的影响，就需要进行转介。这也从一个方面提示，要想成为一个有效的咨询者，必须有良好的自我控制能力和坚忍、耐心、对人宽容等心理品质，不断提高自己的心理素质。

4. 与咨询者有私人关系

有些来访者与咨询者有私人关系。比如，来访者是咨询者的亲戚、朋友、熟人等。来访者与咨询者之间的这种关系，常常增加来访者的顾虑，影响其述说自己的内心私事，增加双方的尴尬。这无形中增加了咨询的阻力。此外，咨询者给予指导和建议时，也常会失掉其客观性及职业性，影响咨询效果。一般来说，应避免给那些与自己有私人关系的来访者做心理咨询，而将其转介给没有私人关系的其他咨询者为宜。但是，受咨询场所小、咨询人员少的限制，或者其他理由，不得不接受自己认识、有私人关系的来访者时，则应慎重进行咨询，尽量与来访者保持客观、中立且职业性的关系。

5. 来访者有特殊背景

有些来访者，如高官的子女、富人的配偶、社会名流的家属等，常常使咨询者考虑来访者的背景，而无法以平常自然的方式进行咨询和辅导。咨询者假如过分小心、谨慎，或考虑因素过多，反而阻碍咨询工作进行。遇到这种情况，倘若咨询者不能以通常的方式进行咨询，难以做到客观与中立，则应转介给适合的咨询者。

(二)转介的具体实施

在发现来访者的问题不适合在自己这里继续咨询时，要及时进行转介。否则可能贻误时机，酿成不良后果。因此，及时转介同样体现咨询者对来访者的负责态度和良好的职业道德。在具体实施时，咨询者应首先与来访者开诚布公地谈一次，将转介事宜告诉来访者，并用委婉的言词说明这样做的理由，特别应强调此举完全是为了来访者能获得更好的咨询服务，以免使来访者产生误解。另外，还可适当介绍将要负责来访者咨询事宜的咨询者的长处和特点，让来访者心里有所准备。

对将要接手的咨询者，原咨询者要详细地介绍情况，提供自己的分析，但不要轻易介绍该来访者在原来的咨询中提供的一些隐私性较强的材料。因为这些内容在以后的咨询中，来访者会视情况向新咨询者叙述。也不应对新咨询者的咨询计划给予过多的干预。总之，转介是咨询过程中一种正常的现象。任何一个咨询者要满足不同来访者多方面的咨询要求是相当困难的，而咨询者的任务之一，就是认清自己的长处和不足，扬长避短。咨询者要与自己同一机构、地区的同行多联系，建立相互支持的网络，了解各自的工作特点和擅长内容，互相取长补短，适时进行转介，以便更好地为来访者服务。

第四节　心理咨询的内容和类型

一、心理咨询的内容

心理咨询的内容十分广泛。人们纷繁复杂的心理活动决定了心理咨询内容的丰富性和复杂性。

一般来说，心理咨询的内容包括以下几个方面。

(1) 人生各个时期所遇到的心理问题，如日常生活中的人际关系问题、职业选择问题、教育过程中的问题、婚姻家庭中的问题等。

(2) 各种情绪与行为障碍，如焦虑、抑郁、恐怖、紧张情绪的分析、诊断及防治。

(3) 各种不可控制的强迫思维、意向和强迫行为、动作的诊断及治疗。

(4) 某些性心理、生理障碍，如性变态、阳痿、早泄、性欲异常等问题的诊治。

(5) 心身疾病，如冠心病、高血压、溃疡病、支气管哮喘等心理社会因素的探讨与心理治疗。

(6) 康复期精神病人的心理指导，促进其更好地适应社会与生活，预防复发。

(7) 长期慢性躯体疾病，久治不愈，需要心理支持及指导的来访者的问题。

(8) 要了解各种心理卫生知识的来访者的问题。

(9) 接受各种心理检查者(如智力测验、人格测验等)的问题。

(10) 有其他心理疑虑而需要咨询的来访者的问题。

二、心理咨询的类型

从不同的角度出发，心理咨询可分为不同的类型。

(一)按内容来分类

心理咨询按其内容可分为障碍咨询和发展咨询。

1. 障碍咨询

障碍咨询是指对存在不同程度的非精神病性心理障碍、心理生理障碍者的咨询，以及对某些早期精神病人的诊断、治疗或康复期精神病人的心理指导。重点是去除或控制症状，预防复发。从事这类咨询的人员需要受过充分的精神医学和临床心理学训练。咨询的地点一般为专门的心理卫生机构、综合性医院下设的心理咨询机构、社区心理卫生机构以及由专业人员开设的私人诊所等。

2. 发展咨询

发展咨询是指帮助来访者更好地认识自己和社会，充分开发潜能，增强适应能力，提高生活质量，促进人的全面发展。咨询的内容十分广泛，凡是在人生各时期出现的各种心理问题都可以属于咨询的范围，如工作、学习、恋爱、婚姻、家庭生活、职业选择等。从事这类咨询的人员除了有坚实的心理学基础外，还要具有哲学、社会学、教育学、文化人类学等方面的广博知识。咨询的地点一般为非医疗机构，如学校、社区、企业。

需要指出的是：第一，障碍咨询与发展咨询是相互联系的，去除心理障碍为心理发展奠定了基础，而良好的心理发展将减少心理障碍的发生。第二，在具体实施时，有时很难将两者完全割裂开来，有些咨询既属于障碍咨询，也属于发展咨询。

(二)按对象来分类

心理咨询按其对象的多少可分为个别咨询和团体咨询。

1. 个别咨询

个别咨询是指咨询师与来访者之间的单独咨询。它是心理咨询最常见的形式，它的优点是针对性强、保密性好，咨询效果明显，但咨询成本较高，需要双方投入较多的时间、精力。

2. 团体咨询

团体咨询，亦称集体咨询、小组咨询。指根据来访者所提出的问题，按性质将他们分成若干小组，咨询者同时对多个来访者进行咨询。它是一种很有前途的咨询形式。其突出的优点是咨询面广、咨询成本低，对某些心理问题或心理障碍效果明显优于个别咨询。不足之处是同一类问题也可能因个体差异而表现出明显的个体性，单纯的团体咨询往往难以兼顾每个个体的特殊性。为此，应扬长避短，在团体咨询中，辅之以个别咨询。

(三)按方式来分类

心理咨询按其方式可分为门诊咨询、现场咨询、信函咨询、专栏咨询、电话咨询和互联网咨询。

1. 门诊咨询

门诊咨询是指开设心理咨询门诊，如在专科医院、综合性医院和专门的个体诊所开设的心理咨询，它是心理咨询最常见的方式。由专业咨询工作者与咨询对象直接见面，能进行深入的交流，及时发现问题，提出建议，故咨询效果好。但门诊咨询对异地来访者不大方便。

2. 现场咨询

现场咨询是指咨询者在学校、机关、企业、部队、城乡社区、家庭、医院病房等现场，对咨询对象提出的各种心理问题给予咨询帮助。现场咨询对那些只有心理问题，或虽有心理障碍，但本人由于各种原因又不能到门诊咨询的人最为合适。

3. 信函咨询

信函咨询是指以通信的方式进行咨询。咨询者根据咨询对象来信描述的情况或提出的问题，以通信方式解答疑难，疏导教育。优点是简单方便，尤其是对异地的患者及一些有心理问题又羞于面见咨询者的来访者非常适合。缺点是有些来访者由于文化程度低和相关知识少，来信对问题、症状叙述不全面或欠准确，咨询者不能全面深入地了解情况，不利于问题的解决，必要时应给予门诊咨询。

4. 专栏咨询

专栏咨询是指针对公众关心的一些较为普遍的心理问题，通过报纸、杂志、电台、电视台等大众传播媒介进行专题讨论和答疑。随着互联网的发展，专栏咨询又逐渐扩展到专门的网站或网页上进行。这种方式便于普及心理卫生知识，影响面广，缺点是针对性差。

5. 电话咨询

电话咨询是指用电话的方式开展咨询。主要适用于心理危机或有自杀观念、自杀行为的人。在国外是专线电话，只限于心理危机者使用，主要目的是防止自杀。目前国内在北京、上海、天津、南京、广州等地已建立了各种"热线"，除了处理各种心理危机，也为其他心理问题提供服务。优点是快捷、方便、保密性强。但由于缺乏咨询者与咨询对象之间面对面的直接交流，难以进行准确的心理评估，限制了咨询者的干预能力。

6. 互联网咨询

互联网咨询是指借助互联网进行咨询。这是近年来逐渐兴起的一种新型的咨询方式。与信函咨询有某些相似之处，如对语言文字的依赖性强，咨询效果受文化程度、语言表达能力的影响很大。不同点在于网上咨询沟通迅速、快捷，但需要一定设备条件和比较熟练的电脑操作技能。对于那些由于个人身体条件、地域环境的限制而不能直接、方便地寻求心理咨询者，以及由于个人生活风格、认知习惯，不愿意面对咨询者的人们来说，互联网心理咨询尤为必要。这种咨询形式也许成为序列心理咨询过程中的第一步，为今后的全面咨询打下基础。

需要指出的是，以上各种咨询方式是互为补充、互为促进的。许多来访者通过专栏咨询，了解了自己的心理问题或症状，再进行信函咨询、门诊咨询、电话咨询或互联网咨询；有些门诊咨询来访者，回到异地工作、学习或生活处所后，通过信函咨询、电话咨询、互联网咨询继续得到咨询者的指导；现场咨询中发现的心理障碍严重的来访者，需要转到医院进行门诊咨询。因此，多种形式配合，有利于心理咨询的广泛开展和咨询效果的提高。

(四)按时间长短来分类

心理咨询按其时间长短可分为长期咨询、短期咨询和限期咨询。

心理咨询的期限并无硬性规定，要根据接受来访者的意愿、咨询的内容以及咨询者的建议等因素而决定，也要斟酌现实情况，包括来往的方便与否、咨询费的负担等而施行。

1. 长期咨询

长期咨询指咨询的期间较长久，如超过两三个月，甚至达数年。因为咨询的目的不仅在于问题的解决和症状的消失，而且还要改善性格及行为的方式，促进心理成长，所以需要的时间较长。长期咨询的重点放在深层心理的探讨、心理与行为改进的维持上。那种长期性的追踪式诊察与支持性咨询，一般不被看做长期心理咨询。

2. 短期咨询

短期咨询指咨询的期间较短。至于多长期限为短期，则意见不一，可能是三四次的会谈，也可能是十次左右，时间历经一两个月。短期咨询的重点在于问题的解决和症状的去除。做短期咨询时，要把咨询的重点弄清楚，不把范围无限制的扩大，以至无法在短期内结束。

3. 限期咨询

限期咨询指在咨询开始时，咨询者与来访者共同订立了咨询计划，对咨询的次数或期限做了规定，如五次、十次，或两个月等。这种事先确定咨询期限的做法，目的在于让彼此有个事先的计划与了解，并可针对此约定的期限去尽量努力，求得具体的改善。

大多数来访者受时间、费用、交通条件及其他因素的制约，倾向于做短期咨询或限期咨询；只有特别的情况，在双方同意的原则下，才会做长期的心理咨询。

第五节 心理咨询的基本作用机制

这里，我们仅对心理咨询的基本作用机制，或者说各种心理咨询方法共有的、起积极作用的因素进行介绍和讨论。

一、马然提出的 6 个共同因素

马然(A. R. Mahrer)认为各种心理咨询和治疗方法起作用的共同因素有 6 个：矫正性情绪体验、从事新的有效行为、提出可供选择的生活态度、治疗者与来访者之间的关系、随时准备接受社会影响、意识扩大性自我探索。他进一步指出，这 6 个因素不能截然分开，它们互相之间有重叠，因为它们并不是在同一层次上的抽象产物。这 6 个因素的具体内容如下。

1. 矫正性情绪体验

不同的心理咨询和治疗都可以使来访者产生这种情绪体验。一方面，来访者的焦虑、紧张、沮丧、自卑等心情可能减轻；另一方面，来访者在与咨询者交谈中可能萌生希望甚至信心，感到心情轻松愉快，感到被理解和被尊重。

2. 从事新的有效行为

所谓新，是指来访者过去未曾尝试过的；所谓有效，是指行动能满足来访者的需要，如友好关系的体验、成就感等。启发、鼓励和支持来访者采取新的有效行动是多种不同心理咨询与治疗起作用的一个共同因素。这种启发、鼓励和支持可以是公开的和直截了当的，包含明确的建议和具体的指导，也可以是含蓄的、间接的或暗示性的。

3. 提出可供选择的生活态度

各种不同形式的心理咨询和治疗都有共同的临床策略，就是为来访者提出另外的可供选择的生活态度和看待他们自己以及周围世界的方式。这被许多咨询者和治疗家公认为是帮助来访者改变和成长的一个共同因素。

4. 咨询者与来访者的关系

建立咨询者与来访者之间的良好关系即使不是所有心理咨询和治疗的特征，也是许多种心理咨询和治疗经常强调的一个共同因素。它直接有利于心理障碍的缓解甚至消除。不同的咨询和治疗理论有不同的说法：如移情关系，帮助关系、工作或治疗同盟、促进关系、真实关系、遭遇关系、密切或亲密关系、建设性关系、双方卷入的关系，等等。

5. 随时准备接受社会影响

来访者求助于咨询者的行动本身，就意味他准备接受社会影响。但是，只有初步的求助动机是远远不够的，还必须具有随时准备接受社会影响的能力和自觉性。否则，不仅来访者的求助行为可能会中断，而且也不会从社会生活中接受别人有益的影响。心理咨询和治疗的主要任务之一，就是培养来访者随时准备接受社会影响的能力和自觉性，并鼓励来访者去与别人建立和发展类似他与咨询者之间的关系，在广泛的社会生活中随时准备接受他人有益的影响。为此，咨询者要通过实例帮助来访者弄清楚某些与来访者最关紧要的社会影响机制，例如吸引、喜欢、爱、厌恶、憎恨、攻击等的机制，弄清楚如何处理从众、顺从、服从和保持独立自主性的关系这类问题。当然，由于问题的性质和来访者人格各异，讨论的重点因人而不同。

6. 意识扩大性自我探索

在咨询和治疗中，咨询者采取灌输的方式即使解决了眼前的问题，如果来访者不会自我探索，下次遇到新问题(可能只不过是老问题的另一表现形式)仍需求助于咨询者。所以咨询者和治疗家的启发和引导，不能代替来访者自觉的思考。

自我探索使意识的范围和深度加大，过去觉察不到的内心世界逐渐清晰地呈现出来，人们对自己的理解得以提高或深入。不同的咨询和治疗理论对这一过程有不同的解释。来访者中心理论认为这是对自己内在感受的挖掘或开发，同时也是去掉面具而显现出真实的自我的过程；精神分析学说认为这是对"无意识"的洞察或领悟；存在主义治疗理论认为这是对"此在"(dasein，我这个独特的人的存在)的觉察；格式塔或完形(gestalt)治疗理论认为这是对心理之整体(即格式塔，亦译完形)的觉察。认知治疗理论也有类似的情况，例如，通过认知治疗使来访者认识到，自己的认知活动在诱发反应的刺激或生活事件与反应或结果之间，起着中间环节的作用；弗兰克尔(V. E. Frankl)的意义疗法同样包含着这个因素。按这种治疗理论，经过治疗，来访者发现和体验到了自我存在的意义以及生活的意义，也就是开拓了意识，当然可以理解为意识扩大性自我探索；从表面上看，行为治疗的过程本身似乎没有意识扩大性自我探索，其实并不尽然。关键在于来访者是否开动脑筋积极地参与行为治疗，如果是的话，这个过程也包含有意识扩大性自我探索。尤其是新的有效行为意味着丰富了来访者的行为储备，这必然伴有意识扩大。成功的行为治疗使来访者自信心增强，行为的自觉性和责任感也增强了，这里蕴含着实践过程中的自我探索。

二、其他学者提出的几个共同因素

夏威夷大学曾文星教授、徐静认为对治疗本身的期待、对治疗者的信任、可依赖的安全感、接受支持、接受心理学知识、获得病情的解释、策动改善的动机、向治疗者模仿和认同、获得家人或旁人的关心、协助(相关)资源的动用、自然复愈及成长等是心理治疗的基本治愈机制。梁宝勇认为，各种心理咨询和治疗方法起作用的共有因素有 6 个：温暖和信赖的咨询关系、保证和支持、脱敏、理解或领悟、适应反应的强化和学习、宣泄。我们以这一观点为基础，并且吸收和借鉴其他观点，认为各种心理咨询和治疗起作用的共同因素可能有以下一些方面。

1. 来访者对咨询本身的期待

有些来访者一旦决定接受心理咨询并期待早日付诸实施之后，心情就显著改善。显然，这与咨询没有关系，而是期待咨询这件事本身起了作用。每个来访者对咨询的期待是不同的，有的来访者幻想咨询者能轻而易举地去除自己的心理问题；有的来访者希望咨询者能成为自己的后盾，帮助自己去应付面对的困难；有的来访者因决定接受心理咨询，开始关注自己的心理状况，费心检讨自己的想法，小心管理自己的情绪及控制自己的行为，无形中就发挥了心理咨询的功效。

2. 温暖和信赖的咨询关系

咨询者通过尊重、真诚、准确的神入(empathy)和无条件的积极关怀与来访者建立起温暖、信赖的咨询关系。这种关系可以增强来访者战胜困难、治愈疾病的信心。

3. 保证和支持

来访者往往以为自己的心理问题是独特的、难以解决的，通过与咨询者讨论，便可认识到这些问题并非少见或自己独有，且是可以解决的。咨询者的保证和支持，使来访者感到有依靠、安全和希望，焦虑水平降低。

4. 脱敏

不仅系统脱敏法，各种心理咨询方法都有脱敏成分。在接受的气氛中同来访者一起谈论让来访者担心的问题和事件，这些问题和事件便逐渐失去威胁性；在安全的咨询场合重谈痛苦的经历，可逐渐消退与之有关的焦虑。

5. 理解或领悟

所有心理咨询都或多或少要向来访者解释，如问题是如何产生的？为什么持续存在？如何解决？不同咨询和治疗流派有不同的解释和方法。对于有令人担心的问题、而又不明其原因和严重性的来访者来说，不管咨询者如何解释、采用何种咨询方法，同专业人员接触本身便有消除疑虑、获得新知识和培育希望的作用。

6. 适应反应的强化和学习

所有咨询者和治疗家(不只是行为治疗家)对来访者的进步和成长都会投以赞许的目光和话语，对适应不良行为或态度感到失望。因此在不同咨询和治疗方法中强化的使用只有有意、无意之分，没有哪一种方法没有强化成分，包括罗杰斯的来访者中心疗法在内。所有心理咨询和治疗都是以促进来访者行为或态度改变、帮助来访者进步和成长为目标的，因此也都包含学习。

7. 宣泄

所有咨询者都要倾听来访者的叙述，来访者倾诉内心的痛苦和烦恼，这本身就有积极作用，可以缓解内心的紧张，减轻心理压力，至少有暂时性功效。

例如，有一位二年级的女大学生，曾是班上品学兼优的干部，后来遭到同学误解，在班干部选举中落选了，本该获得的荣誉也落空了，很想不开，在给我们的信中说："我甚至想到了死，但又觉得不值得……我的心变得好凄苦、好凄苦……这些日子里，我觉得整个世界都变了，变得那样晦涩，周围的人也变了，变得那样刻薄，我好苦、好苦。"我们同她约见了两次，首先让她尽情地宣泄，把苦水都倒出来；然后针对她倾诉的内容，引导她将未来的奋斗目标同目前的荣誉、地位的"丧失"进行比较。这位学生原来就志向不凡，历年来曾获得许多荣誉，然而作为人生价值具体表现的荣辱观出了偏差。当她意识到将来报考研究生或是留校任教是自己生活中更有价值的奋斗目标时，原来凄苦的心境便得到很大的改善。后来她也意识到这个世界毕竟是美好的，她在成长过程中就得到许多老师、同学的关心、爱护。此后这位同学在不到一年的时间里又被选为系里的主要学生干部，并获得学校最高等级的奖学金。

许多心理上的困难，往往靠个体自己的复愈能力或随着个体的成长而恢复。心理咨询的作用只在于减除对自然复愈的障碍，使个体发挥自身的生命力去达到康复。特别是小孩或年轻人，充满生命力，只要适当排除存在的阻力或障碍，就能很好地成长。所以心理咨询有促进来访者自然复愈及成长的作用。

知识扩展

岳晓东眼中的心理咨询

如果说，爱情只是两人间的互敬互爱，那么，人情就是人世间的互敬互爱。心理咨询正是这种互敬互爱之表达与交流的艺术，也可谓是心灵沟通的学问，是艺术，就需要有想象及自由发挥的空间，由此心理咨询中需要有感情、有想象、有创造。

心理咨询也真是使人开心的艺术。

人们应从对心理咨询的疑惑中解脱出来，去拥抱它，享受它。

心理咨询是什么？

在心理咨询还不普及的中国，提及这个词语，很多人会立刻把它与"精神病"、"心理变态"等字眼联系起来，认为只有那些心理有严重障碍的患者或者是精神病人才会去咨询。

在我看来，心理咨询这个空间就像一个转换器，在心理专家的帮助下，把不良的情绪释放，重新认识自己、接纳自己。

美国著名心理学家罗杰斯认为，咨询员给予当事人的是一种安全感，使他可以从容地放开自己，甚至可以正视自己曾经否定的经验。心理咨询是一种帮助人的过程。其实，心理咨询就是这样一种简单的事情。寻求心理医生的帮助，就像对好友倾诉心声一般随意，只不过咨询员受过专业的训练，在倾听当事人的苦闷与愤懑的同时还可帮助当事人找到心结所在，及时提供建议，给予引导，让当事人以一种良好的心态面对周围的一切。

美国的学生经常到心理咨询中心寻求心理医生的帮助，但中国的学生传统观念却是看心理医生就代表有病。然而事实是，很多中国学生的心理承受能力差，什么事都闷在心里头，也不懂得用适当的方式排解心中的郁闷，所以往往做出极端的事情来。

心理咨询就像冬日的暖暖的阳光，驱散你心头的寒气。有些时候对过去不过于执著的话，你会重新拥有生命的春天！

心理咨询追求的意境是什么？

心理咨询可以使人产生登天的感觉，第一次听说吧？

其实，说心理咨询就是使人开心，只是说对了一半。因为心理咨询确实力图使人感到开心。但是，使人开心的事情一般人都会做。例如，当一个人失恋或失婚时，他可以找个亲朋好友哭诉一番或痛哭一场，即时就可以得到许多宽心的话，也可以得到不少的精神安慰。于是，他变得开心些了，但开心之后又是什么呢？

这便是心理咨询所要解答的问题。

换句话说，心理咨询不同于一般的安慰，就在于它不仅使人开心，更是使人成长。这里的成长，就是通过咨询的过程，使来访者自己想通了，认清问题的本质，知道该怎么做，达到了人们常言的心理平衡。

所以，使人开心只是心理咨询的前奏曲，而使人成长才是心理咨询的主旋律。

由此，心理咨询力图使个人将不愉快的经历当做自我成长的良机。它竭力使人们积极地看待从此所经受的挫折与磨难，从危机中看到生机，从困难中看到希望。从这层意义上讲，心理咨询也在于帮助人学会辩证地看待生活当中的忧愁烦恼。但这一切不是靠指教劝导得来的，而是靠启发领悟获得的。

用马斯洛的话来讲，心理咨询就是要使人获得"顶峰的体验"(peak experience)。

这不就是指"登天的感觉"吗？

心理咨询追求的目标是什么？

一般人在相互安慰时，总是会劝说对方尽早地忘却其不快的经历。"过去的事情就让它过去吧，明天会更美好的"，这大概是人们平时相互劝慰时的共同准则。

但心理咨询人员不会这样简单地劝说来询者忘却过去，他们要使人从挫折中认真反省自我，总结经验教训，增强生活智慧，以便能够更好地应付日后生活中可能出现的各种不快经历。在这层意义上，心理咨询就是要使人更好地认识自我，开发自我，激励自我。

说白了，心理咨询就是要使人比原来活得更轻松，更快活，更自信。

此外，心理咨询还要避免使人依赖他人，增强个人的独立性与自主性。心理咨询再三强调要尽量理解来访者的内心感受，尊重他的想法，激发他独立决策的能力，为的是什么？为的是强化来访者的自信心。

所以，任何一个心理咨询过程，无论其性质有多大不同，时间长短上有多少差别，本质上都是要帮助来访者从自卑和迷茫的泥潭中自己挣脱出来。

来访者耷拉着脑袋进来，挺着腰杆出去。

第六节　正确看待心理咨询

国内一项调查结果显示，中国人当遇到心理困扰时的心理调节渠道依次为：自我调节、知心朋友、家人、同事、社会咨询机构，也就是说，中国人遇到心理困扰时不大愿意求助专门的心理卫生机构。

一、当代美国人怎样看待心理咨询

从一定意义上讲，接受心理咨询的过程就是心灵开放的过程。

德国著名心理治疗大师诺斯拉特·佩塞斯基安(Nossrat Peseschkian)指出：那些自认为自己是心理健康的人不是真正的心理健康者，而心理健康者正是那些敢于面对心理问题的人。

美国人一旦遇到诸如情感挫折、人际不和、环境不适、同性恋、人格障碍、神经症之类的问题，首先想到的就是心理工作者。大多数美国人都把接受心理咨询看成是自信与富有的象征。在美国，每一个中产阶级都有自己的心理顾问，有人这样形容说：美国的成功人士的臂膀是由两个人扶持的，一个是法律顾问，一个是心理顾问。

当今美国社会，不仅普通美国公民视接受一次心理咨询如同吃一顿麦当劳那样自然、简单，就连堂堂美国总统也拥有自己的心理顾问。1972 年，联邦政府批准设立"总统心理健康委员会"作为白宫办事机构专门为总统提供心理咨询服务。

早在 1963 年，美国总统肯尼迪便亲自签署了"关于设置社区心理卫生中心的文件"，并将这一文件以法案的形式提交国会批准通过。自此以后，大大小小的心理辅导和治疗机构便迅速在美国城镇发展起来。据统计，美国现有临床心理医生、社会工作者和精神护理人员 28 万人，每年接受心理咨询和精神护理的人数多达 6000 万人。难怪美国著名心理学家杜·舒尔兹称美国人是世界上"最自信、最讲究实际的人"。

相比之下，中国的心理咨询业和国民对心理咨询的心态均处在低级水平。封闭性的文化导致了封闭性国民性格，而封闭性的国民性格只能导致懦弱、虚妄的人生。

二、中国人为何难以做心理咨询

有资料表明，还有很大一部分心理不健康的人处于非疾病的亚健康状态，这种状态在一定条件下很易发生精神疾病，但是亚健康状态的咨询率不足 1‰。那么，我们中国人为何难接受心理咨询及心理治疗？

这种现象的出现也是有着深刻的社会文化历史根源的。具体表现在以下几个方面。

(一)传统世俗观念

传统世俗观念对精神疾病的歧视与偏见是导致人们患有心理疾病而不求医的重要原因之一。传统中国社会是一个伦理社会，人们从心理上追求伦理规范、行为趋同。相应地，社会排斥与其不符合的行为和想法。自然，在心理健康上，中国人习惯把心理疾病与个人道德品质联系起来。社会形成了心理上有毛病(如怪异的想法和行为)，就是个人的道德品质问题。而一旦被贴上这样的标签，其生存价值便大打折扣，轻则被人嘲笑、轻视，重则甚至完全被否定。例如，各地骂人的方言中都有"神经病"类似说法。这样的后果是，造成了中国人在心理疾病上的讳疾忌医。人们要么否认自己的心理问题、强制性地压抑心理痛苦，要么去西医内科或中医科求治，在求治过程中许多人往往主诉自己头痛失眠、胸闷憋气、消化不良、周身不适等躯体症状，而不愿意讲述自己兴趣减退、情绪低落、焦虑不安、紧张困扰以及一些消极念头和本能欲望等。结果常被漏诊或误诊，不仅花了很多不该花的钱，而且还延误了治疗，并且使病情加重。这些文化观念影响了一代又一代的中国人。

(二)中国传统文化强调社会(或群体)取向而忽视个人价值、尊严、权利

中国传统文化强调社会(或群体)取向而忽视个人价值、尊严、权利，往往造成个人隐私权的淡漠，以及喜好窥探和议论他人隐私的陋习。在这样的文化背景下，一个人一旦公开自己的隐私，对于他在周围环境中的处境往往有损而无益。于是，人们在内心构筑起坚硬的保护壳，不会轻易向别人披露自己的内心世界，当然也就难以接受以个人隐情的尽情倾

诉为前提来寻找致病根源，进而达到治疗目的的心理咨询与治疗。另外，中国人在人际交往中，内外有别、亲疏分明。对中国的心理疾病患者来说，心理医生是"外人"、"陌生人"，因此不习惯向心理医生袒露心扉。其结果致使许多人出现心理障碍时不愿意向心理卫生专业人员寻求帮助，而采取其他调节方式，如向自己的家人或知心朋友倾诉。但从心理调适的角度看，这种方式的功效是有限的。

(三)中国传统文化强调慎独、自省

中国传统文化所强调的慎独、自省，使人们易形成仅仅依靠个人的自我调节来化解内心矛盾的习惯，阻碍着人们去寻求更加积极、有效的方式来预防、控制和消除心理障碍。包括自省在内的个人自我调节固然有的能达到内心的平衡和良好的适应，但其效果往往与心理问题的性质、个人的自我调节能力等有重要的关系。对于绝大多数人来说，通过心理自我调节方式所能解决或缓解的只是一些轻度的心理困扰或障碍，而对于那些中度、重度心理障碍来说则效果很小，结果延误了诊治，加重了病情。

(四)传统文化对非本土化的心理咨询与治疗方法的排斥

传统文化对非本土化的心理咨询与治疗方法的排斥使得心理疾病患者不愿求助源于西方的所谓正规的心理咨询与治疗。国内一些心理卫生工作者，在进行心理咨询与治疗时，没有充分考虑到社会文化因素(尤其是被治疗者的文化背景)对心理治疗的影响，而是照搬西方心理咨询与治疗的技术和方法，使得心理咨询与治疗的疗效不高，对来访者的吸引力较低。

总之，中国人与西方人不仅存在因种族遗传因素造成的外貌上的差异，而且更主要的是因受不同文化的塑造而存在个性、心理、行为方式等方面的差异。正因为文化因素的影响，在对我国国民进行心理咨询与治疗时，就不能原封不动地照搬西方的理论与方法，而要结合我国的文化背景来加以施行。

三、走出常见心理咨询的误区

有病看医生，花钱吃药打针。多年来人们心中的"求医问药"模式可谓根深蒂固。几经周折后的心理咨询业虽说正在被人们接受，但受传统的影响，其中不乏误区的存在。走近它的人发现与自己要求有差别，开办它的人认为很简单。"我有心理障碍，你直接给我一个解决方法就行了"或者"不就是聊天吗？要那么讲究干什么"。看来有些问题还需要澄清。

(一)心理咨询≠讨教、传授处理问题良策

人们有了心理问题才可能想到要心理咨询，而恰恰多数的心理问题不能以简单的说教来解决。对于求询者来说，他们认为心理咨询就是医生帮助自己拿出解决问题的主意，要求尽快得到处理问题的良方良策。但大多数的问题又都是些社会心理问题，而每一个问题又有千差万别的处理方法，不同的个性及思维行为模式就会有不同的思维趋向，因此在不同的人看来就有不同的方法，作为咨询者看来是正确的方法不见得适合来访者。

正规的心理咨询是咨询工作者与来访者在商榷、讨论当中使来访者发现其个性中的不足，并通过咨询来解决和完善这一不足，然后来访者拿出办法。相反，假若咨询工作者替来访者在某类问题上拿定了主意，这便违背了心理咨询的原则。假如一个人向不同的几位心理医生咨询，都给他传授了几种良策，到最后他肯定会不知所措了；再假如他走捷径按照讨得的决定去做了，丧失了自己的个性不说，下一步心理医生该给他纠正的就是"咨询依赖"了。

(二)心理咨询≠同情＋阅历

有不少来访者、尤其是电话求询者，要求心理医生最好遇到过、处理过他们所存在的问题(似乎只有咨询员回答是，他们才放心)，仿佛只有这样才会同情他、理解他。对心理咨询工作人员要求阅历深、经验多这是人之常情(也不排除来访者自己尚未意识到的多疑这一性格特点)，但大可不必要求咨询员也有过类似经历，不管有无类似经历，都会以极大的同情心相待。就像一位助产士的轻柔动作未必是从体验生孩子当中学来的一样。还有一种现象，来访者咨询的目的好像就是为了寻求同情，如恋爱中的一方如果自认为条件较优越，而对方又不够热情主动，这时如果按照咨询原理去解决其问题时他会显得不安，也许他会说，"我的条件多优越呀，你应该同情我批评他(她)才对呀！"试想对来询者赞扬、同情一番，除了当时心情上一阵舒畅之外，领悟不到自身认知方面的缺陷，过后还是又回到原来的状态。要不怎么说"良药苦口，忠言逆耳"呢？

(三)心理咨询≠有精神病、不光彩、不体面

一提到心理咨询，不少人会立刻把它与"精神病"、"心理变态"等联系起来，并表现出一种似乎有些害怕或不安的表情，导致有的人已经到了精神病的程度再来看心理医生。曾有心理学家做过统计，来心理门诊咨询的有 26.3%达到重性精神病诊断标准。还有一些人认为看心理医生是不光彩、不体面的事，往往是偷偷摸摸地来到心理门诊，唯恐被别人发

现。这种对心理咨询的理解是很不准确的。其实，心理咨询要帮助的是那些在生活、学习和工作中遇到困难与挫折而产生心理困扰的正常人群。心理障碍来访者只是咨询的一小部分，发病期的精神病人不属于咨询的范畴。实际上在有些国家人们对心理咨询的理解正好与我们相反，例如美国，小伙子在与女友约会前安排会见一次他的心理医生，约会时他有可能在其女朋友面前炫耀一番他在此之前看过心理医生，他的女朋友则会为之感动，因为她觉得男友一来对她、对约会很重视，二来认为他很注重生活质量。

(四)爱心＋道德＋能言善辩≠心理咨询

在一些电台、电视台及报刊的栏目主持人当中不少存有这一误区。通过这些新闻媒介，他们具有较高的知名度，开办栏目的宗旨是为人们排忧解难。人们对这些主持人的评价或许是"人生的导师"，他们的口才好、文笔流畅，他们往往以道德家的眼光来评判来访者的苦恼，把人们的心理问题区分为有对有错、有该干与不该干之别，岂不知在人们的心理问题当中有许多就是以与现实道德伦理相悖为根源的，就心理问题而言，不该有对与错之说。

例如在电台上，听众打电话参与节目，遇到的问题是配偶有婚外恋，在困惑与迷茫中诉出其苦恼，让人听起来好像全是对方的过错，主持人(有时连带被发动起来的听众)在同情参与者之余，便是群起而攻之的声讨。实际上，对方有婚外情，在自身方面也肯定存有多种因素或者说也应负有一定的责任，除了同情之外，还要帮助来访者发现生活当中存在的问题以及认知过程的矫正。就道德方面而言，人们的感情困惑也许就是以与道德相悖为根源的，毕竟它们是不能相互取代的。相反，对对方或对来访者进行道德谴责还会加重来访者的心理负担。

(五)心理医生≠万能算命者

有些来访者将心理医生神化。一种心理状态是认为心理医生是搞心理学的，应该一眼就能看出来访者的心理问题，否则就是不称职；另一种心理状态是来访者羞于表达内心感受，不愿将自己的心理活动吐露出来，认为医生能够猜得出。实际上，心理医生也是人，只是利用医学心理学原理，以来访者提供的问题为基础才能对其有所帮助。正如有人感冒发烧时医生先用体温表测出其体温后再制订治疗方案一样。

(六)声音悦耳＋善解人意≠心理咨询

从纷纷兴起的信息台看来，都将谈心节目作为信息台的一大板块，从业人员素质良莠不齐，似乎只要有甜美的嗓音，不管谈什么，能侃能聊、迎合求询者的心理、能吸引住人就是标准。尽管有的打着"心理调适"含蓄的字眼，但打电话的求询者在与主持人的对话当中，已经把主持人当成心理医生，或把这个过程看做是心理咨询了。所起的作用除了疏泄一下之外其他就很难说了。也有的求询者目的不是为了咨询，其中苦衷可能只有主持人自己才会知道。

知识扩展

心理咨询能做的和不能做的

李子勋

1. 不能改变现实，但能改变你的视角

生活不可能只有快乐，没有痛苦，心理咨询当然也不是速效止痛药。对人们的现实困境，心理咨询其实一筹莫展。如果你向咨询师抱怨"他为什么抛弃我？""老板为什么炒掉我？""钱为什么那么难赚？"那他唯一能做的就是鼓励你接受。

如果一个人失恋了，很痛苦，咨询师必须承认："失恋当然会痛苦，这很正常也很自然。"但是，如果这种痛苦太深了也太久了，咨询师就会与你一起来分析："为什么这个痛苦会被如此放大呢？它对你有什么更深层的心理意义？为什么你需要久久地抓住它不放？"你的故事，咨询师在听，但他却是在用眼睛"听"。他观察你的表情、情绪和无意识动作，分析你在如何说故事，故事里哪些内容是你解释，哪些是你的赋义。好的咨询师总是在激发你对自己的反思，使你从你的问题中看到自己。

有时候，你受到启发，改变了一个视角，从"我是一个被动的受害人"变成"我是某一个问题的形成者"，很多东西就会变得不同。

2. 不能对你扮演一个"父亲"、"丈夫"或"精神导师"

假如一个女子，从小与父亲感情很深，事事问父亲拿主意；长大了嫁人，这个"支柱"就由丈夫来承担，每逢问题，她就从丈夫那里得到安慰、支持、指导。后来，丈夫离她而去，痛苦之中她找到了心理咨询师，很自然地希望，咨询师能够像从前的丈夫和父亲那样，一直告诉她："你最好怎么怎么做。"

如果咨询师满足了她——你需要一个父亲，好，那我就来对你扮演一个父亲，她会马上得到很大安慰，并对咨询师充满感激之情。

但一个成熟的咨询师不会这样做，当她说"我有一个问题，需要咨询师的意见"或"我有一个烦恼，希望咨询师帮我解决"，他可能显得很无能，甚至很可恶，要不含糊其辞，要不就顾左右而言他，反正不肯爽利地说出个一二三来。因为如果他扮演了这个角色，咨询者就会继续依赖这种关系，失去独立和成长的契机。

很多时候，我们就像蛋壳里的小鸡，被某一种行为方式禁锢了自由，心理咨询要做的就是帮助小鸡打碎这层蛋壳，让它来到一个更广阔的天地中。

3. 不能或很难立竿见影

我的一个同行遇上这样一位来访者：整整一小时，她哭诉，他就听她哭诉，时间到，她说："我还没有说完，能不能延长一会儿？"

他说："下次再来。"

到了下次约定的时间，她失约了，倒是她母亲出现在诊所里，问咨询师："我女儿都说了些什么？"咨询师说："你可以去问她。"母亲说："她什么都不肯告诉我，只说，咨询师光是听，而且只肯听一小时，我找个朋友，还可以随便谈它三五个小时。"

如果她只是哭诉，咨询师就只能当一双好耳朵，提供最基本的心理支持。他必须等待，等待一个时机，等待一个"入口"，等待她过了最初的宣泄阶段，做好领悟的准备，等待她开始投入，才能陪她慢慢地成长，慢慢地改变。如果治疗关系在起点时就中断，那就只能是一次失败的咨询，来访者没有收获。

心理咨询不像内科看感冒，一剂下去药到病除。一个最简明的短程治疗，也需要8～10次，每次30～45分钟。

除了时间，还需要经济上的准备。目前收费不一，在医院，一般不会超过1分钟1元钱；社会咨询机构可能高一些，大多1小时150元左右，有的按次收费，200～300元/次。有些涉外的医疗机构，1小时100美金。

4. 不同于与朋友间的倾谈

情绪不好时，我们也会与亲密的朋友做一番倾心交谈，经常也有很好的效果。心理咨询中那种亲密信任的关系，有时与朋友的感觉非常相似，但不完全一样。

你的种种感受与看法，会受到咨询师完全的接纳与尊重，你的隐私，绝对受到保密；咨询结束，关系立刻中断，没有任何牵扯——这会为倾诉带来很大的安全感和私密性。

咨询师的话，经常与朋友的话很不一样。假如有一个人告诉咨询师："我想自杀。"他不会说："千万别。"他可能与你讨论：怎样的自杀方法比较快乐？如果自杀了会解决什么问题？留下什么问题？除了自杀还有别的解决办法吗？当然，需要与咨询师讨论自杀的人，往往没有真的下定决心采取行动。

如果有一个人告诉咨询师："我与一个妓女发生了关系，我很害怕感染艾滋病。"咨询师不会简单地说："赶快去做检查吧！如果是阴性就没事，如果是阳性得赶快治。"——来访者就被咨询师推进一个更大的危机里了。咨询师应该预先考虑到所有的可能性，并帮来访者做好相应的心理预备：感染的危险到底有多大？来访者有没有足够的支持系统来度过危机，比如，婚姻是否幸福，有没有可靠的朋友？他的经济状况如何？一旦查出阳性能不能承担医药费？如果是阴性，他是否正处于一种危险的生活方式中，等等。

5. 一个咨询师，不可能适合所有的来访者

每个咨询师都有他最适合的来访者，一位咨询师就曾说："我最适合那些与我有相同心理问题的来访者。"就像两个物体，振动频率越接近，就越容易产生共鸣。

理想的咨询就像谈恋爱，要双方都找到感觉，在同一频道互动，影响才会真正发生。所以，你在选择咨询师，咨询师也在选择来访者。当然，一个咨询师的技术越成熟，经验越丰富，适合的范围会扩大。

如果一个咨询师非常适合你，那是一种机缘；如果他没有接受你或你没有接受他，不一定是谁的错，也许只是频道各不相同。

6. 很可能不会让你一直感到满意

很多人对心理咨询有一种误会，以为就像咨询师和来访者坐在一起分糖果，你好我好大家好。其实，有些时候，心理咨询也是很痛的，咨询师不会永远让你感到高兴，体验痛苦在心理咨询中也有着重要的意义，因为症结往往是在那里。

此外，咨询中有一个很重要的内容，就是讨论与咨询师的关系。不少来访者，在咨询过程中对咨询师产生了意见，比如认为咨询师对他不够关心、对医生的某些言行感到愤怒，但却不敢暴露出来，怕把咨询师得罪了。这样一来，互动受到阻碍，治疗效果就要大打折扣。其实，这些感觉非常重要，要随时让咨询师知道，以此来调整你们的关系。

7. 你是水，咨询师是船，水涨船高

弗洛伊德说："精神分析只能治好有精神分析头脑的人。"大意就是，来访者才是治疗的主体，咨询师只是一个工具，他是被动的，从属的，就像案头一本字典，需要的时候就去翻一下。

一旦形成了治疗关系，你必须投入，主动地坦承你的困惑与问题，而不是干等着咨询师来做什么，因为如果你不投入，咨询师就只能等待。

投入的另一个方面是：一旦你决定找咨询师，接受他的帮助，你就要拥有心理学头脑，在生活的每时每刻努力地觉察和分析自己，寻找不一样的处理问题的方法，接受不一样的视角。这些工作不仅在诊室里做，更要在生活里做。当你面对咨询师时，你要告诉他在新的方法和视角下，同样的情景不同的内心体验和效果，这样才能和咨询师形成良好的互动。

其实，心理咨询成功的关键是来访者自身的准备、内在成长的动力、咨询中真正投入的程度。我们都知道水涨船高这个道理，这里水就是来访者，船就是心理咨询师。

第二章 朋辈心理辅导概述

朋辈心理辅导是一种实施方便、推广性强、见效快的心理辅导模式，它让很多受过专业半专业训练的人成为专业心理咨询老师的有力助手。把朋辈心理辅导引入到大学校园，在专业老师的督导、培训下，将一些有助人意愿、有助人能力的学生培训成朋辈辅导员，利用朋辈互助，解决心理问题，是高校心理健康教育的一种行之有效的途径。

第一节 朋辈心理辅导的形成与发展

一、美国朋辈心理辅导的形成与发展

与专业心理咨询不同，美国学校中的朋辈心理咨询是从学生群体中选拔出的朋辈辅导员，经过一定的培训和督导，为受助学生提供支持、鼓励或各种信息，帮助他们解决学习、生活和心理各种问题的一种"准专业心理咨询"。朋辈心理咨询的行为干预机制主要有两种途径：朋辈支持模式(peer support model)和朋辈领袖示范模式(peer leadership model)。前者是通过朋辈辅导员向朋辈受助者提供倾诉、安慰和关怀等精神鼓励，帮助他们尽快弥合因疾病、灾难、暴力等受到的心理伤害。后者是通过朋辈辅导员对其他朋辈进行积极的行为示范，使其不良行为得到矫正。

20世纪60年代，种族暴乱、校园骚乱等社会危机波及了美国的家庭和学校。美国青年一代受到家庭、学业和就业压力等问题的困扰，各种心理问题日趋突出，出现了滥交、吸毒、辍学和犯罪等不良现象。美国学校教育中的青少年教育任务日益繁重，而此时美国学校的教师特别是辅导学生的专业心理老师却非常匮乏，无法适应学生的发展需要。为此，越来越多的专家认识到需要寻找更多的援助资源，同时也希望通过普及心理健康等专业知识，让更多的青少年能够提高自理自助能力。朋辈心理辅导正好适应了这种需求，于是美国精神卫生领域掀起了一场非专业心理咨询的运动和革命，随后对美国学校教育产生了重大的影响。有一些学者开始探讨在学校培训学生，以帮助其他需要帮助的学生。威兰德(1969)发表了她利用受训的高成就的中学生在咨询团体中帮助低成就的中学生的研究报告，成为学校朋辈心理辅导领域的首篇论文。之后美国各州许多高校、中小学都开展了朋辈心理辅导的研究和运用。

(一)朋辈心理辅的诞生和发展

到了 20 世纪末，在推广和运用朋辈心理辅导的基础上，美国心理辅导领域关于朋辈心理辅导的理论研究也日渐成熟，研究问题更加深入广泛，主要包括朋辈心理辅导的有效性、朋辈辅导员的培训、朋辈心理辅导的技术问题等。为了进一步有效地推广和运用朋辈心理互助，美国于 1984 年成立了全美朋辈互助者协会，后来更名为全美朋辈教育联合会，聚集了全美 501 个致力于朋辈心理辅导推广的合作伙伴，其中最多的是全美的中小学和大学，来共同探讨朋辈心理辅导的发展问题，制定朋辈心理辅导实施的统一标准。2002 年由协会最新修订的项目标准，对实施的朋辈心理辅导从项目启动(计划、义务、人事、组织结构)、项目实施(选拔、培训、服务、监督)、项目维护(评估、公共联系、长远规划)等三个阶段进行了标准化地规范和指导，以提高朋辈心理辅导的实施质量。

发展到现在，美国的朋辈心理辅导拓展出一系列形式多样的朋辈心理辅导活动。

(1) 朋辈电话和门诊咨询。在美国的一些中学和大学里，一些学生在接受了一定的专业心理辅导培训后，经常辅助或代替专业心理咨询老师，通过热线电话和门诊咨询两种形式，为寻求心理咨询的学生提供主动倾听和支持性疗法，帮助他们宣泄情感、解决问题和促进个人成长。哈佛大学学生心理咨询组织就有六七个，例如"13 号室"、"反应"、"回响热线"、"共同热线"等。

(2) 朋辈调解(peer mediation)。朋辈调解是指学校从学生中选拔出的朋辈调解员(peer mediator)，依靠沟通和调解技巧为冲突或有争端的学生双方提供第三者的介入和帮助，有效地解决问题。美国 25 岁以下青少年的暴力冲突多发生在校园里，大多数冲突是因为学生不正确的处理方式升级而成的。朋辈调解项目的目标是使学生与教师、学校领导和心理指导老师共同担负起维护安全稳定的校园环境的责任，通过朋辈调解的培训和过程使双方同学增强对自我和他人的认识，提高冲突沟通的技巧。

(3) 朋辈健康教育(peer health education)。朋辈心理互助被美国学校广泛地运用于包括饮食紊乱、酗酒、吸烟、吸毒、性心理卫生、艾滋病的防治等方面的学生健康教育。具体而言，朋辈健康教育项目是从学生中选拔出健康使者，为其他学生进行健康知识宣传；或作为朋友关心帮助那些不健康的学生改变不健康的行为；或让有不健康行为的学生参与到朋辈互助以身示范。

(4) 朋辈伴读(peer tutoring or mentoring)。朋辈伴读项目是指从高年级的、成绩优秀的学生中挑选出来的学生，受到一定的培训和督导后，为低年级的、学习能力弱或身体残疾等有特殊困难的学生提供学习技能、生活技巧和心理问题等方面的朋辈咨询。根据朋辈伴读项目特定的辅导对象、辅导内容，美国学校中开展的朋辈伴读项目又发展出许多有特色的形式，有大学生志愿者与社区中小学生结对的社区朋辈伴读；有高年级学生志愿者指导新生发展社交和学习技能，学会合理管理时间，制订学习计划和生涯规划，尽快适应学校生活的新生朋辈伴读；有在与学习社团成员一同住宿，辅助老师帮助所在宿舍区的学习社团提供学业指导和示范的大学宿舍学习社团朋辈伴读(residential learning community peer mentoring)；有帮助国外留学生了解美国学校学习生活的留学生朋辈伴读。

(二)朋辈心理辅导的实施过程

美国威奇塔州立大学(Wichita State University)"学业成功计划"(operation success)1970年创立，目前仍在实施，是一项由美国教育部和威奇塔州立大学合作开展的，旨在通过形式多样的学业援助系列服务，帮助大学新生和学习困难的学生能够顺利完成威奇塔州立大学学业的计划，其中朋辈伴读是该项计划的重要组成部分之一。本文以"学业成功计划"为例介绍朋辈心理咨询活动实施的主要程序。

1. 组建活动组织管理机构

由威奇塔州立大学学生发展服务部组建"学业成功计划"活动委员会，该委员会负责活动的计划、实施和评价，包括朋辈伴读项目的活动设计、经费管理、朋辈辅导员的选拔和培训、辅导对象的挑选等相关事务。委员会安排一些专业心理咨询老师担任辅导事务协调员指导朋辈辅导员和辅导对象开展朋辈伴读活动。

2. 朋辈辅导员的招募和选拔

威奇塔州立大学在高年级学生中公开招募朋辈辅导员。首先是通过各种途径(网站、传单、宣讲等)向学生宣传担任朋辈辅导员的意义和基本条件。基本条件要求具有：良好的学习技巧，入学成绩至少为3.0GPA；合理管理时间的能力；及时完成自己学业任务的能力；良好的人际沟通技巧；健康的心理等。符合基本条件的，并且愿意参加活动的学生可向学生发展服务部提交申请，申请书里提供自己基本的信息，包括学习经历、辅导经历、愿意辅导的科目等。根据申请人提供的申请，活动委员会对申请人进行严格的面试，面试主要考察申请人是否具备成为辅导对象学习榜样的条件，特别是沟通技巧。被录用的朋辈辅导员与学生发展服务部签订一年的合同，学校给予一定的报酬。相应地，辅导对象也要向学生发展事务部提出朋辈伴读服务的申请，并签订接受朋辈伴读的合同。

3. 朋辈辅导员的入职培训

被雇佣的新朋辈辅导员必须参加威奇塔州立大学心理咨询部和心理学院联合开办的朋辈辅导员培训课程"Tutoring Strategies"和活动委员会组织的活动目标定位会议。培训课程安排在每个学期的开学初。培训课程的内容有朋辈辅导员的角色和职责、辅导对象的需要、学习模式和方法、时间管理技巧、压力管理技巧、人际沟通技巧等，目的是使他们掌握朋辈伴读的基本原则和辅导技巧。只有培训合格的学员才能获得朋辈辅导员上岗证书。威奇塔州立大学朋辈辅导员的职责要求如下。

(1) 遵守"学业成功计划"的活动原则，保证活动目标的实现。

(2) 每周向辅导对象提供至少一个科目的辅导。

(3) 帮助辅导对象发展良好的学习习惯和技巧。

(4) 帮助辅导对象确认学校所能够提供的学业促进服务。

(5) 每周填写和上交活动委员会要求的各种活动记录。

(6) 参加学期中举行的"指导老师—辅导员—学生"见面会议。

(7) 参加每个学期组织的培训和活动。

(8) 确保辅导质量的不断提高。活动目标定位会议则是让朋辈辅导员和辅导对象一同参加，使双方了解活动的目的和目标。

4. 朋辈伴读关系的确立和保持

"学业成功计划"的朋辈伴读项目要求，朋辈辅导员与辅导对象是一对一结对的。结对主要依据双方在性别(同性配对)、种族、学科背景、兴趣爱好上的匹配，目标是为每个辅导对象安排一个最合适的朋辈辅导员。活动委员会要求辅导员和辅导对象在生活中保持交流，使辅导对象有充分机会从生活中学习朋辈辅导员良好的学习习惯和方法。为此，活动委员会会定期(一周或一个月)安排各种双方参与的活动和会议。特别在第一次辅导员与辅导对象见面会上，要求朋辈辅导员与辅导对象迅速确立友好关系，对辅导对象的时间管理能力进行评估，根据辅导对象的情况制订出辅导目标和计划，在互相讨论和认可后双方签订合约，一份交给辅导对象，一份交给活动委员会。见面会后，学校要求朋辈辅导员要提供给辅导对象一切联系方式，保证辅导对象在需要的时候可以联系到；每周都要与辅导对象活动一次，提供最多 20 小时的辅导服务。

5. 提供不间断的职后培训和监督(评价)

在新朋辈辅导员培训后，威奇塔州立大学还为他们提供不间断的培训和活动，例如学期中召开一次"指导老师—辅导员—学生"见面会议，每个月召开一次朋辈辅导员经验分享会，为朋辈辅导员发放《朋辈伴读实施手册》等。另外运用过程和总结性评价、定量和定性的评价对朋辈伴读过程进行监督。例如要求朋辈辅导员每周向活动委员会提交辅导时间、内容、地点和辅导对象的学业进步表现等各种记录；向辅导对象发放问卷反馈辅导质量；对辅导对象的学业情况进行跟踪和评价。监督的作用为：一是使朋辈辅导员对自己的辅导能力进行正确的自我评价，不断提高辅导水平，如遇到无法辅导的情况，及时将辅导对象转介给专业辅导老师或其他辅导员；二是让辅导的对象了解在朋辈辅导后的学业进步情况，激励其更加努力学习；三是便于活动委员会对朋辈辅导员的表现进行过程和总结性评价，及时掌握朋辈辅导员和辅导对象的情况，并在两个学期朋辈辅导员表现评价结果的基础上，决定来年是否对其继续雇佣。

6. 对整个活动过程进行全面质量管理

威奇塔州立大学运用全面质量管理(TQM)系统对朋辈伴读过程进行全程质量监控,确保朋辈伴读的成效。全面质量管理系统主要由五个核心思想组成：第一个是为学生提供满意的、促其进步的服务，体现在活动前进行辅导对象的需要调查，为其量身订制辅导计划，鼓励辅导对象有机会随时反馈意见；第二个是建立高效的组织领导系统，包括确立明确的活动意义和目标，保证专业人员参与活动的计划、实施和评价；第三个是促成人力资源有效管理和团队合作，包括为专业人员和朋辈辅导员提供职前和在职的不间断的培训，制定清晰的人员沟通制度，建立专业人员和朋辈辅导员团队；第四个是促进活动不断改进，体现在制定内部及时信息传递和分析的制度，建立与校内相关部门和社区的合作关系，追踪和及时解决遇到的问题；第五个是保证持续的数据、测量分析和评价，包括建立学生学业表现跟踪和评价的数据系统，对辅导策略、程序进行评价。

二、我国朋辈心理辅导的形成与发展

在我国，朋辈心理辅导起步较晚，20 世纪 90 年代中后期才受到有关学者的重视。在这方面最早出版的书是陈国海、刘勇编著的《心理倾诉——朋辈心理咨询》，此书是国内朋辈心理辅导的开山之作，对国内朋辈心理辅导的发展起到了非常重要的指引作用。2003 年，国内学者孙炳海、孙昕怡开始公开发表此方面的学生论文，从此，越来越多的学者和教育者开始关注朋辈心理辅导问题，国内朋辈心理辅导逐渐发展起来。

在理论研究的同时，朋辈心理辅导实践尤其是大学生朋辈心理辅导实践也在摸索中逐渐发展起来。中山大学、浙江大学、天津大学、上海交通大学、南京大学、山东大学、南京林业大学、山东工商学院等很多高校都在这方面做出了有益的探索。各个学校的具体做法也不尽相同，但大体可以归纳为以下几点。

(1) 从全局的角度出发，发展大学生社团组织，开展广泛的普及和宣传教育。近些年来，大学生心理社团组织在各个高校逐渐蓬勃发展起来，成为高校心理健康教育中的一股非常重要的力量。这些社团组织往往通过校园广播和电视、校园内的宣传栏、网络以及组织各种各样丰富多彩的社团活动如报告、沙龙等来宣传心理保健知识，营造校园良好的心理氛围，为朋辈心理辅导具体工作的开展创造了良好的基础和氛围。

(2) 选拔和培训朋辈心理辅导员，开展各种形式的朋辈心理辅导，这是朋辈心理辅导工作的主体。这方面各个学校的做法不完全一样，但很多学校都在班级中设立了类似于"心理委员"的朋辈辅导员，负责班级同学的日常心理保健以及配合学校的心理健康教育工作。除此之外，还有一些学校选拔了少数相关专业背景或者是非常适合从事朋辈心理辅导的优秀学生成为更专业的"专职"朋辈心理辅导员，负责在学校朋辈心理辅导室值班，为全校学生提供面谈、电话咨询、网络咨询的服务。

(3) 一些学校开设《大学生朋辈心理咨询》一类的全院性选修课，培养更多学生具备朋辈互助的意识和能力，扩大影响范围，让更多的同学有机会受益于朋辈心理辅导。

这是国内大多数高校的做法，应该说我国的朋辈心理辅导事业的发展已经走上正轨，有很多做法值得推广。但由于发展探索的时间还很短，也难免存在一些问题和不足，大致表现为以下几个方面。

(1) 高校朋辈辅导员的素质还不够高，需要设计更好的培训方案。首先，对朋辈辅导员的技能培训和督导还不够精准、有效。非专业人员在经过20～40个小时的培训后，其咨询的效果确实可以不亚于一名专业的心理咨询员，但培训什么内容还值得探讨，既要讲理论和技术，又要兼顾实用性和可操作性；至于督导制度，如何才能有效、便捷地实施督导，是今后一个需要格外关注的问题。其次，要加强朋辈辅导员的职业道德教育，比如如何保证保密原则的贯彻等，这同他们拥有合格的职业操守同样重要。

(2) 存在重朋辈个别心理咨询、轻朋辈团体心理咨询的倾向。目前，在对朋辈辅导员进行培训时往往只培训了个别咨询需要的知识和技能，对团体咨询方面的知识和技术涉及得太少，使得朋辈辅导员开展工作时会采取个别咨询的形式，欠缺组织团体活动的能力。而我们知道个别心理咨询和团体心理咨询是相辅相成的两种形式，在朋辈心理辅导中也是一样，有一些问题在团体情境下通过组织团体活动可能会有更好的效果。所以今后在向朋辈辅导员传授技能的时候，不仅要重视朋辈个别辅导方面的内容，而且要重视团体心理辅导方面的培训。

(3) 对增加普通学生的朋辈心理互助意识和能力的关注不够。在注重对"有编制"的朋辈辅导员进行培训的同时，目前大多数学校对提高普通学生的朋辈心理互助意识和能力的重视不够。一方面，这些选拔出来的朋辈辅导员的培训固然重要，可如果普通的同学没有朋辈心理互助的意识，即使他需要朋辈心理帮助也有朋辈心理辅导员能够帮助他，他也可能不愿意接受朋辈心理辅导；另一方面，当别人需要他的心理帮助时，他也不大可能去帮助别人，所以营造一种氛围同样重要。在加大宣传力度的同时，开设一些实用、有趣的朋辈心理辅导方面的课程也是非常重要的。总之，不管通过什么样的途径，增强广大同学的心理互助意识和能力才是开展朋辈心理教育的根本。

三、我国心理委员制度的产生与发展

当前，心理健康教育工作在我国高校日益受到重视，有了长足发展，但也存在着资源缺乏与学生心理服务需求量较大的矛盾，这种资源缺乏主要表现为专业的心理咨询人员数量少、工作超负荷。解决这一问题的根本途径在于学校增加投入，吸引更多专业人员参与学生的心理健康工作。但是，在现阶段，因各种条件限制，短期内难以从根本上解决这一问题。同样的困境在 20 世纪 60 年代也曾经存在于美国的高校，他们解决这一问题的办法之一就是朋辈咨询(peer counselting)。借鉴国外高校的经验，立足于发掘现有资源，充分发挥学生的能动性，开展朋辈咨询，就成为高校心理健康工作的一种现实的选择。而学生心理委员制度，则是朋辈咨询在我国高校的本土化模式。

心理委员制度与朋辈咨询制度结合是可能的。首先，两者的本质都是发挥学生的能动性，在学生中进行自我心理健康教育、自我心理健康服务。其次，在具体的工作技巧上，两者也有很多共同的地方，如强调倾听的重要性，重视共情，都要遵守保密原则等。因此，可以用朋辈咨询的理论来指导和完善心理委员工作，形成一种本土化的朋辈咨询模式。

2001 年教育部出台了《关于加强普通高等学校大学生心理健康教育工作的意见》，2003年教育部办公厅发出《关于进一步加强高校学生管理工作和心理健康教育工作的通知》，2004 年中共中央、国务院联合发出 16 号文件，强调要进一步加强大学生心理健康工作，2005年 1 月教育部、卫生部、团中央又联合发出了《关于进一步加强和改进大学生心理健康教育的意见》。

2004 年是重点贯彻《教育部关于加强普通高等学校大学生心理健康教育工作的意见》和《普通高等学校大学生心理健康教育工作实施纲要》的一年，也是我国高校大学生心理健康教育工作进入快速发展期的一年。在教育部的推动下，高校大学生心理健康教育工作水平有了明显提高，并取得了一系列教学科研成果。当时，我国大学生心理健康教育工作正处于迈向专业化的关键时期。心理委员制度也是在这一年出现并逐渐形成一个较为完善的体系的。

(一)心理委员制度产生的社会背景

1. 2002 年清华大学刘海洋 2·23 硫酸伤熊事件

2002 年 1 月 29 日、2 月 23 日下午 1 时 10 分,清华大学机电系 1998 级(四年级)学生刘海洋先后两次在北京动物园熊山黑熊、棕熊展区,分别将事先准备的氢氧化钠(俗称"火碱")溶液、硫酸溶液,向上述展区内的黑熊和棕熊进行投喂、倾倒,致使 3 只黑熊、2 只棕熊(均属国家二级保护动物)受到不同程度的损伤,给北京动物园造成了一定的经济损失。这一故意残害动物的事件经媒体披露后,引起公众的强烈愤慨与极大反响。

对于为什么要残害熊,刘海洋说,他在书上看到介绍熊的嗅觉特别灵敏,分辨能力特别强,所以就想试一下。第一次向熊倒了火碱后,看到熊没有什么反应,就想试试用酸,因为酸有气味,熊如果灵敏就应该能闻出来。教育部副部长袁贵仁认为,刘海洋伤熊不是简单的个案,这样的学生还有一部分,只是程度不同而已。我们应该从小学教育开始反思,不能把全部责任都推给大学。袁贵仁副部长还分析指出,目前有四个方面的教育有所欠缺:一是心理教育。具有正常心理的人都不会这样做,这位同学的心理方面有些欠缺。现在教育侧重知识的传授,对学生而言,知识也应该包括心理健康。无论是家庭教育还是学校教育,都应该重视心理健康,以增强对复杂影响的抵抗力。二是从环境教育来说,这位同学是单亲家庭,内向,不爱交流,与人和谐相处的能力不是非常好。如一开始他能与人交流自己的想法,可能不会发生这样的事情。从教育角度来说,应该提供宽松环境。很多学校重视思想教育和专业教育,在创造学校和宿舍的文化氛围中,还需要改进。三是人文精神教育。所谓人文教育就是教学生怎样做人,与自然、人和社会和谐相处。可不少学校目前更重视自然科学的传授,对人文教育的重视还不够。以德育课为例,从习惯上来说,这门课更多的是一门成绩,而非指导自己的活动的信念。我们教育的目标应该把他律变成自律。四是把家庭、学校和社会教育作为一个整体。现在,这三方面评价标准各不相同,缺乏沟通。三者应该联合起来,朝一个方向努力,为学生制订一个统一的努力目标(参见 2002 年 3 月 4 日《中国青年报》)。

刘海洋伤熊事件在一段时间内激起了全社会对大学生心理健康状况的大讨论,特别是引起了高校心理工作者的关注。

2. 2004年云南大学马加爵2·23凶案

继2002年2月23日的刘海洋硫酸伤熊事件之后，高校大学生的心理健康教育在争议中进一步发展了两年。但就在2·23硫酸伤熊事件正好两周年之时，高校心理工作中一件更加让人难以忘记的事件又发生了——马加爵2·23凶案。

2004年2月23日下午1时20分，昆明市公安局接报云南大学学生公寓一宿舍发现一具男性尸体。经公安机关现场勘查，在该宿舍柜子内共发现4具被钝器击打致死的男性尸体。

后来根据昆明市中级人民法院调查得知，2004年2月13日至15日，因生活琐事矛盾，积怨已久的马加爵用铁锤先后将唐学李等4名被害人逐一杀害，并藏匿于宿舍衣柜内后逃匿。但此事直到2月23日才被发现。

知识扩展

马加爵犯罪心理分析

李玫瑾(中国人民公安大学教授)

难解的犯罪动机

通缉马加爵期间，一位负责追缉的高级警官曾谈到：这个案件的犯罪动机很值得研究……。因为，根据当时掌握的情况，马加爵杀害的这4名大学生中有3人与他同住在贫困学生宿舍，显然，被害人绝不会因钱财而遇害。马加爵用了三天的时间连续杀害4人，重要的是，他每杀害一人后都需要花时间收拾现场，然后再实施同类行为，这种情况显然不属于因为愤怒而发生的激情犯罪。如果说，他在寒假期间没有回家，是因为寂寞孤独而心理扭曲，出现了精神病态而杀人。那么现场的一切都显示：他作案井井有条，作案后在计算机上消尽他上网查询的网页，去银行取款，有计划地出逃，这绝不是"精神病人"的作案风格！既不为财，又没有冲动的迹象，从行为方式看，思维逻辑也完全正常，那他还有什么心理原因，出于何种动机呢？

正如一篇报道所论："……但马加爵的落网，显然不应该是这场关注的最终答案。毫无疑问，随着马加爵的落网，社会的关注程度甚至达到了一个沸点，公众急切期待着更多的信息——那些他们急于知晓的信息——迅速被披露，这并非仅仅是好奇心使然。本质上，凶手连杀4人的恶性举动，使人骇然，在疑凶落网之后，公众必会将注意力置于其行为逻辑之上，以求能够将这一公共事件纳入到自己能够接受的理解框架之内，从而维系对社会的预判信心。"

为了调查马加爵的犯罪心理问题，我在五局领导的帮助下，于3月26日赶赴昆明，但是，由于一些原因，未能见到马加爵本人。云南省厅刑侦总队的同志将其全部审讯记录、录音带内容，以及省厅同志在缉捕马加爵时在其家乡找到的他初中时的一本日记都毫无保留地提供给我，这些间接材料使我对马加爵的心理变化过程有一些初步的了解。同时，我提出的犯罪心理调查问题也由昆明市局负责审讯的同志代为讯问，从其中的一些问题回答结果看，马加爵似乎未能完全如实地回答，只是对一些不敏感问题做了如实回答。其中还有一些重要的问题，由于回答得过分简单，未能及时跟进提问，因而有些方面没有达到所要调查的目的。

各种归因与供述

事实上，具有职业敏锐性的各路记者已开始寻找这一问题的答案，他们找到马加爵的家乡，找到他的家庭，发现他的父母健在，属于老实本分的人家！在父母的眼中，马加爵小时候乖顺、听话、孝敬、聪明、好学，完全是正常的童年……；他们也找到他曾经就读的学校，找到他的老师，在他们的心目中，马加爵学习优异，腼腆内向，也算一个好学生！越调查，人们越糊涂，难道人的心理发展真的没有逻辑关系吗？难道犯罪心理真是一种怪异的心理现象吗？

于是人们又想到了环境：马加爵的贫困现状是显然易见的！由贫穷导致自卑，由自卑导致自尊！当脆弱的自尊受到伤害时人当然会疯狂地报复。这是一条很明显的思路。尤其是随着马加爵的落网，随着他自己的供述，人们开始知道：他的动机源于与同学打牌时发生的一点"小摩擦"，似乎更证实了这一推断。以下摘自文汇报特派记者周其俊的报道——

昆明警方今天再次对马加爵进行审讯，马加爵供出杀人的真正原因。

民警：你为什么杀人？

马加爵：我觉得我太失败了。

民警：你为什么觉得自己失败？

马加爵：我觉得他们看不起我。

民警：怎么会有这种感觉？

马加爵：他们老在背后说我。

民警：他们都说了些什么？

马加爵：他们都说我很怪，把我的一些生活习惯、生活方式，甚至是一些隐私都说给别人听，让我感觉是完全暴露在别人眼里，别人都在嘲笑我。

（哭泣……）

民警：你觉得他们为什么会这样说你？

马加爵：可能是因为我较穷。

民警：还有呢？

马加爵：还有，以前我很想和他们融合在一起，我试着说一些笑话，但每次都招来他们的嘲笑。

民警：那你说你们打牌，他们说你作弊，是怎么回事？

马加爵：那天打牌本来我没有作弊，但他们偏说我作弊，让我觉得他们又看不起我，于是我便动了杀他们的念头。

现在看来，无论是相关报道，还是马加爵本人，都在把此次犯罪归结到"穷人的自尊"方面。笔者仍认为，这种将"贫穷"归结为犯罪动机起点的归因并不全面！也并非真实的问题起点。如果以这种归因解释马加爵的犯罪动机，很容易以"一般的社会理由"遮掩"个性中的问题"，进而误导人们对于马加爵犯罪心理原因中重要因素的判断！容易使人感到他的犯罪令人同情，他的犯罪情有可原。笔者已看到这样的报道："到现在为止，最少有4家律师事务所提出要为马加爵做无罪辩护。"鉴于此，笔者认为，在马加爵案情逐步清楚的情况下，仍有必要对马加爵的犯罪心理作进一步的分析。

马加爵的心理问题

现在，因"言语不慎"而招来杀身之祸的4名被害者们已无法申辩他们的理由。更何况有2人并不在言语不慎的范围内，其中的1人——唐学李同学，只是因为暂时借住在马加爵的宿舍里，他的存在因妨碍其杀人计划而第一个遭到杀害；受害人龚博更是无辜：只是因为自己过生日没有请上马加爵而被害！只是因为被人用来教育马加爵"就是因为你人品不好，所以龚博过生日都没叫你"而被杀！

随着有关马加爵的材料不断公布，他的犯罪心理中重要的、决定性的内容也逐渐浮出水面。马加爵的犯罪心理确实属于因仇恨引发的犯罪行为。这种类型不同于一般的侵财犯罪人和性犯罪人，不是为了获取享受而犯罪；而是为了表达、为了发泄某种情绪而犯罪。真正决定马加爵犯罪的心理问题是他强烈但压抑的情绪特点，是他扭曲的人生观，还有"自我中心"的性格缺陷。同时，他的犯罪心理、犯罪方式和手段又与他的智力水平密切相关。

(一)智力特点——不均衡的发展

马加爵智商很高，但偏重于理科，喜欢学习有难度的科目。他擅长数学、物理、生物、英语。但他对人文科学不感兴趣，他最怕"写作文"，他的日记也显露出字迹潦草、语言直白的特点。

首先，这意味着他同许多学理科的大学生一样，对于人生的复杂性、社会的复杂性认识不足。他们往往把人世间复杂的关系当做一种简单的、无情感反应的关系处理。譬如：

第一个被害人唐学李本不在他报复的对象内，只因为在此期间唐借住在他的宿舍里，妨碍他实施报复的计划，于是首先将其杀害。问题在于，他杀人后居然打开电脑上网，然后睡觉，直到第二天上午，没有害怕与恐惧，没有罪恶感与内疚。在他眼里，生与死的转折不过如此。这一行为令人想起两年前清华大学学生刘海洋在北京动物园用硫酸泼熊一案。

这种智力特点决定了马加爵作案方式：他的整个作案过程安排得看似简单却很严密。就其犯罪的操作方式与过程而言，他对自己熟悉的学校环境利用得非常好，杀人及尸体处置的方式简单而省事。但他不熟悉社会情况，尽管在逃亡前他利用网络进行了认真的准备，但其逃跑的方式与路线仍显现出他对社会的陌生与愚蠢！

其次，由于对人文科学不感兴趣，不关心对人的研究，因而其对与人打交道的言谈行为极不擅长，尤其不愿"与人面对面言谈来表达或交流情感"。对家人他也极少直白地袒露心声："我在学校时很想家的，我也知道阿婶(即妈妈)希望我打电话(回家)，但是我这个人，我一打电话阿婶就会问我最近过得好不好，我往往就编些假话来骗她。我实际上也不好过，心里不好过，这样骗家人，所以我很少打电话回家……再一个我不孝，都不打电话回家，但是我这个人就是这样，明知道也不打(电话)。"

另一段话是他逃亡期间留给大姐的录音："我知道，你是非常关心我的，经常写信给我，每到放假回家，你就经常与我谈心，想了解我的内心世界。但是，我这个人非常不诚实，我从来不对你打开心门(扉)。我心里有许多疑问从来没向你请教，你对我这么热情，但是我都是讲些假话，实在是对不起你，你这么关心我……"

当预审人员问他这一年寒假为何不回家时，他说：回家没意思，不如留在学校里，还有一台电脑。对他来说，面对家人还不如面对一台电脑更有兴趣！

由于不擅长与人打交道，所以他只能与自然接触频率高的少数同学交往。然而，就是与这几位同学交往时，他也经常与别人发生摩擦：每月至少有1～2次与同学争吵。这一较高的人际冲突频率意味着：他在处理人际矛盾方面的能力很差。以下是他的供述。

——为什么杀他们？

——因为他们看不起我！邵瑞杰说我为人不好，打牌作弊，龚博过生日都不请你！杨开红也说我，他们都说我为人不好。我想我在学校"名气"那么大，都是他们在背后说我。比如：说我古怪，爱看 A 片。我很痛苦，我跟邵瑞杰很好，邵还说我为人不好。我们那么多年住在一起，我把邵瑞杰当做朋友，真心的朋友也不多。想不到他们这样说我的为人。我很绝望，我在云南大学一个朋友也没有，我在学校那么落魄，都是他们这样在同学面前说我。我在云大这么失败，都是他们造成的。他们在外面宣传我的生活习惯，那么古怪。我把他当朋友，他这么说我，我就恨他们。(摘自 3 月 17 日讯问记录)

这一问题显然不是因为他的贫困状态导致的。因为，与他发生冲突的同学多同他一样，也住在贫困生宿舍。直到现在，他仍不明白周围的同学为什么如此评价他。想必他从来没有好好与身边的同学交流过意见，不能真正、准确地了解别人对他的想法和感受。这正是他的智力弱点！

大概也正是由于他不擅长与人打交道，才决定了他的逃亡是死路一条。因为他不敢与人接触，于是根本无法在社会中生存。

(二)情绪情感特点——内强外抑的矛盾

马加爵是一个非常情绪化的人。这一点从他的日记、逃亡期间的录音带及被抓捕后写给家人的信中都可看出。他是一个内心情感体验非常细腻、情绪反应相当强烈的人。然而，他在外表上又是一个相当压抑的人，如前所述，他不擅长面对面地通过言谈来表达自己的情感。这种内外的不协调也是造成他行为问题的一个重要原因。因为，不擅长"言语"表达的人在遇到强烈的情感反应时往往使用"动作"表达。如同夫妻吵架，当男人"说"不过女人时就容易动手"打"人。

首先，马加爵的情绪化体现在他时常会为一点小事而出现强烈的情绪反应。他在中学时期的日记中记载着一件事：他曾因与奶奶看连续剧发生冲突，而在日记中写道："我好痛恨奶奶，恨死了，恨死了！"

还有一次，他的父亲与母亲在凌晨吵架，15岁的他在日记中写道："……我真是太气愤了，真想一刀杀了他(指爸爸)……但我会坐牢的，我不想坐牢，如果是十年牢，我将是25岁，真不好……我唯一的希望就是希望爸爸死掉！这又不可能，我想用药毒害，但受害的也是我们，我无奈……"，"我真恨，恨，但我很理智，我控制住杀人的念头，我想无论如何我都很想考上宾中地区班，考上重点大学，迎来新生活，现在毕竟是家事，与我无关"，"对付恶人，要用狠的手段，要彻底处理掉……"

只因为内心偏向妈妈而对爸爸不满，就写下了这篇充满仇恨与杀气的日记。从中，不难发现导致他现在杀害同学的心理背景。

其次，马加爵在表达上的压抑和春节期间的离群索居使他更加偏执，某种情感一旦爆发就表现出极端的形式。春节对每个中国人来说，都是与家人、与亲人团聚的日子，也是一种情感的交流与表达的过程。但马加爵对此的解释是："因为回家没有人跟我玩，也没有其他的事可做，在昆明还有一台电脑玩玩。春节是一个人过的，寒假期间也没有出去打工和找工作，直到邵瑞杰他们回来才有人与我交流。"(根据3月17日讯问记录)

显然，他不回家并不仅仅是贫困的问题。是因为他认为：即使回家也孤独，不如在学校玩电脑。在他中学的日记扉页上摘抄了一句巴尔扎克的话："在各种孤独中间，人最怕精神上的孤独。"想必这是他很看重的，也是最有同感的一句话！

事实上，他的精神上一直是孤独的。因为他总不愿与人交流，不愿说出自己真实的感受。从他许多文字或独白留言来看，他即使"表述"，仍是遮掩的，矛盾的。这种言不由衷的心理活动还表现在他写给父亲等亲人的信中：一方面他拒绝家属请律师，另一方面他又提到有辩护他的情况会判无期或减刑……这些都表明他对自己真实心理活动的压抑。他缺乏直率，不敢直率，因此活得很矛盾！

问题在于，他情感相当丰富、细腻。他甚至记得幼年时家里发生的许多事情，谁对他好，谁对他们家好。在三亚被抓捕后，他给他的十四叔、十四婶写了封信："十四叔、十四婶，我真的是有很多话想跟你们讲，我对你们家对我家的帮助从来就是很感激的。在我的心中，从来就没有忘记过，只不过我这个人动情的话历来就讲不出口，连信都很少写给你们。讲起你们对我家的帮忙，我可以回想起许多，比较大的事很多，小事更是数不清……许多事情看起来小事一桩，但如果没有你们的帮忙，对我家来讲，做起来就会有困难，甚至行不通。对于这么多的帮忙，我不想细举，但我不会忘记。"

他的这种情感体验特点，即记住许多由细小的事情引发的情感体验也必然反映在负面的情绪体验当中！当每月与同学为些小事发生1～2次的争吵积累下来时，也会在他的内心产生仇恨的膨胀。这种仇恨的膨胀被一次激烈的争吵所引爆，在缺乏正确引导、缺乏解决人际冲突的技巧教育时，他就会以自己的方式去解决。这种方式，在他15岁的日记中就已有记载："对付恶人，要用狠的手段，要彻底处理掉……"以杀人的方式解决生活中的人际冲突也就顺理成章！

(三)性格特点——孤僻而自我中心

人们都记得这样一个情节：当马加爵被抓获后，他要求看一下通缉他的 A 级通缉令，看完之后，他居然说出："没想到自己能值20万元！"直到此时，他仍把自己放在一切问题的首位！他可能从来没有想过被他杀害的4名大学生其身价多少？没有想过为这4名大学生的成长，每个家庭付出多少？他更不会去想为培养这4名大学生，国家和人民付出多少！

上海新闻晨报的记者杜深在一篇报道中记录了马加爵的同学的看法。

"大家都觉得他心理有问题，每次同别人闹不愉快，他从不反思自己，总认为是别人找他麻烦。后来，大家只能以远离的方式对待他，但绝没有料到他会如此极端……

"他独来独往，没有参加过任何社团组织，他把头发有意理得很短，这样看起来更加凶悍。

"当他在篮球场打球时，如果别人没打好或不小心撞到他一下，他就会翻脸骂人，时间一长，也没人敢跟他一起打球了。

"他的同学说，他越来越孤僻，成为一个有严重神经质的大学生。"

如果说他的孤僻与内向与前面所分析的智力特点直接相关，自我中心则是他成长过程中逐渐形成的性格问题。他在家中排行最小，除父母的疼爱外还有两位姐姐的疼爱。加上他学习出色，显然，自小就在家中备受宠爱。这种背景使他在一种自然的情境下造就了自我中心的思维方式。从他被捕后的各种叙述中，我们听到的都是他自己的感受，直至他被抓获，谈到犯罪动机时，仍强调："我打牌没有作弊，是邵瑞杰在冤枉我！"然而，对于同学的责怪，他至今没有一点儿反省与自述。

与他在同一家庭中成长、但排行老大的大姐在得知他的案件后，却与他有着完全不同的思维："在有杀人动机到杀完人的过程中……你难道一点没有想到这样做不但杀了4个好友，还会给他们的家庭带来毁灭性的打击吗？国家培养一个大学生不容易，你这样做毁了5个大学生啊！你难道当时完全丧失人性了吗？"

一项心理学研究指出，许多心理上存在严重疾病的人，一个最突出的表现就是谈论任何事情时，都以"我"为主题词，"我"的出现频率极高。他们从不会站在别人的角度上换位思考。这种性格缺陷是许多犯罪人所共有的心理特征。

(四)人生观的问题——犯罪的心理根源

此案令人难以接受的，不仅仅是因为作案人出自名牌大学，更令人反省的是，他竟然学的是"生命科学"。然而，他杀人的时候竟是这样冷酷，甚至麻木，居然睡在杀人的房间内，没有恐惧、罪孽感和自责，这恰恰是令所有人震惊，也是值得研究的心理现象。既然马加爵的情感体验如此强烈与细腻，那么，为什么他对人的生命消失竟然如此无动于衷呢？

当你了解他真正的内心世界时，就会发现一种必然的联系。他对人生和生命的疑问，从他中学时代就已出现，然而，从那时起，直至他杀人那一天，就没有人真正地给他一个解答！一方面是他的含而不露，另一方面，社会相关的正面引导太少了。以致他对人生的疑问最后竟然从流行歌曲的歌中找到一个"所谓的答案"。他在逃亡期间给大姐留言："姐：现在我对你讲一次真心话，我这个人最大的问题就是出在我觉得人生的意义到底是为了什么？100年后，早死迟死都是一样的，在这个问题上我老是钻牛角尖，自己跟自己过不去，想这个问题想不通。王菲有一首歌，歌词是：'一百年前你不是你，我不是我，一百年后没有你也没有我。'其实，在这次事情以后，此时此刻我明白了，我错了。其实人生的意义在于人间有真情。真的，我现在有些后悔了。以前是钻牛角尖……"(参录音内容)

他对人生意义的看法是导致他如此冷漠地杀害四条性命的本质原因。既然"100年后，早死迟死都一样"，那么，身边的人早死晚死又有什么差别呢？所以，当他与别人冲突时，他就这样随意地、轻易地置人于死地。直到他逃亡，直到他面临通缉与死亡，直到他面临有家不能回，再无颜面见父母，无以回报亲人的恩情时，才领悟到生命的意义与价值。领悟到人生不是个人自己的所属，而是受制于亲人彼此的牵挂，人间的真情是每个人活着的理由与意义！但是，这一认识来得晚了。

人生容不得夺命的过错！人活着，先要明白生命的价值、人生的价值。同时，心理问题不是小问题，个人的心理问题会给社会带来灾难。因此，人的教育不仅仅是智力的开发与运用，更重要的是人生观的教育，是认识自己、修养自己的教育！

马加爵 2·23 凶案再一次在全社会范围内引起了关于大学生心理健康状况的大讨论，所有高校心理健康教育工作者不得不对这一重大事件进行深入的思考。

3. 2004 年江西医学院 5·16 凶案

2004 年 5 月 16 日上午 8 时许，江西南昌市中心发生一起重大杀人案。江西医学院大四学生薛荣华手持水果刀，在不到 1 小时内连刺 7 人，造成 2 人死亡、5 人重伤的惨剧。7 名被害者中有 6 名是在校大学生及研究生，另一名为素不相识的路人。其中 5 名受害者为女性，两名为男性。案发 4 小时后，行凶者自己摆脱医学院保安和警察的追赶，跑到附近的一个名叫董家窑的派出所投案自首，警方随后将其抓获。

针对此事，有报道评论：长期以来，整个社会对全民心理健康问题重视不够，不少民众缺乏心理卫生知识，对心理障碍存在误解，甚至将其与精神病混为一谈。这一问题在高校表现得比较突出。在一些高校管理者看来，在预防心理与精神疾患上无从下手，甚至认为，即使敷衍应付、得过且过，也不会对学校和社会安全造成什么影响，出现什么乱子。然而，这种麻痹大意最终还是会出现问题。以上事件再次使大学生心理健康问题凸显出来。

4. 2004 年中南大学心理健康教育会议

2004 年 6 月 24 日至 25 日，教育部直属高校大学生心理健康教育工作会议在湖南长沙中南大学召开，各省(自治区、直辖市)教委领导、教育部直属高校和航空航天大学等高校负责心理健康教育工作的同志参加了会议。社政司司长靳诺主持会议，湖南省副省长许云昭出席会议并致词，教育部副部长袁贵仁到会并作《提高认识，狠抓落实，大力推进大学生心理健康教育工作》的讲话。会上，北京市教委、江西省教委、上海交通大学、武汉大学、西安电子科技大学、中南大学做了经验交流。会议期间，与会代表参观了中南大学心理咨询室和中国大学生心理健康在线网站。会议还要求做好在教育部直属高校 2004 年秋季入学新生中开展的心理健康测评工作。

针对此次会议，2004 年 6 月 25 日的《中国教育报》第一版做了详细报道，报道的部分内容如下。

袁贵仁指出，各地各高校要深刻认识大力推进高校大学生心理健康教育工作的重要性和紧迫性，认真总结近年来加强大学生心理健康教育工作的做法和经验，深入分析和把握当前大学生心理健康教育工作面临的新形势、新情况、新问题，求真务实，真抓实干，大力推进大学生心理健康教育工作。高校要加强对心理健康教育工作的领导，把心理健康教育工作纳入学校德育工作管理体系中，想方设法为开展大学生心理健康教育工作提供必要的条件，帮助解决工作中的困难和问题。高校要有相应的组织领导措施，并从制度上保证工作落到实处。

袁贵仁提出，要加强心理健康知识的宣传教育，大力营造关心学生心理健康、提高学生心理素质的良好氛围。当前，要特别重视加强心理咨询或辅导工作，通过个别咨询、团体辅导、心理与行为训练、书信咨询、热线电话咨询、网络咨询等多种形式，有针对性地向学生提供经常、及时、有效的心理健康指导与服务，促进学生健康成长。

袁贵仁强调，要做好大学生心理健康测评工作。各高校要积极创造条件开展工作，建立心理问题筛查、干预、跟踪、控制一体化的工作机制，做到对大学生心理问题的早期发现、及时干预和有效控制，提高工作的科学性和针对性。心理健康相关评定量表的研制和投入使用，为科学推动高校心理健康教育工作提供了重要依据。各有关高校要高度重视，加强领导，做好在教育部直属高校今年秋季入学新生中开展心理健康测评工作。

袁贵仁指出，要狠抓心理健康教育工作队伍建设。要通过专兼结合等多种形式，建设一支以专职教师为骨干，专兼结合、专业互补、相对稳定、素质较高的高校大学生心理健康教育工作队伍。要把对心理健康教育和咨询教师的培训工作列入学校师资培训计划，通过培训，不断提高他们从事心理健康教育工作所必备的理论水平、专业知识和基本技能。要重视对学生辅导员和班主任进行心理健康教育的培训，使他们在日常思想教育过程中能够帮助学生解决一些心理问题，提高心理健康水平。要重视建立学生心理互助机制，调动学生自我教育的能动性，如帮助学生建立心理健康协会学生社团、支持学生开设心理互助热线等。高校所有的教职员工特别是任课教师，都负有关心大学生心理健康、主动做好大学生心理健康教育工作的责任。

中南大学心理健康教育会议的召开进一步掀起了全国高校心理健康教育工作的高潮，也使奋斗在一线的心理工作者认识到了高校心理工作的艰巨性，同时也促使心理专家对如何把高校心理健康教育工作做实做细进行深入的思考。

(二)心理健康教育新模式产生的基础

进入 21 世纪以来，素质教育的观念已经深入地被广大大学生所接受。同样，心理素质的重要性也日益得到大学生们的重视。与此同时，高校心理工作的重点也开始由对"心理疾病"的关注转向对"心理素质"的关注。大学生心理素质的提高与大学生整体素质的关系十分密切，特别是与大学生的实际生活息息相关。针对大学生开展的心理健康教育模式也发生了一系列的变化，特别是发展到以"心理素质的提高"为主的学生全员参与的复合模式阶段后，为以"心理委员"为基础的心理健康教育新模式的产生奠定了必要的基础。在这种模式下，大学生充分发挥其自主性，通过开展形式多样的心理活动，可以使大学生的心理素质不断得到提高。

(三)心理委员制度的产生与发展

针对大学校园里的刘海洋的 2·23 硫酸泼熊事件、马加爵 2·23 凶案、薛荣华 5·16 凶案等一系列恶性事件的发生，人们不禁要问："大学生恶性事件能不能提前发现并预防？"

每一位大学生，他在大学期间都有一个属于自己的生活圈，即相对确定的活动空间及相对稳定的交往对象，特别是班级与宿舍这两个管理单位，是大学生相互联系的最佳纽带。2004 年，天津大学经过调查和研究，在每一个班级设置了两名心理委员，这在心理委员制度的发展中是一个标志性的事件。从此，"心理委员"这四个字开始成为我国心理健康教育中的一个新名词。

2005 年 1 月 19 日《中国青年报》对此作了具体报道后，在全国高校中产生了巨大反响。在随后的两年中，复旦大学、浙江大学、中国科学技术大学、华中科技大学、中国人民大学、中国农业大学、中国政法大学、合肥工业大学、中国矿业大学、西南交通大学、北京林业大学、河北大学、广西大学、上海电力学院、内蒙古民族大学、河北师范大学、南华大学、上海大学、浙江工业大学、华南农业大学、湖北民族学院、湖南师范大学、武汉工业学院、江苏大学、长江大学、长沙理工大学、重庆教育学院、杭州师范学院、天津工业大学、天津外国语学院、玉林师范学院、武汉理工大学、聊城大学、苏州科技学院、集美大学、临沂师范学院、河南南阳理工学院等数十所高校也相继开始建立"班级心理委员"工作机制。同时，在武汉交通职业学院、常州工程职业技术学院、广西东方外语职业学院、温州职业技术学院、南通职业大学、湖南女子职业大学、成都航空职业技术学院等职业学院，以及广东省两阳中学、湖南株洲市第二中学、山东日照市洪凝初中河西分校、浙江省新河中学、浙江富阳市中小学、河北省石家庄市 27 中学等中小学也开始实施建立"心理委员"工作制度。心理委员的工作机制正在全国各类学校中进一步得以实施与发展。

为了进一步做好"班级心理委员"的工作，充分发挥"心理委员"在高校心理健康教育中的作用，同时总结"心理委员"制度在全国各高校实施两年来的经验，把"心理委员"工作全面推进到一个新的水平，天津大学心理研究所抓住时机，在2006年又精心策划举办了全国高校首届"班级心理委员"工作机制研讨会，并成立"全国高校'心理委员'研究协作组"。

经过协作组的讨论，确定了今后三年举办"全国高校'心理委员'研讨会"的时间与地点。其中全国高校第二届"心理委员"研讨会于2007年在中国科学技术大学举行(后改在天津大学)，全国高校第三届"心理委员"研讨会于2008年在北京交通大学举行，全国高校第四届"心理委员"研讨会于2009年在浙江海洋学院举行。同时还确定了第二届研讨会的主题为：心理委员与心理素质拓展。

值得强调的是，心理委员的职责与可操作方案是心理委员制度未来发展趋势的重中之重。

心理委员制度的诞生基础是"实行危机干预"，正如2007年8月13日卫生部疾病控制预防局副局长张立在论及天津大学创建的心理委员制度时评价道：天津大学创建的心理委员制度是一个很好的心理危机干预措施。教育部思政司司长杨振斌在教育部部属院校心理咨询中心主任会议上作心理健康教育专题报告时，也进一步肯定了天津大学创建的心理委员制度在心理危机干预中的作用。

随着大学生心理健康教育的不断深入，我们也逐步认识到要控制好心理危机的发生，还必须注重对心理委员制度进行深入研究。

做好心理委员的职责定位十分重要，心理健康教育的深入研究表明，从以"心理危机干预"为主转变为以"心理素质提高"为核心，特别是把两者结合起来，将成为心理委员的"两手抓"的工作内容，这也将成为心理委员制度的未来发展趋势之一。

第二节　朋辈心理辅导的基本理论

一、朋辈心理辅导的含义

朋辈心理辅导是指由受过半专业训练并在专业人员督导下的人员，运用积极倾听、问题解决的技巧以及关于个人成长和心理健康的知识，对需要帮助的朋辈提供倾诉、支持或咨询的服务。它可以理解为非专业心理工作者作为帮助者在从事一种类似于心理咨询的帮助活动，因此，又被称为"准心理咨询"(para counselting)，这是相对于专业心理咨询而做出的划分。这里的"朋辈"含有"朋友"和"同辈"的意思，是指在年龄、地位、知识和生活方式等方面相当的人们。

高校朋辈心理辅导可以理解为"高校心理健康教育职能部门通过培训和督导一批志愿从事心理援助的学生，在心理辅导基本原则的指导下，对周围需要心理帮助的同学给予心理开导、安慰和支持，提供一种具有心理辅导功能的服务"。

二、朋辈心理辅导的原理

朋辈心理咨询的行为干预原理出自社会学习理论、合理行为理论、参与教育理论等社会心理学的理论支持。社会学习理论(social learning theory)认为，人们的许多行为能够通过角色示范(modeling) 来学习，人们的道德思考和道德行为会受到他所观察到的结果和他人角色示范的影响。合理行为理论(theory of reasoned action) 认为，决定一个人行为的是行为动机，行为动机的预测依赖于人实施行为的态度和主观规范；其中主观规范是指人们对他们所在乎的人会如何看待他(她) 的行为之信念，也就是说如果与之关系亲密的其他人认为某种行为是积极的，那他(她) 就会希望达到对方所期望的行为标准。参与教育理论 (theory of participatory education) 则认为：参与是学生从社会和生活中发展认知和经验学习的主要途径。因此，朋辈心理咨询的实施者相信人们行为发生变化不是因为科学性的事实依据，而是因为最亲近的、最信任的朋辈的主观意见，朋辈的行为变化是其行为变化最有说服力的示范。

三、朋辈心理辅导的特点

(一)准专业性

高校朋辈心理辅导有别于大学生之间一般的人际互动，又与专业的心理辅导有很大的差异。从事朋辈心理辅导的大学生必须经过比较严格的培训和督导，理解和掌握心理辅导的基本原则和规范，遵照心理学原则有效地开展助人工作。未经培训和督导的朋辈互动活动，不能称为心理辅导。但是，朋辈心理辅导与专业心理辅导相比，在目标、要求、方法等方面的层次和深度上存在较大差异。朋辈心理辅导是同龄人之间开展的心理互助活动，朋辈心理辅导员并未接受相对系统的专业学习和长期的实践训练，专业能力有限，辅导咨询的范围和自主性比较小，只能发挥类似心理辅导的作用。因此朋辈心理辅导具有准专业性。

(二)自发性和义务性

高校朋辈心理辅导是大学生之间的一种互助行为，是朋辈心理辅导员自愿做出的一种利他行为，在帮助同学解除心理困扰的同时，也提高了自己的心理素质和能力，体会到助人的快乐和成就感。由于朋辈心理辅导是自愿的利他行为，因此不存在被帮助者要向朋辈辅导员支付报酬的问题，是义务性的。

(三)亲情性与友谊性

高校朋辈心理辅导往往发生在接触较多、关系密切的同学之间，它既是一种高尚的行为，也是同学之间亲情和友谊的表现。因为他们在年龄、价值观、经验、情感体验、爱好、生活方式、学习方式等方面都很相近，具有天然的"亲缘"关系，彼此相知相惜，关系融洽。在面临学习和生活中的挫折和困惑时，向知心朋友诉说是目前大学生继自我调节之后最常见的求助方式。

(四)便捷性和有效性

高校朋辈心理辅导是大学生之间的互助行为，朋辈辅导员和当事人有相近的价值观念、经验、生活方式，空间距离接近、交往频繁，甚至休戚与共，相互信任度高，容易建立辅导关系，可以及时提供安慰、鼓励、劝导等心理支持，甚至可以对当事人的言行进行直接的监督和干预，保证辅导的实效性。

第三节 高校朋辈心理辅导员在心理健康教育中的作用

随着高校的扩招，就业压力的加剧，独生子女的增多，大学生的自我意识的增强，情感不稳定等原因，使高校学生的心理承受力变低。尤其是近些年来，某些高校发生的恶性事件，更使教育工作者们认识到应该加强大学生的心理健康教育。心理学家在面向青少年和城市居民开展大规模的调查后得出结论，向知心朋友诉说是继自我调节之后最常见的求助方式。朋辈心理辅导作为一种咨询方式在大学生心理健康教育中就发挥了极大的作用。

一、大学生心理发展的客观需求

随着社会发展的深刻变迁，大学生在享受更多更好教育的同时，也承受了巨大的心理压力，心理健康问题日益突出，从一般的适应性问题到严重的心理障碍直到精神疾病都有可能发生。但是，真正有严重心理障碍或精神疾病，需要专业人员进行咨询、治疗的学生还是少数，多数是存在程度不同的心理困扰或应激状态下较短时间的心理紊乱，这些问题可以由经过专业培训的朋辈辅导员来处理。相比较而言，大学生更愿意接受朋辈辅导员的心理帮助。根据专家研究，当大学生出现心理压力，需要得到心理帮助时，59.4%的学生会选择向朋友和同学倾诉，17.7%会选择沉默，8.6%会选择向可以信赖的老师和长辈倾诉，5.8%会选择求助于专业心理咨询机构，2.7%会选择告诉家长。

二、学校专业心理辅导队伍的重要补充

自 1999 年我国高校施行扩招以来，高校招生比例不断上升，2005 年各种形式的高等教育在校生总规模超过 2300 万人，高等教育毛入学率达到 21%。随着高等教育步入大众化，高校心理健康教育面临不少问题。由于我国高校心理健康教育起步较晚，高校的心理健康教育师资明显短缺。有调查发现，我国正在执业的心理医生还不到 2000 人，平均每百万人口只有 2.4 个，而在发达国家里，每 1000 个人中就拥有一个心理医生。朋辈心理咨询是 20 世纪 80 年代国内高校从国外引进的一种心理咨询形式。它是专业心理咨询的必要和重要补充。由同龄学生担任的朋辈心理辅导员不仅可以帮助咨询老师解决咨询的简单问题而减轻咨询老师的压力，而且由于处于同一辈，在日常学习和生活中，开展心理知识普及、心理问题探讨、心理情感沟通、心理矛盾化解、心理危机干预活动也更加方便顺利。

由于高校心理健康教育师资的紧缺，高校大学生各方面的心理问题不可能靠几次辅导课就能有效地解决，而且很多同学都不能接受到专业心理咨询老师有效的心理辅导。国内有关研究发现，多数学生遇到心理困扰，最先向朋友倾诉和寻找帮助，极少数人寻求专业的帮助。大学生有了心事或烦恼往往先告诉同学，喜欢向同龄人打开心扉，倾诉烦恼。若是助人者能认真地倾听求助者的诉说，真诚地安慰求助者，合理地劝导求助者，在很多情况下都能够帮助求助者做出合适的应对。而且在助人的同时，也加强同学之间的友谊，提高了自己的心理调节能力，还能形成"自助—助人—互助"的机制。由于求助者与朋辈心理辅导员之间的鸿沟小，防御性低，共通性大，互动性高，朋辈心理辅导员具有先天的优势。在大学生中挑选热爱辅导工作、乐于帮助他人、心理素质好、有责任心、工作能力强的学生担任朋辈心理辅导员，在心理辅导老师的指导下进行辅导工作，将对学生有巨大的帮助。

朋辈心理辅导体系的建立为高校提供了高效简便的心理辅导，在高校心理教育工作中具有重要的意义和作用。首先，朋辈心理辅导体系改变了传统的心理辅导模式。心理辅

由传统的专业心理老师的辅导变成了由同辈的学生进行的辅导。其次，朋辈心理辅导体系是对专业心理辅导的重要补充，朋辈心理辅导员能帮助咨询老师接待同学们较为简单的问题以减轻咨询老师的压力；而且朋辈心理辅导员与学生的关系更贴近，有一些问题往往能做得更好。再次，朋辈心理辅导员与同学生活、学习在一起，对一些心理问题，朋辈心理辅导员都较专业老师先知道，因而对心理危机的预防具有巨大的作用。最后，朋辈心理辅导体系中朋辈心理辅导员都是较优秀的学生，他们在同学中具有一定的榜样作用。

三、高校心理卫生三级预防中的重要一环

为了预防高校出现突发或应急事件，很多学校都建立了相应的心理危机与预防干预体系，我们也根据学校的实际情况组建了三级心理危机预防和干预机制。第一级为学生工作处大学生心理健康教育与指导中心，具体负责全校大学生心理健康状况测评与分析、心理健康课程与讲座、心理咨询与心理辅导、对学生心理疾患做出鉴定等专业化工作，也是开展危机预防与干预工作的主要负责单位；第二级为各院(系)主管学生的副书记牵头和学生辅导员组成的大学生心理健康教育辅导站，具体负责本院(系)大学生心理健康教育与危机干预工作；第三级就是班级心理委员或班级朋辈心理辅导员，班级心理委员主要负责收集学生心理信息，并协助学校心理健康教育与指导中心和院(系)心理辅导站及时掌握大学生心理动态，处理一些常见心理问题。心理健康教育与指导中心每年会对班级心理健康委员进行培训，使他们能够掌握一些心理健康常识以及解决简单心理问题的技能，起到"联络员、咨询员、预防与干预员"的作用。

三级网络体系的建立具有重要意义。首先，它使得全校形成统一指挥、分工协作、全方位的危机预防与干预工作系统；其次，各级职责明确、层层负责、齐抓共管，能够真正落实到学生个体，为学生的身心健康和谐发展提供了有力的组织保障；第三，三级网络体系构建的危机快速反应通道，有利于对心理危机及早发现、及时报告、有效干预，进而早评估、早转介、早治疗，力争将危机发生消除在萌芽状态。

心理危机干预工作的难点，一是及时发现出现异常心理现象的个体，二是在日常生活中对心理问题学生的监察和帮助。没有大批深入学生生活的朋辈辅导员，上述工作存在很大困难。河南科技学院实施朋辈心理辅导计划几年来，相当数量的学生心理危机案例就是依靠朋辈辅导员观察发现和协助处理的。

四、有助于提高大学生心理素质，形成互助友爱的良好氛围

朋辈心理辅导是同辈之间进行的一种心理辅导。因为同辈人之间有着共同的经历和情感体验，因此，他们容易互相理解，便于沟通交流，这是其他的心理辅导模式所无法比拟的独特优势。在辅导过程中，来访者与咨询员之间存在友谊与信赖关系，自然性的鸿沟小、防御性低、共通性大、互动性高。罗杰斯指出："咨询是一个过程，其间咨询员与当事人的关系能给予后者一种安全感，使其可以从容地开放自己，甚至可以正视自己过去曾否定的经验，然后把那些经验融合于已经转变了的自己，做出统合。"由于双方已具有较为可靠的信赖关系，沟通上较为容易，与专业性的咨询相结合，可以收到相辅相成、事半功倍的效果。

一方面，普通的同学之间因为有朋辈心理互助的意识，使他们需要朋辈心理帮助也有朋辈心理辅导员能够帮助他时，他就可能愿意接受朋辈心理辅导；另一方面，当别人需要他的心理帮助时，他也会去帮助别人，所以，朋辈心理辅导能够营造一种互助友好的氛围，这与提高大学生的心理健康素质同样重要。

第三章 朋辈心理辅导员的素质与工作要求

朋辈心理辅导的效果，在很大程度上有赖于朋辈辅导员的潜质，因而并不是每个人都适合担任朋辈心理辅导员的。虽然对朋辈心理辅导员的要求并没有像对专业心理辅导员的要求那么高，但是朋辈心理辅导员也应该具备共情、积极关注、尊重和温暖、诚实可信等素质，同时由于其工作的特殊性，高校对大学生朋辈辅导员的工作还有一定的要求。

第一节 朋辈心理辅导员的角色与素质要求

一、朋辈心理辅导员的构成及队伍建设

在实际工作中，高校朋辈心理辅导员队伍主要由大学生心理协会骨干、班级心理委员(或称班级心理保健员、心理气象员、心理联络员等)、宿舍心理信息员、心理热线电话接线员、学生会干部、党团干部、社团核心人物等学生构成。

朋辈心理辅导员队伍的建设主要是建立健全以班级心理委员、宿舍心理信息员为主，心理社团等学生团体为辅的朋辈心理辅导员网络体系。可以成立心理辅导学生会部门或协会等一些与心理辅导有关的学生组织，通过这些心理组织全面负责日常工作的开展。同时聘请专职教师担任指导教师，对协会的工作开展进行指导；在朋辈辅导员中精心选拔优秀学生担任心理辅导学生干部，并对他们进行明确分工，按工作性质等分别负责组织管理、日常运作等工作，以确保朋辈心理辅导工作的整体开展；朋辈辅导员则可以小组组员的身份，定期参与小组组织的培训、交流等各类活动，在交流中提高自身各方面能力。

朋辈心理辅导体系应依托班级心理委员、宿舍心理信息员建立基层心理援助与危机干预力量，构筑三级心理健康教育机制。各个级别的工作平台之间协同开展工作，对求助者的辅导体现由下到上的方式，先由班上的朋辈心理辅导者进行辅导，不能解决的问题再交给上一级的系里面的心理辅导员，如有困难再交由院心理协会或大学生心理健康教育与指导中心解决；对心理健康教育则由院心理协会或系辅导老师对基层的朋辈心理辅导员进行培训教育，然后让朋辈心理辅导员开展广泛宣传教育活动。

二、朋辈心理辅导员的角色定位

曾经获得天津大学首届十佳班级朋辈心理辅导员称号的金维琛说："刚担任班级朋辈心理辅导员时感觉不太轻松，因为别人烦恼的时候我要做一个安静的倾听者，同学需要帮助的时候，我要成为一个依靠。后来，当自己忘记班级朋辈心理辅导员的身份，完全站在一个朋友的角度去应付许多琐碎事情时，反而变得简单轻松。"他说，两年多的班级朋辈心理辅导员工作，让自己理解了"助人自助"这句话，也深知了"信任与责任"的力量，这是一份自我修炼的工作。

目前，大学生班级朋辈心理辅导员的角色定位和职责与其实际工作情况之间存在着高要求与低水平、高理论与低实践、高期望与低实现的落差，导致大学生班级朋辈心理辅导员自身压力较大、与班级成员存在隔阂的原因在于角色定位与实际工作水平的高落差。因此，面对大学生班级朋辈心理辅导员职责与现实工作能力的脱节，高校要对大学生班级朋辈心理辅导员的角色定位进行再思考，既不能低估也不要夸大班级朋辈心理辅导员的作用。

(一)班级朋辈心理辅导员是学校心理健康教育的"形象大使"

大学生班级朋辈心理辅导员的最基本工作就是做好学校心理健康教育的"形象大使"——一个拥有幸福感和放松心态、活出真我的大学生形象。大学生班级朋辈心理辅导员要首先以"形象大使"的角色定位，而不是"宣传员"和"观察员"的角色定位对同学产生影响，向同学传递幸福、放松、快乐、积极的生活和学习心态；通过自身健康、阳光的成长状态，引导周围同学乐于学习心理健康知识、学会关爱自己和接纳他人，从而形成相互信任的良好的人际氛围。

(二)朋辈心理辅导员是志愿者

班级朋辈心理辅导员是志愿者，要具有高度负责、乐于助人的品质，有主动为广大同学提供心理健康服务的愿望和热情，能够自觉自愿地帮助同学解决成长与发展过程中所出现的种种心理困扰，认真做好班级心理健康教育工作。

(三)朋辈心理辅导员是同行者

班级朋辈心理辅导员是同行者，专注的倾听、真诚的安慰、理智的分析、合理的劝导，在很多时候能够帮助身陷困境的同伴认清自己的问题，恢复正确的思考和判断力，摆脱不良情绪的困扰，做出合理的应对。这一帮助同伴认清和解决问题的过程也是一个与同伴共同学习、领悟、体验、分享和反思的过程，是一个助人自助、共同成长的过程。

(四)班级朋辈心理辅导员是学习者

班级朋辈心理辅导员是学习者，通过接受专业培训，掌握助人的方法和技巧，培养心理自助能力、人际交往能力及团队协作精神。同时，在运用所学理论和技术帮助同学的过程中，会与当事人随着环境和心境的改变而相互转换角色，促进其不断反思和觉醒，增强自信心和自我价值感，促进心灵的成长。

(五)朋辈心理辅导员是示范者

班级朋辈心理辅导员是示范者，经过选拔培训担任班级朋辈心理辅导员的同学往往都是心理健康、乐于助人、责任心强、人际交往能力和组织协调能力比较强的学生。他们具有积极乐观的人生态度、良好的自我意识和健全的人格，在日常生活中善于进行自我调节和自我控制，善于与人沟通并建立良好的人际关系，能够在班级中起到榜样和行为示范作用。

(六)朋辈心理辅导员是宣传者

班级朋辈心理辅导员是宣传者，通过宣传普及心理健康知识，组织开展形式多样的心理健康教育活动，传播心理健康理念，使同学们增强自我心理保健意识，提高心理素质，营造和谐融洽的班级心理氛围和良好的人际关系。

三、朋辈心理辅导员的素质要求

由于朋辈心理辅导员工作的特殊性，对朋辈心理辅导员的素质也有一定的要求。

(一)思想品德

1. 有良好的思想道德素质，热心、关心班级心理健康工作

班级朋辈心理辅导员应该具有良好的思想道德素质，为人正派、关心集体、团结同学、富有爱心、与人友善、尊重他人、乐于奉献、责任心强。朋辈心理辅导员是一个需要爱心和付出的助人事业，需要付出时间和精力，需要对同学的理解、关怀及耐心。所以，朋辈心理辅导员一定要有一颗与人为善的心和助人为乐的良好品德。这样的朋辈心理辅导员才

会赢得同学的好感和信任，拥有开展工作所需要的良好的群众基础；才能主动地做好班级朋辈心理辅导员工作，热心为同学们的心理健康工作服务。

2. 尊重他人人格

作为朋辈心理辅导员，对同学要一视同仁，不能歧视和嫌弃。对他人的问题和行为要给予积极关注和有益的反馈，以诚相见、平等待人，鼓励同学表达自己内心的困扰。要注重维护同学的人格和尊严，诚实可靠，始终如一，获得广大同学的信赖。

3. "对同学生命负责"的使命感

朋辈心理辅导员置身于学生中间，最先接触同学们的危机事件和情势，面对同学的危机事件和情势，朋辈心理辅导员必须具有高度的"对同学生命负责"使命感，这样才会未雨绸缪，及时干预，及时上报，及时处理，才能对同学的生命安全和校园安全作出贡献。如果对同学们日常的危机事件和情势视而不见，漠不关心，就会留下隐患，很可能会最终酿成严重的不良后果。

(二)心理素质

1. 心态积极健康

朋辈心理辅导员本身是大学生中心态积极、心理健康水平比较高的人，在平时的生活和学习中，应该是积极乐观和充满生机的，并且能把这种乐观心态带进朋辈心理辅导工作中去，能使心灰意冷的同学重新唤起生活的勇气。朋辈心理辅导员应该有较健全的人格和良好的心理素质，有较好的自我心理调适能力，心理健康。

2. 人际关系和谐

对待同学要热情、真诚、有亲和力、关心同学。具备热情、真诚、有亲和力的性格特征，同学们有心理问题才愿意去找他或她寻求帮助，同学们才能感到在他或她那里能得到理解、支持和帮助。也只有这样，才能在帮助同学的过程中，给同学温暖和力量。为人乐观、开朗，在同学中能取得他们的信任，有广泛的群众基础。

3. 学习成绩优良，有余力为同学服务

大学生最主要的任务还是学习，因此班级朋辈心理辅导员必须是学习成绩优良，有多余的精力为同学服务的学生。否则，如果学习成绩不好，一方面会给自己造成很大的精神压力，影响自身心理健康；另一方面很难给有学习问题的同学提供帮助。

(三)能力要求

1. 有较强的沟通能力

沟通交流是班级朋辈心理辅导员工作的基本形式，班级朋辈心理辅导员不但要乐意与人沟通，还要善于与人沟通，有较强的沟通能力、表达能力。只有这样，班级朋辈心理辅导员才能组织开展好班级心理健康教育活动，才能与同学进行广泛深入的交流，才能通过交流发现同学的心理问题，并给同学有效的心理帮助。因此，不善于表达、不会沟通的人是不适合担任班级朋辈心理辅导员工作的。

2. 有敏锐的观察力

朋辈心理辅导员要有敏锐的观察力，能洞察班级同学的心理变化和异常表现，心理问题发现越早就越容易消除和解决，也越有利于避免发生不良后果。许多心理问题早期的异常表现并不明显，不容易被察觉，到被发现的时候已经比较严重。很多时候，由于心理困扰没有得到及时有效的解决，导致严重的心理问题或发生严重的社会后果。因此，及早发现心理问题的"苗头"、及时解除心理困扰是非常重要的。朋辈心理辅导员(班级朋辈心理辅导员)与班级同学朝夕相处，容易了解同学的心理变化。如果具备敏锐的观察力、善于发现问题，就能帮助学校及时有效地做好同学的心理健康工作，把问题消灭在萌芽状态。

3. 有组织协调能力和团队精神

开展班级心理健康工作，要求班级朋辈辅导员(班级朋辈心理辅导员)有较强的资质协调能力和团队协作精神，能发动同学、赢得同学的广泛支持；能设计、筹备、组织好各项班级心理健康教育活动；能与其他班干部积极合作，共同做好工作。不善于组织工作，靠单打独斗是无法开展班级心理健康教育工作的。

(四)专业要求

1. 专业知识扎实

朋辈心理辅导员在开展心理健康教育工作时，必须具备相应的心理健康及心理咨询方面的基本常识，需要掌握大学生常见心理问题的表现、成因及基本的调节和咨询策略，具备初步的识别心理异常的能力，掌握心理咨询的基本理念，学会组织简单易行的团体心理活动，等等。

2. 遵守专业原则

朋辈心理辅导员工作时要遵守相关的心理学专业原则，如保密原则、及时转介原则等。在朋辈心理辅导员培训时会学到这些原则，但是，最重要的是在开展心理健康教育工作时，必须牢记这些原则，否则朋辈心理辅导员将不是学生群体中的助人者，而是害人者。

小测试：

请对下列陈述做出"是"、"否"判断。

1. 你对他人真的很有兴趣吗？

2. 遇到挫折时，你是否比较容易心情烦乱，无法集中注意力？

3. 你能否耐心地倾听他人诉说和你相反的观点、意见，而不会排斥、不耐厌？

4. 你批评他人时是否按自己的价值标准？

5. 对别人所说的话，你能否抓住"重点"？

6. 当你倾听别人倾诉时是否希望别人赶快讲完，然后就可以尽情地陈述自己的观点？

7. 别人陈述问题时你是否专注？

8. 当别人告诉你隐私时，你是否会表现出好奇、震惊或惊讶？

9. 当你对求助者的心理问题的原因感到迷惑时，通常是否有强烈的愿望去深入寻找？

10. 对于你喜欢的人，你是否容易只看到他的优点，反之，对不喜欢的人，是否常看到对方的缺点？

11. 别人是否认为你很能理解他人的心情？

12. 如果你的意见和求助者有出入，你是否更愿意相信自己的判断？

13. 你能否化解对他人的不满而不会使自己感到不舒服？

14. 你是否常主动地给别人一些忠告或建议？

15. 有人说，江山易改，本性难移，但你更愿意相信人是可变的？

16. 如果与你打交道的人让你感到不舒服，你的情绪就会低落，甚至可能回避？

评分标准：

奇数题"是"计1分，"否"计0分。

偶数题"是"计0分，"否"计1分。

评定方法：如果你的得分在13分以上，那么一般来说，你已具备了有效地帮助求助者的基础。这样的人大多表现出热心、诚恳、有理解力、有条理、较为客观、有自信心。如果得分在10以下，那就需仔细衡量自己所提供的帮助是否得当。

知识扩展

我心目中的班级朋辈心理辅导员

在我的观点里，每个人都可以是班级朋辈心理辅导员。他可以没有很好的脾气，也不需要脸上随时挂着笑容。班级朋辈心理辅导员也是人，所以他应该有喜怒哀乐。他可以发脾气也可以绷着脸。不过，在他发脾气的同时也必须准备好真心的笑脸。简单而言，她必须在最短的时间内把自己不正常的情绪调节好，遇到不平常的事发生时要淡定。我所说的淡定不是遇到任何事都不影响到自己的情绪，那样只是淡漠而非淡定。在遇到某些事时，有些会影响到自己的情绪，但他必须经过最短的时间平复自己的情绪，有时那最短的时间不容许把那件事在脑子中回放一遍。

班级朋辈心理辅导员顾名思义是在自己力所能及的范围内帮助身边的人"陈述"他人内心的想法，仅仅是"陈述"而已，因为自己的事只有自己能解决。我认为，当一个人找班级朋辈心理辅导员谈心时，班级朋辈心理辅导员应该把那个人心里的事放在自己身上，然后通过发生在自己身上进而找到自己的应对方法，然后将方法向稍好的方向说给那个人听。不同性格的人需要不同的班级朋辈心理辅导员，所以一个班级朋辈心理辅导员应该有犀利到可以一句话杀死人，也可以委婉到别人听不懂的说话能力。

班级朋辈心理辅导员必须有一套发泄自己情绪的方法，也必须有一套减压的方法。她也会累也会伤心难过，不过大多数时候他都是嘴角上扬的。

以前的我可以把班级朋辈心理辅导员这一职位做到淋漓尽致，每天可以没心没肺的笑，同学很喜欢找我聊天，而且我可以使他们原本郁闷的心情渐渐转好。在当时自己也没什么压力，因为自己在乎的不多看的也很开。现在的我因为遇到一些事一些人，所以有了压力，而且自己也很努力。但也都知道努力一定有结果但不一定都是好结果。对事情还好只要努力了就能做得好，但是对人呢？尽管在努力也是没结果。

一开始自己的心情也会郁闷几天，后来渐渐地看开，只是心情偶尔也会很低落。有时一个人可以喜极而泣，相对应如果一个人悲到极点也会无奈的笑。现在自己比较喜欢仰起头来，嘴角也喜欢微微上扬。只是仰角45度的悲伤有谁要懂，嘴角上扬的弧度是否意味着幸福的角度。有时心情不好也是一种发泄方式，那样可以留有充分的时间给好心情。如果是班级朋辈心理辅导员遇到这样的感情事——当自己喜欢的人不屑看自己一眼，那么她需要知道的是："再怎么勉强，最后得来的已不具任何意义。"

我感觉：

有些事需要争取，因为有些事情不争取便会错过；

有些事需要不在乎，因为有些事过分地在乎会使自己的心变质；

有些事需要看得开，因为过分地执著只会丢掉自己仅有的自尊；

有些事需要珍惜，因为随随便便就舍弃的后果可能会要了自己的性命；

有些事要去宽容，因为只有学会宽容才能善待自己。有些事注定是无能为力做成功的，但是不能放弃，同时也不能过于勉强自己，太过勉强的后果是自己身心俱疲。

班级朋辈心理辅导员也是医生，但也有悲剧之时，就是医者不能自医，但到那时他需要的是淡淡的微笑伴着淡淡的忧伤，更需要嘴角上扬的弧度过于美好，掩饰住眼底的悲伤，这是他留给自己的治疗时间。

第二节　朋辈心理辅导员的工作原则与内容

一、朋辈心理辅导员的工作原则

由于朋辈心理辅导员工作的特殊性，在进行具体工作时，应该有别于其他班级干部，因此，朋辈心理辅导员必须遵守一定的工作原则。其主要涉及以下几个方面。

(一)坚持保密原则

朋辈心理辅导员对自己所从事的工作必须严格遵守保密原则。对自己接触的同学的隐私不得向亲戚、恋人或朋友泄露，特殊情况可以向心理咨询老师请教。为来访者保密是朋辈心理辅导必备的职业道德。有不少学生不愿找心理咨询师咨询，最大的担心就是对方不能为自己保密。朋辈心理辅导员与其他同学生活在一起，保密问题更是大学生最大的担心。如果朋辈心理辅导员缺乏保密意识，就会造成不良影响，遵循保密原则是朋辈心理辅导员工作的第一原则。但是，坚持保密也有一定的例外：一是来访者有可能自伤、自杀或者攻击、伤害他人的时候，应该注意提醒他身边的人、家属、朋友及学校给予更多的关注，提高警惕，准备应对措施；二是当法庭要取证，有关的个人资料、信息、可呈堂证物或证词有可能影响法官判决的时候。在上述情况，朋辈咨询员一般要如实回答。具体要求如下。

(1) 不传播同学的隐私，不擅自透露同学的心理问题。

(2) 不得以任何形式私自保留反映同学心理信息的资料，包括报告同学心理问题在内的所有材料应该交由相关部门和教师保管。

(3) 妥善保管并安全传送交由班级朋辈心理辅导员传递的心理信息材料，如心理测验结果、反映心理问题的信件等资料。未经允许，不得查看资料中的信息。

(4) 不得泄露学校有关部门和教师向朋辈心理辅导员传达的、需要保密的相关信息。

知识扩展

心理医生的存在感

班里有一个女生，喜欢一个男生，向那个男生表白后被拒绝，她感到非常难受。一天晚上熄灯后，她躲在被子里偷偷地哭。白丽发现后，就给她发了一条安慰、劝解的短信。那个女生当即回信："谢谢你！我会好的。"收到这条短信，白丽放心了。现在，这名女生已经找到了男朋友，两人相处得很好。

后来，白丽又用短信的方式，与班上一名经常怀疑别人排挤自己，还经常攻击白丽的女生进行了沟通，效果挺好。

白丽就就业业地履行着自己的职责。她说："其实同学非常排斥说自己有'心理问题'，最好说'遇到困难'，这样就好沟通了。"她挺看重自己的工作，"同学们对我的评价是比较称职，因为我的保密工作做得比较好。"

谈及担任班级朋辈心理辅导员的感受，白丽说："做'心理医生'挺开心的。因为同学们遇到的问题，有时我也存在。"

(二)积极求助原则

朋辈心理辅导员在工作时，当识别发现周围同学存在心理健康方面的问题，而问题已经超出自身的干预能力范围时，朋辈心理辅导员要做的是积极寻求帮助，这也是朋辈心理辅导员自我保护的重要方式。当朋辈心理辅导员遇到解决不了的问题时，请记住"我不是万能的神"；在遇到难懂的事情时，要记住"我不是心理咨询师"。做到积极求助，及时将有关同学的情况转告给院系级负责心理健康的辅导员或学校的大学生心理健康教育与指导中心，也是做好朋辈心理辅导的重要原则。求助和转介时，朋辈心理辅导员要向院系级负责心理健康的辅导员或学校的大学生心理健康教育与指导中心清楚地介绍自己掌握的该同学的情况及平时的生活学习情况。

(三)实事求是原则

一般情况下，朋辈心理辅导员在工作中易犯两种倾向性错误：一是运用心理学知识看谁都好像有问题，一旦了解到周围学生有一些不同的举动，马上极为紧张；二是虽然发现周围有些同学有些异常，但是心存侥幸，主观判断觉得问题不大。这两种倾向需要在心理学专业知识的进一步学习、工作实践的进一步锻炼中得以消除。学校的心理健康教育工作需要朋辈心理辅导员实事求是的反应时，可以将该同学的实际行动和想法实事求是地反映给院系级负责心理健康的辅导员或学校的大学生心理健康教育与指导中心的老师，及时向他们请教并做出准确的判断。

(四)保持中立原则

尽管朋辈心理辅导员与同学之间并不是真正意义上的心理咨询关系，但也应该保持中立原则，避免将自己的价值观带入到与同学的交往中，这是朋辈心理辅导员和同学的交互作用中应该注意的问题。如果是一般的同学和朋友交往，学生可以清楚地表明自己的价值观念，有时甚至会和那些拥有与社会道德相悖或者自己无法认同的价值观的同学展开激辩。但是，朋辈心理辅导员在履行自己的工作职责时，要学会尊重别人的价值观，尽可能保持中立的立场来倾听同学的问题，这是非常重要的工作原则。每个人的行为和想法一定都有其存在的理由和价值，一旦得到反对和抨击，通常就不会再透露自己的真实想法。朋辈心理辅导员也就无法掌握详细的信息来做出准确的判断，提供及时有效的帮助。

二、朋辈心理辅导员的工作职责与日常工作

知识扩展

心与心的邻近

也许是她，姐妹之间和好如初；也许是她，同学们更团结；也许是她，烦恼少了，快乐多了；也许是她……

她，究竟是谁？

刚进入大学时的我，突然听到一个令我纳闷的职位——班级朋辈心理辅导员。班级朋辈心理辅导员是做什么的呢？

为什么会有这个职位呢？带着谜团的我开始搜索着我的答案。

班级朋辈心理辅导员的设立是为了更好地促进我校学生的心理健康发展，更直接有效地解决学生遇到的心理难题，为我校学生的学习和生活服务。

于是，我对班级朋辈心理辅导员这个职位有了一个初步的认识。渐渐地，在我心目中，有了一个班级朋辈心理辅导员的形象。

那是一个什么样的形象呢？

在我的心目中，班级朋辈心理辅导员应该宣传普及心理知识，传播心理健康理念，定期在班上开展一些有关心理健康的宣传活动，并做好相应的总结和记录，促进本班同学心理素质的提高。

在我的心目中，班级朋辈心理辅导员应该收集本班同学的心理健康信息，对本班同学的心理健康状况定期向心理老师做汇报。努力学习相关的心理知识，提高对心理健康方面的认识，用相关知识帮助同学，用乐观心态引导同学。

　　在我的心目中，班级朋辈心理辅导员应该加强与其他班干部及宿舍长的联系，及时发现问题，善于帮助有心理困惑和烦恼的同学。当发现个别同学有严重心理问题时，要及时报告班主任和心理老师，并劝说其尽快到相关心理辅导、心理医疗机构寻求帮助。工作遵循保密原则，维护同学的权益，不得随意泄露同学的隐私。

　　在我的心目中，班级朋辈心理辅导员应该通过心理角、心理小报与各种宣传活动等形式，侧重师生、生生和谐人际关系的建立，促进班级软硬环境建设，为建立温馨教室服务。维护班级同学的心理健康，有充分的紧迫感和责任感。工作努力的同时还要有敏锐的眼睛，以便能够及时发现身边同学存在的问题，及时想办法，及时解决。

　　在我的心目中，班级朋辈心理辅导员应该……

　　一个月，一年，班级朋辈心理辅导员要做的是将心与心拉近，让烦恼远离同学。

　　她，就是班级朋辈心理辅导员，一个努力地为大家服务的人。

　　心与心的邻近，在此刻拉开帷幕……

　　现以班级朋辈心理辅导员为例，介绍朋辈心理辅导员的工作职责与日常工作。

　　班级朋辈心理辅导员属班委会重要成员之一，同时受学校心理健康教育工作组的领导。班级朋辈心理辅导员的工作职责具有自身的特点，具体内容如下。

(一)宣传普及心理健康知识

　　向大学生宣传心理健康知识，是搞好心理健康工作的重要内容，也是班级朋辈心理辅导员的基本职责。通过宣传，让同学们更多了解心理健康和心理卫生知识，提高心理保健的意识与能力。宣传心理健康知识要贴近同学们的实际，形式多样。根据不同阶段同学的需要，选择相应的内容，提高宣传的针对性；利用同学喜闻乐见的形式，如板报、博客、微博、主题班会、户外活动、知识竞赛等进行宣传。

(二)组织开展心理健康教育活动

　　班级朋辈心理辅导员要组织开展丰富多彩的心理健康教育活动，增强同学们的心理健康意识，营造和谐融洽的班级心理氛围，提高广大同学的心理素质和心理健康水平。一方面，班级朋辈心理辅导员要动员和组织班级同学积极参加学校、院系组织开展的各项心理健康教育活动；另一方面，要根据班级实际情况，自行开展和组织符合班级同学需要的班级心理健康教育主题活动，如举办讲座、心理电影赏析、心理征文大赛、请学长作经验交流、创建班级心理博客等。

(三)帮助同学消除心理困扰

班级朋辈心理辅导员要帮助同学消除心理困扰、克服不良情绪。同学们在日常的学习、生活中，经常会遇到一些心理困扰，班级朋辈心理辅导员要及时给予关心、情感支持和力所能及的帮助。通过倾听和交流，帮助同学调节情绪、恢复心理平衡。但如果同学的心理问题比较严重，班级朋辈心理辅导员没有能力帮助解决，就要劝导或建议他们到学校心理咨询室寻求专业的帮助。此外，对于正在接受心理咨询或治疗的同学，班级朋辈心理辅导员要根据教师的要求和安排做好协助工作。

刘强(化名)是新上任的班级朋辈心理辅导员。尽管还没有接受专门的培训，但他对本班29名同学(19名男生，10名女生)的情况已经进行了一些初步的了解，并对班级朋辈心理辅导员的工作有了一些体会："作为班级朋辈心理辅导员，同学有矛盾，疏导疏导；对压抑者，开导开导；对不正常者，沟通沟通。"

刘强说，其实班级朋辈心理辅导员的工作范围是很广的，在同学的学习和生活中可以起很重要的作用。他举例说："在我们隔壁的宿舍，有一个同学喜欢熄灯后看书，因此与他人的关系闹得不太协调。后来我帮助他们制订了一个舍规，把这个问题解决了，同学之间的关系改善多了。"

(四)及时反映异常心理问题

朋辈心理辅导员要关注班级同学的心理状况，加强与其他班干部尤其是信息员、寝室长的联系，及时发现并上报班级同学的异常心理问题。朋辈心理辅导员要做有心人，平时多观察、了解班级同学的情绪和行为表现，了解同学的心理动态，发现异常情况，特别是那些严重危害身心健康、容易引发严重心理问题的情况，应该在第一时间内向辅导员和心理健康老师汇报，帮助并劝说或转介到心理健康教育中心。

朋辈心理辅导员尤其要关注特殊时期和特殊人群的心理状况。在新生入学、开学初期、评优选干、考试前夕、重大社会事件发生前后等特殊时期，同学容易出现情绪波动、发生心理问题。贫困生、特优生、纪律观念淡薄的学生、学习困难生、失恋者等，他们因承受的心理压力较大，也容易产生心理问题。对此，朋辈心理辅导员要保持高度的警觉；在遇到危急情况时，朋辈心理辅导员的主要工作是及时报告，不是直接给予心理干预。危急事件，需要专业人员来处理。朋辈心理辅导员如果莽撞地干预，不仅可能救不了别人，反而会伤害自己。当然，在报告的同时，朋辈心理辅导员可以在力所能及的情况下，做好相关同学的保护工作。

除此以外，班级朋辈心理辅导员还要做好以下几方面的工作。

(1) 班级朋辈心理辅导员协助院心理健康教育中心(心理咨询中心)做好一年一度的新生心理普查工作。

(2) 班级朋辈心理辅导员定期收集本班同学提出的一般性心理困惑和问题，并及时反馈到院心理健康教育中心寻求专业解答。

(3) 定期报告。每月向辅导员、心理健康教育与指导中心报送"班级学生心理状态晴雨表"，分别从学习、生活、交往、情感、危机事件、综合评价等多个维度对本班学生一个月的心理状态进行报告。

(4) 危机事件及时反馈制度。对班级中可能或即将发生的危机事件及时向辅导员、心理健康教育与指导中心反馈，避免恶性事件的发生。

班级朋辈心理辅导员的报告分为"常见心理问题"和"应急心理问题"两大类。报告内容务必真实客观，不夸大、不引申、不隐瞒，而且应谨慎保管、严加保密、定时上交。班级朋辈心理辅导员对"常见心理问题"的汇报实行"零报告"制度。报告时间为一个月一次，每学期共计5次，全年共10次。具体时间为：每个月月底和寒暑假前一周。对"应急心理问题"的汇报实行"即时报告"制度。班级朋辈心理辅导员在汇报时，原则上先向本系汇报，再向院心理健康教育与指导中心汇报。汇报有两种方式：一是口头汇报；二是书面汇报。

(5) 开展每年一度的"5·25大学生心理健康宣传月"活动。

(6) 制订每学期班级心理健康教育工作计划，学期末对相关工作进行总结。

(7) 按时参加心理健康教育与指导中心召开的工作会议，并将会议有关精神传达给同学。

(8) 积极参加心理健康教育与指导中心举行的班级朋辈心理辅导员培训，提高心理学知识水平，增强工作能力。

(9) 参与心理危机干预的预警工作。加强与其他班干部尤其是寝室长的联系，及时发现处在心理危机、应激状态或心理明显异常的同学，在第一时间内向班主任和辅导员老师报告，帮助并劝说或转介到心理健康教育中心。

(10) 积极参加各项有关心理健康方面的活动，认真完成心理健康教育与指导中心和所在院系安排的有关工作。

知识扩展

阳光班级朋辈心理辅导员

随着社会的飞速发展，人们的生活节奏正在日益加快，人际关系也变得越来越复杂。

正处于大学时期的我们，心理素质不仅影响到我们自身的发展，而且也关系到全民族素质的提高，更关系到跨世纪人才的培养。当面临一系列的生理、心理、社会适应的问题时，就会产生矛盾和冲突，例如理想与现实的冲突问题，人际关系的处理以及恋爱中的矛盾等。如果不能合理解决，久而久之就会形成心理障碍，在某种程度上会形成心理问题。

我作为一名班级朋辈心理辅导员，经验并不是很多，但通过我的努力以及班主任的引导，我渐渐地懂得了许多。原来以为班级朋辈心理辅导员只是协助班主任，让班主任知道更多班集体的情况，其实并不是这么简单，班级朋辈心理辅导员是个很重要的角色。班里的同学对我的工作都很支持，这让我感到很欣慰。我能感觉到班级里的每一位同学都在成长，都在成熟，向自己的理想努力着。

我们班级同学之间的相处还是很不错的，在行为方面并没有什么异常，只是部分同学存在正常的情感问题，像朋友之间的友谊，男女之间的爱情。虽然大家都上大二了，大多数的同学都拥有目标，却不热衷于行动，我想部分原因是自身意志力不够坚定吧！我会时刻关注了解同学们的状况，融入他们的生活当中，大学时期自由安排的时间很多，与同学们相处的机会就会很多，当我在学习的时候还要有双敏锐的眼睛，以便能够及时发现身边同学存在的问题，及时解决。其实每个人都是自己的班级朋辈心理辅导员，而我所需要做的是协助他们做得更好！

当然，要做好一名班级朋辈心理辅导员，首先自己必须要有健康的心理状况，要以一种积极乐观的态度去面对生活，去感染他人。还要热心于班级心理健康工作，具有服务同学的意识，善于与人沟通，特别是对那些不愿意与别人说话的同学，更要主动积极地开导他，把工作做到实处。更重要的是知道自己的不足，比如有时做事鲁莽；想问题时过于理想化，和现实有较大差距。我会尽最大努力予以克服，以更加认真负责的态度做好未来班级朋辈心理辅导员的工作。

我希望同学们时刻保持浓厚的学习兴趣和求知欲望，这样才会有乐观的情绪和良好的心境。当遇到悲伤的事情要学会自我调节，适度地表达和控制情绪，还可以向别人倾诉，和我沟通。只有心理健康的大学生，在良好的情绪状态下，才能更好地适应环境，在学业事业上有所成就。

小贴士

心灵的麦田

总是不厌其烦地回头张望，驻足，然后时光就扔下我轰轰烈烈地超前奔跑。其实我写错了，其实是时光的洪流卷过来，我被带走了，被时光带着一路流淌冲刷，冲过了四季，越过了山河，穿过了明媚的风和忧愁的雨，让我们开始感受我曾经拥有，而你们正在拥有的青春。

——《刻下来的幸福时光》

时光的齿轮总是转得飞快，仿佛长大就在一夜之间。而在这一朝一夕间，我们已经跨过未成年的坎儿。走在青春的季节里，你、我，都像是懵懂迷茫的孩子，然而青春没有太多的时间来体恤我们的心情，我们不得不学着自己一个人坚强地成长。总是希望能够快些长大，快些变成所谓的大人。看似成熟的我们，内心却藏着一颗幼稚的心。它短暂地像昙花初放的瞬间，当你察觉到它的美丽，它已经凋谢。成熟与幼稚，纯洁与复杂，真诚与虚荣，这几种不相容的东西也许就是青春期这个特定年龄所拥有的特有气质。在多彩的人生路上，我们注定要经历风雨，不能责怪社会太虚伪，不能像小时候想象中那样挥斥方遒。我们渴望有一人能够懂我们，能够把我们引出那悲愤的世界。

她，可以不要那么美丽。可以不要那么优秀。在我们悲愤时，也可以作为一个倾听者，安静地听着我们的唠叨，然后温和地说着没事；在我们遭遇挫折时，她会像一个知心朋友一样，随时关心着我们，给我们以心灵上的抚慰；在我们绝望时，一直陪伴我们走出生活的低谷期，让我们重新觉得其实世界并没有那么糟。她总会知道拥有了泪水，感情才不会一片空白。用心跟我们交流，沟通，而不是那么表面官方的语言。交流是神圣的，真诚的心换回的是真诚。没有人知道心里是什么模样的，或者欢笑，或者忧伤，但是无论它是欢笑还是悲伤，它都希望有另一颗心相互为伴，分享着酸甜苦辣，和青春的那些事。她如同心灵上的伴侣，给予心灵上的一次次冲刷。这是心与心的交流，心与心的碰撞。一遍遍地述说着那些好的坏的，和那些值得纪念的跌撞。

青春是明媚而忧伤的，但我知道我们不能过多地悲伤，青春带给我们更多的是面朝阳光的生命力的与敢于冒险的精神。我想我们会因为她，清晨，怀着轻松的心情，迎着晴朗的天空，像朝阳一样坚定地前进，怀有沉甸甸的信心。偶尔抬头，会看到依然是宝石般的明净，白云惬意地从头顶飘过，一切都是那么充满惊喜而又宁静。

她是我们青春中不可或缺的存在，她就是我们的班级朋辈心理辅导员，无论是男是女，都是我们心中最美丽的人儿。有了她，我们心灵的麦田才会有成长，收获。

第四章 朋辈心理辅导员的选拔、培养与考核

朋辈心理辅导员的选拔、培养、考核是朋辈心理辅导员开展工作之前必须经历的环节，也是关系到朋辈心理辅导员工作效果的重要环节，所以这几个环节的内容、形式、过程等都很重要。虽然国内在这方面的研究和实践都还处在摸索的阶段，但是已经积累了很多很好的经验。

广义的朋辈心理辅导既包括朋辈心理咨询室里相对专业的朋辈心理咨询，包括班级中的心理委员即广大基层的朋辈心理咨询，也包括具有朋辈互助意识的普通同学之间的心理互助。本章所讲的朋辈心理辅导员的选拔、培养与考核主要是指第一个层次和第二个层次的朋辈心理辅导员的选拔、培养与考核。

第一节 朋辈心理辅导员的选拔与培养

一、朋辈心理辅导员的遴选

在朋辈心理辅导员的选拔上，首先，要考虑选取人员的代表性、工作覆盖面，确保网络铺设的全覆盖及合理性。其次，由于朋辈心理辅导员主要从事的是人际工作，因此他们不仅要具备良好的个性特征，而且还要具有良好的人际沟通能力、问题解决能力乃至群众基础等。此外，朋辈心理辅导员的选拔还必须考虑当事人的个人意愿，因而在现实操作中具有相当的难度。本节以班级心理委员(即班级朋辈心理辅导员)为例，介绍朋辈心理辅导员的遴选。

(一)班级朋辈心理辅导员的组织设定

根据不同班级的实际情况设立班级朋辈心理辅导员。原则上，一个班级设立两名班级朋辈心理辅导员，男女生各一名。学生比较多的班级可设多名班级朋辈心理辅导员，学生比较少的班级，班级朋辈心理辅导员可由班长、团支书等班干部兼职。

(二)班级朋辈心理辅导员的基本要求

对心理学感兴趣，热爱心理健康教育工作；在学生中有较广泛的群众基础，热心班级

工作，具有服务意识；为人乐观、开朗，心理健康状况良好；善于与人沟通，具有一定的语言表达能力；愿意接受一定课时的专业知识训练；能严守班级朋辈心理辅导员职责的相关规定。具体见第三章第一节中的朋辈心理辅导员的素质要求。

(三)班级朋辈心理辅导员的选拔与产生

班级朋辈心理辅导员依据"个人自愿、班级推荐、辅导员考察、心理健康教育与指导中心培训"的原则和程序产生。首先，候选人的产生。辅导员要提前告诉同学们班级朋辈心理辅导员的工作职责与工作原则，对班级朋辈心理辅导员的素质要求等内容，让同学们对班级朋辈心理辅导员这一职务有所了解。让每班同学通过自愿报名的方式申报班级朋辈心理辅导员候选人。其次，班级朋辈心理辅导员候选人接受班级同学民主选举并获得多数同学支持者，由班级向所在学院负责心理健康教育工作的辅导员进行推荐。最后，各学院负责心理健康教育工作的辅导员对各班级推荐的班级朋辈心理辅导员候选人从学业成绩、人际关系、综合素质等方面进行考察，考察合格后即初步确定为班级朋辈心理辅导员，并将名单提交心理健康教育与指导中心。被初步确定为班级朋辈心理辅导员的学生必须接受入职培训并获得合格证书后，方可成为正式的班级朋辈心理辅导员。

一般情况下，班级朋辈心理辅导员不做经常性调整。特殊情况由各学院从班级朋辈心理辅导员候选人中择优推荐，经心理健康教育与指导中心入职培训后方可调整。班级朋辈心理辅导员作为学生干部每年会面临换届选举的问题，而班级朋辈心理辅导员的频繁更换一方面会在一定程度上影响工作经验的代际传递，也使得"保密性"和"持续保密性"受到质疑；另一方面会加重选拔培养工作的负担。因此，班级朋辈心理辅导员宜实行连任制，即经过考核把受学生拥护、工作成效显著的班级朋辈心理辅导员留任，以保持班级心理健康教育工作的连续性和有效性。对于成绩突出的班级朋辈心理辅导员可以选拔充实到学校或院系担任朋辈心理咨询员，从而不断充实和壮大学校心理健康教育工作队伍。

"不合格的班级朋辈心理辅导员"的罢免工作，实行三级否决制，即在班级多数成员、主管辅导员和心理健康教育与指导中心这三个级别中任何一级认为某人已不适合担任此职务时，都可以对其进行罢免。

二、朋辈心理辅导员的培训

培训对班级朋辈心理辅导员来说，不仅是帮助他们丰富专业知识、提高从业技能，而且是帮助他们建立身份认同、明确责任意识的重要环节。当班级朋辈心理辅导员能够从心底里认同自己即将从事的工作，体会到这个岗位的重要性和意义时，便会内化为一种责任意识，发挥主观能动性，努力学习相关知识，寻找可用资源，并在服务他人的同时实现自我价值、获得自我成长。

(一)班级朋辈心理辅导员培训现状及问题

相比其他同学，一名合格的班级朋辈心理辅导员需要具备更为专业的知识和技能，因此需要接受定期的系统的专业知识和实践技能培训。目前，高校班级朋辈心理辅导员在培训方面存在较多的问题。

1. 培训缺乏系统性

相当多的高校设立了班级朋辈心理辅导员，但是缺乏系统的培训往往导致班级朋辈心理辅导员不知道自己的职责，他们在刚开学时参加过几次会议，或者上过几次课，但是这些所谓的培训没有系统性，导致班级朋辈心理辅导员根本无法胜任工作。如黄晓芳曾对浙江省 7 所高校班级朋辈心理辅导员工作的现状进行了调查，73.4%的班级朋辈心理辅导员认为自己没有参加过心理知识及助人技巧的培训。对一般学生的调查发现 31.2%的学生认为"学校对班级朋辈心理辅导员的系统培训不够"。

2. 培训缺乏长效性

通常在选拔好班级朋辈心理辅导员之后，相关老师会采用讲座等形式给新当选的班级朋辈心理辅导员进行几个学时的岗位培训，之后可能会采用放羊的形式，让学院或系心理辅导员老师担任培训教师。分成小班进行培训有其独有的优势，如可以开展形式多样的活动。但是也存在一些问题，给班级朋辈心理辅导员培训的周期变得非常自主，而学院或系心理辅导员通常自身都缺乏心理的相关培训，从而导致对班级朋辈心理辅导员的后期培训缺失，培训缺乏长效性。

3. 培训缺乏实用性

大部分班级朋辈心理辅导员有这样的感觉，虽然参加了多次心理健康知识的培训，但是面对班级同学的心理困扰，自己往往觉得束手无策，强烈的无助感甚至让他们怀疑自己无法胜任班级朋辈心理辅导员的工作，这与班级朋辈心理辅导员的培训缺乏实用性有关。一项对 215 名担任了一年班级朋辈心理辅导员的同学所进行的问卷调查显示,70%的班级朋辈心理辅导员不知道怎样开展工作。

(二)班级朋辈心理辅导员的培训方式

班级朋辈心理辅导员培训的目的主要是将所学的知识和技能尽快地运用到实际的工作中，所以对于他们的培训要区别于传统的填鸭式教学，而要采取一种灵活多样的新型培训方式。

1. 理论授课是必需的，但是重要理论语言尽量生活化

心理学理论知识较多，又较为枯燥，但对于我们学员的基本心理素养又是必要的，所以培训过程中必须做到基本理论知识尽量用学员能理解的生活化的语言，使学员能够理解和吸收，才能保证培训的水平和质量，才能让学员感到学到了真东西。

2. 案例教学与案例分析必不可少

培训中穿插案例教学是保证培训生动活泼、避免枯燥乏味的重要手段，也是加深学员对理论知识的理解和消化的重要环节，特别是对存在于学员身边的典型个案进行分析，更容易让学员直接地领悟和感受。同时，组织学员对典型案例进行讨论和分析，有助于学员了解大学生常见心理问题发生发展的一般规律和特点、表现形式和解决问题的对策与方法，增强学员面对个案的分析和处理能力。在讨论中集思广益，举一反三，还容易开启思路，获得启发，增长对个案深入的能力。

3. 小组讨论与实战模拟相结合

对于班级朋辈心理辅导员工作内容和心理辅导技巧等必备知识和技能必须进行实战演练，让学员亲自上阵进行实战模拟。这对学员自身是一个考验，对其他学员也是一个很好的学习模仿过程。学员模拟结束之后，马上进行小组讨论与分享，特别是开放的、坦白的、无条件接纳的讨论与交流是非常必要的。经过讨论，消化理论，催化思考，深化认识，学会合作，进而达到自我心理素质的全面提升和对基本知识的掌握。同时，小组讨论也可以运用于所有的培训主题讲解之后。成功的小组讨论相当于一次头脑风暴游戏。

4. 心理游戏体验训练是关键

普通培训最容易流于形式和停留在表面而缺乏深入，进行体验式训练正是班级朋辈心理辅导员培训的亮点和解决这一问题的关键。各种体验训练首先将学员的注意力深深地吸引，同时在体验式的过程中学员积极主动地参与也会让体验培训一次次地达到高潮，在体验式培训过程中许多学员会惊讶、会流泪、会开怀大笑、会陷入思索、会产生发自内心的

感触。正是这些深刻的体验，改变了学员的认知，重新塑造了学员的心灵。

(三)班级朋辈心理辅导员培训的内容

学生班级朋辈心理辅导员培训内容与培训方法的选择关系到培训目的与效果，直接影响到全院学生心理健康教育工作的开展。所以，班级朋辈心理辅导员的培训，第一要符合培训目标的要求，第二要让学员能够接受和理解，第三要对学员承担的工作有实际应用价值，第四有助于学员个人的成长与发展，第五能激发学员的学习兴趣与自我成长的愿望。具体来说，班级朋辈心理辅导员的培训包括入职培训和在岗培训。

入职培训是指班级朋辈心理辅导员在行使班级朋辈心理辅导员职责前必须接受的心理专业培训。班级朋辈心理辅导员须参加入职培训并获合格证书后方可正式上岗。培训内容主要包括：学校心理健康教育与指导中心概况、班级朋辈心理辅导员应该具备的基本素质、班级朋辈心理辅导员的工作职责与工作原则、班级朋辈心理辅导员如何开展工作、班级朋辈心理辅导员的工作技巧、大学生常见心理问题及应对、心理危机预防与干预、朋辈辅导的基本技术等。

在岗培训是指心理健康教育与指导中心根据工作需要和班级朋辈心理辅导员的业务需求，于班级朋辈心理辅导员在岗期间组织的不定期的业务培训。目的在于持续强化班级朋辈心理辅导员的身份意识，并提升其专业技能。培训内容包括大学新生的入学适应、大学生健康自我意识的培养、大学生的情绪特点与调节、大学生人际交往与调控、大学生恋爱与性心理、团体心理辅导的理论与技术等。

三、促进班级朋辈心理辅导员的自我学习和自我成长

现在许多高校心理健康教育教师人数和力量有限，大学生的专业学习和课外实践任务也较重，完全依靠统一培训提高班级朋辈心理辅导员的知识技能有很多困难，因此应该积极鼓励班级朋辈心理辅导员开展自我学习和自我成长。

1. 以专业教学为依托

利用学校开设的专业选修课和公共选修课资源，鼓励班级朋辈心理辅导员主动参加心理类课程的选修，在完成学分的同时加强专业知识的积累。

2. 以学生组织为领导

通过大学生心理协会、朋辈咨询小组等学生团体组织班级朋辈心理辅导员开展读书会、案例讨论会、工作经验交流会等活动，提高他们的专业知识、工作能力和合作意识。

3. 以活动为手段

通过每年的"'5·25'大学生心理健康月"等活动，推动班级朋辈心理辅导员不断学习、踏实工作、积极创新。

以专门培训为主，自我学习为辅，开展全方位的教育和培训，才能保证班级朋辈心理辅导员这支特殊而重要的学生队伍不断成长、更好地为同学服务。

小贴士

为了方便大家的学习，特推荐以下心理资料

书籍类：

《心理课堂》，周正主讲，程宇洁编著，上海大学出版社

《送你一座玫瑰园》，杨眉著，中国城市出版社

《心灵七游戏》，毕淑敏著，北京十月文艺出版社

《追求阳光心态》，孙东东著，华东师范大学出版社

《登天的感觉》，岳晓东著，上海人民出版社

《做最好的自己》，李开复著，人民出版社

影视类：

《心灵捕手》(《骄阳似我》)

《美丽心灵》

《肖申克的救赎》

《冲出逆境》

香港连续剧《心理心里有个谜》

日本连续剧《心理医生》

重点推荐节目：

心理访谈　CCTV12　　23:20

第二节　班级朋辈心理辅导员的评价与考核

对班级朋辈心理辅导员工作的评价考核分班级朋辈心理辅导员的自评、班级考核、院

系考核及心理健康教育中心考核四种，根据考核结果对班级朋辈心理辅导员及班级给予相应的奖励与惩罚。

一、对班级朋辈心理辅导员工作的评价内容

对班级朋辈心理辅导员工作的评价包括以下几方面的内容。

(1) 心理健康知识的普及内容。

(2) 学院心理健康教育资源的介绍。

(3) 发现班内同学的心理困惑。

(4) 及时汇报班内同学的心理问题。

(5) 向心理健康教师转介班内个案。

(6) 班级心理健康活动的组织开展情况。

二、班级朋辈心理辅导员工作的评价方法

对班级朋辈心理辅导员工作的评价采用的方法如下。

(1) 来自班级朋辈心理辅导员的自评。包括班级朋辈心理辅导员个人成长的自评，班级朋辈心理辅导员助人行为的自评。

(2) 来自班级同学的评价。由班级同学对班级朋辈心理辅导员在班上开展心理活动的情况及其效果的评价，班级同学对班级朋辈心理辅导员在自身心理工作水平上进行一定的评价。

(3) 来自院(系)辅导员的评价。

(4) 来自大学生心理健康教育与指导中心教师的评价。

三、优秀班级朋辈心理辅导员的评价标准

优秀班级朋辈心理辅导员的评价标准如下。

(1) 在工作过程中表现出热情、积极、乐观的态度，抗挫折能力较强。

(2) 乐于助人、乐于奉献、服务同学，人际关系良好。

(3) 能够主动学习大学生心理健康相关知识，对自己有充分的认识，能及时发现、分析并解决自己的心理问题，不断提高自身心理素质和从事心理素质拓展训练的业务水平，善于创新，从实践中总结经验。

(4) 能及时发现、关注、关怀和帮助有心理困惑和烦恼的同学，并积极有效地开展相应工作，及时推荐需要心理帮助的同学到心理健康教育与指导中心面谈咨询。

(5) 认真落实系里和学院布置的有关工作；积极组织开展形式多样的班级心理健康教育活动，包括同其他班干一起组织班级心理测试和心理素质拓展训练。工作有较好的计划，目标明确，思路清晰，方法得当。

(6) 积极发现有重大心理变故和行为异常的同学，处理得当，有效维护校园环境稳定。

四、班级朋辈心理辅导员的考核

为了加强学院对班级朋辈心理辅导员的管理，提高班级朋辈心理辅导员的整体素质，真正做到赏罚分明，特制定班级朋辈心理辅导员考核制度。

(一)考核办法

(1) 本考核制度实行积分量化，按德、能、勤、绩四块内容对各班班级朋辈心理辅导员进行考核。

(2) 考核对象：各班班级朋辈心理辅导员。

(3) 具体考核办法：首先由各班设立考评小组，对班级朋辈心理辅导员进行考评，班级考评小组一般由 5 人组成，其中 2 名学生干部，3 名普通同学；再由学院心理领导小组进行综合考评，确定最后考评成绩。

(二)考核内容和积分量化标准

1. 德：满分 20 分

(1) 助人精神：直接或间接帮助同学解决心理困扰、鼓励或陪同同学前来咨询情况。按实际情况给予评定 0~5 分，满分为 5 分。

(2) 奉献精神：以身为班级朋辈心理辅导员为荣，对班级朋辈心理辅导员工作有极高的兴趣。按实际情况给予评定 0~10 分，满分为 10 分。

(3) 工作态度：踏实肯干、积极主动。按实际情况给予评定 0~5 分，满分为 5 分。

2. 能：满分 15 分

(1) 班级朋辈心理辅导员培训后考核效果：85 分以上评定为 5 分；75~85 分评定为 4 分；60~75 分评定为 3 分；60 分以下评定为 1 分。

(2) 策划与组织活动的能力：能有效组织班上同学参加中心活动、策划并组织有特色的心理健康教育活动。按实际情况给予评定 0～5 分，满分为 5 分。

(3) 沟通能力：能有效地与班上同学、其他班干进行沟通。按实际情况给予评定 0～5 分，满分为 5 分。

3. 勤：满分 30 分

(1) 会议、培训和活动出席情况：每次必到评定为 10 分；请假次数不超过 3 次评定为 6～9 分；请假次数为 3～5 次，评定为 3～5 分；无故缺席 1 次，评定为 2 分；无故缺席 2 次，评定为 1 分。

(2) 协助学院发放心理健康教育资料情况。按实际情况给予评定 0～5 分，满分为 5 分。

(3) 舆情表要及时上交，及时登记好档案和危机干预表。(心理状况汇报单翔实具体，既能反映班级同学总体的心理状况，又能关注个别同学的心理困扰，未按期上交一次扣 1 分)按实际情况给予评定 0～10 分，满分为 10 分。

(4) 将学院关于心理健康的一些活动及时通知给同学。按实际情况给予评定 0～5 分，满分为 5 分。

注：
① 会议、培训和活动中累计 3 次无故缺席将直接取消评选优秀班级朋辈心理辅导员资格；
② 出现 4 次资料没有及时上交，直接取消评选优秀班级朋辈心理辅导员资格。

4. 绩：满分 40 分

(1) 班级心理活动的组织：每学期至少组织一次班级心理活动，并向心理健康教育与指导中心上交活动总结和相关活动材料。若一学期没有组织一次，扣 2 分，超过一次将视活动效果给予一定的加分，按实际情况给予评定 0～10 分，满分为 10 分。

(2) 心理知识宣传情况：体现为班级同学对心理知识的了解、心理活动的兴趣等。按实际情况给予评定 0～10 分，满分为 10 分。

(3) 档案和危机干预表的完成情况：有效地发现并协助学院和中心处理有心理危机的同学。一次加 5 分。按实际情况给予评定 0～10 分，满分为 10 分。

(4) 对学院心理健康教育作出特殊贡献情况(包括提出宝贵意见等)：按实际情况给予评定 0～5 分，满分为 5 分。

表 4-1 列出了班级朋辈心理辅导员考核表的示例。

表 4-1　班级朋辈心理辅导员考核表

项　目	考核内容	分　值	考核小组评分			
			自评	班级	学院	中心
德 (20)	助人精神	5				
	奉献精神	10				
	工作态度	5				
能 (15)	心理知识培训效果	5				
	策划与组织活动的能力	5				
	沟通能力	5				
勤 (30)	会议、培训和活动出席情况	10				
	协助学院发放心理健康教育资料情况	5				
	舆情表及时上交，及时登记好档案和危机干预表	10				
	将学院关于心理健康的活动给同学们的通知情况	5				
绩 (35)	班级心理活动组织情况(包括活动组织次数、活动效果、活动影响力等)	10				
	心理知识宣传情况(体现为班级同学对心理知识的了解、心理活动的兴趣等)	10				
	档案和危机干预表的完成情况	10				
	对学院心理健康教育作出特殊贡献情况(包括提出宝贵意见等)	5				
总体得分	整体素质评分结果					
学院心理健康领导小组意见	盖章： 　年　　月　　日					
备注	(1)　会议、培训和活动中累计 3 次无故缺席将直接取消评选优秀心理委员资格； (2)　出现 4 次资料没有及时上交直接取消评选优秀心理委员资格					

注：在综合各班心理辅导员的工作情况基础上，评出心理健康工作优秀班级。

五、考评与奖励

(一)班级考核、奖励

班级定期(每个学期)对班级朋辈心理辅导员进行考评，对其工作态度、工作成效等进行评价，工作热情、态度认真负责，工作成绩突出且自身心理健康的班级朋辈心理辅导员将作为"班级优秀学生干部"评选的一个重要参考。

(二)院系考核、奖励

院系定期(每个学期)对各班班级朋辈心理辅导员进行考评，对其工作态度、工作成效等进行评价。将工作热情、态度认真负责，工作成绩突出且自身心理健康的班级朋辈心理辅导员评为"院系优秀班级朋辈心理辅导员"，并作为"院系优秀学生干部"评选的重要参考。名额为5%，确定后上报心理健康教育中心备案。

(三)大学生心理健康教育与指导中心考核、奖励

心理健康教育中心每年对班级朋辈心理辅导员的工作进行考核评价。由学院推荐担任班级朋辈心理辅导员满一年，工作积极，成绩突出，或为班级同学心理健康作出突出贡献，且积极参加心理协会、心理健康教育中心活动，出勤达全勤，心理健康教育中心将其评为"心理健康工作积极分子"，并作为"校优秀学生干部"评选的重要参考，名额为每学院10%。推荐时应附上相关材料，由心理健康教育中心专职老师进行审核评优。

心理健康教育中心每年将成绩突出的班集体评为"心理健康优秀班集体"。

六、处罚规定

凡违反班级朋辈心理辅导员工作者职责，触犯班级、心理健康教育中心的纪律，做出有辱班级朋辈心理辅导员声誉行为者，视情节轻重，根据有关规定，给予学院内部通报批评，撤销职务等不同程度的处罚。

第五章　朋辈心理辅导关系的建立

在朋辈心理辅导过程中，朋辈辅导员与求助的学生之间的关系是非常重要的。由于辅导关系如此重要，以至一些学者认为心理咨询与辅导就是一种人际关系。心理咨询与治疗专家帕特森(Patterson)曾写道：咨询或心理治疗是一种人际关系，请注意，我不是说咨询或治疗涉及人际关系，我是说它就是一种人际关系。对此，尽管意见不一，但绝大多数专业工作者都一致认为，辅导者与来访求助的当事人之间的关系，是心理咨询与辅导工作中最重要的方面，更是决定咨询与辅导成败的关键因素。

许多用心良苦的咨询和辅导之所以未能成功，是因为在这些咨询过程中，从未能建立起一种令人满意的咨询关系。一些咨询初学者只注重方法、技巧，而忽视建立咨询关系，认为这是无关紧要的。然而心理咨询不同于其他许多工作之处，在于它是直接与人的心理接触，使用任何学派的理论和方法，都不能是冷冰冰的，而应建立在良好的咨询关系之上。来访者对咨询者的信任、亲近，是咨询成功的重要因素。只有创造良好的咨询关系，来访者才有可能最大限度地接受咨询者的影响。可以说，良好的咨询关系是促进来访者积极改变现状、发挥潜力的动力，本身就具有心理治疗的作用。

第一节　心理辅导关系建立中的基本态度

罗杰斯(C. Rogers)认为形成良好的辅导关系的基本条件是共情、尊重和真诚等。

一、共情

(一)共情的概念及其意义

共情又称为共感、同感、移情、同理心等。所谓共情，罗杰斯认为就是能体会当事人之内心秘密世界，仿佛身临其境。通俗说，共情就是能设身处地去体会当事人的内心感受，达到对当事人境况的心领神会。用别人的眼睛看世界，就是共情的形象说法。共情包含同情的成分，但又不是同情，同情不一定会有对对方感受的理解和体会。共情不仅有同情，更有理解。也就是说，在咨询与辅导过程中，辅导员不但要有能力正确地了解当事人的感受和那些感受的意义，同时还要将这种对感受的理解和体会准确地传达给对方。

知识扩展

什么是共情

(《共情是一粒和谐的种子》节选，作者：杨眉)

我问学生："你们通常喜欢和什么样的人交往？"

学生们纷纷提出自己的观点，我把前十个写在黑板上，罗列如下："善良、乐观、真诚、热情、诚信、有内涵、谦虚、积极、善解人意、宽容"。

我又问学生："在这些人格特质中如果只允许你们保留四个，你们会选哪四个？"大家热烈讨论后，决定留下以下四个："善良、乐观、真诚、善解人意"。

起初，大家对善良和善解人意的理解有歧义，有的同学认为是一回事。其实两者是有差异的，善良是一种态度，善解人意则既是态度又是方法。善良的人如果缺乏善解人意的能力，就难以体现他的善良，在利他时也往往会造成误解。比如在大学里经济状况好的同学，如果他去买奢侈的物品送给经济困难的同学，或给经济困难的同学过奢侈的生日，结果会让人心理负担很重，甚至心生怨恨，这就是缺乏善解人意的能力所产生的结果。

善解人意与心理学上的一个术语共情(empathy)很相近，指一种能设身处地从别人的角度去体会并理解别人的情绪、需要与意图的一种人格特质。

共情既是一种态度，也是一种能力。作为态度，它表现为一种对他人的关切、接受、理解、珍惜和尊重。作为一种能力，它表现为能充分理解别人的心事，并把这种理解以关切、温暖、尊重的方式表达出来。

从操作角度看，共情可以分解为：能设身处地地感受他人的情绪，理解他人的意图，并以恰当的方式表达自己对对方情绪与意图的感受、理解与尊重。

共情已经受到研究者和咨询专家的极大关注，一般被认为是心理辅导中影响咨询关系建立和发展的首要因素，是心理咨询的基本特质。共情在咨询中的重要意义主要在于：①由于共情，咨询者能设身处地地理解来访者，从而能更准确地掌握有关信息；②由于共情，来访者会感到自己被悦纳、被理解，从而会感到愉快、满足，这对咨询关系会有积极的影响；③由于共情，促进了来访者的自我表达、自我探索，从而达到更多的自我了解和咨询双方更深入的交流；④对于那些迫切需要获得理解、关怀和情感倾诉的来访者，共情更有明显的帮助、治疗效果。即使就一般而言，共情也被认为是一种治疗因素。

知识扩展

心理美文：从病人的视角看世界

当前美国心理治疗领域的大师级人物欧文·雅龙教授就很赞同共情，即治疗师应从病人的视角看世界。他在其著作《给心理治疗师的礼物》一书中提到过一个患乳腺癌的病人。这个当事人从青春期就开始和总是批判一切的父亲进行斗争。她希望两人能够有某种程度的和解，能够开始一段新的关系，所以她十分期待着父亲开车带她去大学这件事，因为这是一个两个人可以单独相处几个小时的机会。但是这次盼望已久的旅行却成了一场灾难：她的父亲总是在抱怨路边丑陋的、满是垃圾的小河。而她根本没有看到什么垃圾，相反，她看到的是一条没有受过污染的、充满原野风味的小溪。她找不到任何方式能够回应她的父亲，最后只得沉默。结果整个旅途就是他们看着自己的车窗外，互不理睬。

后来她独自一人重游故地，非常惊讶地发现原来路边各有一条河。"这一次我成了司机"，她十分伤感地说，"而从驾驶员的位置上看到的小河正如我父亲所描述过的那样丑陋而被污染"，但是当她学会从父亲的窗口看世界的时候，已经太晚了，她的父亲早就去世了。

多年后，欧文·雅龙一直记着这个故事，而且许多次他会以它来提醒自己和学生，"从其他人的窗口看，努力从你的病人的视角来看世界"。

不仅如此，他强调"在治疗的此时此地准确地共情"尤为重要。因为病人眼中的治疗和治疗师眼中的治疗常常有很大的差异。即使是非常有经验的治疗师也会一次又一次惊讶地发现病人眼中的治疗和他们眼中的治疗有多么的不同。

然而，在当今心理治疗界，雅龙也承认，"共情已经成了一种如此普遍而常用的词汇，就像流行歌手唱的那些陈词滥调一样，使得我们忘记共情过程的复杂性。真正了解一个人的感受是极端困难的一件事情，太多的时候是我们把自己的感情投射在其他人身上"。

(二)共情水平的提高

1. 共情水平或层次

伊根(G. Egan)把共情分为两种类型。一种是"初级共情"(primary empathy)，其含义接近于罗杰斯提出的共情定义，它往往与咨询技巧中参与技巧有关；第二种是所谓"高级的准确的共情"(advanced accurate empathy)，这对咨询者有更高的要求，需要运用咨询技巧中的影响技巧来直接影响来访者。

卡可夫(R. Carkhuff)将共情划分为五个不同的水平：从对咨询关系只起破坏作用的共情水平到咨询者具有相当准确的理解的共情水平。艾维(A. E. Ivey)等人则进一步将共情细分为七种不同水平：从对会谈起着明显的破坏作用到共情的最高水平——咨询者在任何方面都能与来访者进行直接的、成熟地交流。

卡可夫和皮尔斯(Pierce)还建构了一个区分调查表，用来确定咨询者共情反应的五个等级。其中水平3是可接受的最低水平反应，相当于伊根的初级共情的概念；水平4相当于附加共情或高级共情；水平 5 代表着促进性的行动。具体如下：水平 1——没有理解，没有指导。咨询者的反应仅是一个问题或否认、安慰及建议。水平 2——没有理解，有些指导。咨询者的反应是只注重信息内容，而忽略了情感。水平 3——理解存在，没有指导。咨询者对内容，同时也对意义或情感都做出了反应。水平 4——既有理解，又有指导。咨询者对求助者做出了情感反应，并指出对方的不足。水平 5——理解、指导和行动都有。咨询者对水平 4 的内容均做出了反应，并提供了行动措施。

下面的例子显示了使用卡可夫和皮尔斯的区分调查表，是如何区分言语共情反应水平的。

来访者：我已尝试同我父亲和谐相处，但的确行不通。他对我太严厉了。

水平 1 的咨询者：我相信将来总会行得通的。[安慰和否认]

或者：你应该努力去理解他的观点。[建议]

或者：为什么你们两个不能相处？ [问题]

(水平 1 的反应包括问题、安慰、否认或建议。)

水平 2 的咨询者：你与父亲的关系正处于困难时期。

(水平 2 的反应只针对来访者信息中的内容或认知成分，而忽视了其中的情感成分。)

水平 3 的咨询者：你尝试与父亲相处，但又不成功，因而感到沮丧。

(水平 3 的反应中包含有理解，但没有指导。它是针对来访者明确信息中的情感和意义做出的反应。)

水平 4 的咨询者：你似乎无法接近父亲，所以感到沮丧。你想让他对你宽容些。

(水平 4 的反应既有理解，也有指导。不仅辨明了求助者的情感，也指出了信息中所隐含的来访者的不足之处。"你无法接近"隐含着来访者应负的没有接近父亲的责任。)

水平 5 的咨询者：你似乎不能接近父亲，所以感到沮丧。你需要他对你宽容些。你可以采取这样一个步骤，即向父亲表达出你的这种情感。

(水平 5 的反应包含了水平 4 的所有反应，另外至少还包括了来访者能够采取的措施，以克服自己的不足，并达到所希望的目的。如"向父亲表达出你的这种情感"。)

2. 提高共情水平的方法

要准确地表达共情，应注意以下几方面。

(1) 要从来访者内心的参照系出发，设身处地体验他的内心世界。

(2) 要以言语准确表达对来访者内心体验的理解。

(3) 可借助非言语行为如目光、表情、姿势、动作变化等表达对来访者内心体验的理解。

（4）表达共情应适时、适度、因人而异。

（5）重视来访者的反馈信息，必要时可直接询问对方是否感到被理解了。

马建青(1992)提出了正确使用共情的几个要点。

（1）咨询者应走出自己的参照框架而进入来访者的参照框架，把自己放在来访者的位置和处境上来尝试感受对方的喜怒哀乐。

（2）如果咨询者不太肯定自己的理解是否正确、是否达到了共情时，可使用尝试性、探索性的口气来表达，请来访者检验并做出修正。

（3）共情的表达要适当，要因人、因事(来访者的问题)、因时、因地而宜，尤其不能忽略来访者的社会文化背景，否则就会适得其反。

（4）共情的表达除了语言之外，还有非言语行为，如目光、表情、身体姿势、动作变化等。有时，运用非言语行为表达共情更为简便、有效，咨询中应重视二者的有机结合。

（5）角色把握在共情时显得特别有意义，咨询者要做到进得去，出得来，出入自如，恰到好处，才能达到最佳境界。

知识扩展

共情训练

（1）看我听我：让成员分坐内、外两圈，轮流用 1 分钟的时间叙述一件事，由听的人替说的人将他所叙述的事情尽量完整地再说一次。

分享：有没有什么办法能让我们能更清楚地记得别人所说过的话呢？

（2）学会换位思考：换位思考指能从对方角度为对方的行为寻找合理性，以最大限度地理解并体谅对方。

讨论：①同班的小张从不理别人，可能有的原因是什么？②同宿舍的小王总爱占人便宜，可能有的原因是什么？③班里的小李总爱挑人毛病，是为什么？

练习要点：尽可能多地从各种角度为对方寻找理由，尽可能地从善意的角度去理解对方。

（3）培养对人需要的敏感

在公共汽车上不懂得让座的青年人，不只是简单的道德问题。对青年人而言，主要的问题还在于他们缺乏对人需要的敏感，对站在身边的老人视而不见，在很多需要援助的场景中无动于衷。这些青年人不缺道德观，也不缺乏善良，他们缺的只是对他人需要的敏感与利他习惯。

其实，在人与人的交往中，一个眼神、一声叹息、一个欲言又止的表情、一次嘴角的牵动、一次稍纵即逝的皱眉等，都可能反映出人的需要，所以，我们要学习从这些细微的非言语表达中察觉别人的需要。

练习：分组讨论"假如……"

分组讨论"假如……"①假如你是父母，最需要已经上大学的孩子周末回家时做什么？②假如你是一个生活很有规律的同学，晚上宿舍熄灯后你需要什么？③假如你来自一个贫困家庭，需要同学以什么样的态度与你相处？

3. 常见的共情障碍

(1) 以自己为参考标准，难以做到设身处地。如："如果我要是遇到这种事情，不会像你这样悲观"等。

(2) 共情过度或不足。共情过度会让来访者觉得小题大做、过于矫情，共情不足则会使来访者觉得冷淡、心不在焉。

(3) 单纯依靠言语共情，忽视非言语共情的运用。

(4) 忘记自己的职业角色，丧失客观、中立的立场。

(5) 忽视来访者的差异性，特别是文化背景的差异。

(6) 其他类型的共情不当：①直接的、空泛的指导或引导如"你(不)应该……"等。②简单的判断、评价或贴标签如"我认为……是对(错)的"，"你有……倾向"等。③轻率地做出大而空的保证。一般来说，对于一些缺乏信心、勇气而又迫切希望得到外界鼓励的来访者而言，保证是有益的。它有助于一些来访者顺利度过困难期。但是，这种保证要尽量做到建立在事实的、合乎逻辑的、有可能实现的基础上，要让来访者觉得咨询者的保证是其确实体验到了来访者的负性感受，且经过深思熟虑之后做出的。否则，来访者就会觉得咨询者是在搪塞自己，或者是因为本身没有办法而采取的一种掩饰手段。

知识扩展

如何正确表达共情

(《共情是一粒和谐的种子》节选，作者：杨眉)

表达共情，就是以准确、恰当的方式表达对他人情绪与意图的感受、理解与尊重。如果缺乏恰当的表达，变成"正话反说"，如"刀子嘴豆腐心"，那结果仍是背离共情的原则，使理解成为一句空话。有些同学虽然心里明白要体贴人，并且也有对人情绪的敏感，但是却常常不知道如何表达。

为便于学生练习，我给学生提供了许多参考句式，我要大家先按这类句式去练习，然后举一反三。

参考句式一：表达对人情感的理解。

"你现在的感受是……因为……"

"你感觉……因为……"

"你感到……因为……"

参考句式二：表达对对方意图的理解。

"你想说的是……"

"你现在最希望的是……"

"你的意思是……"

参考句式三：表达对对方情感与意图的尊重。

"我理解你的感受，我知道这对你很重要。"

"我能理解这种心情，我知道这种事处理起来很难。"

参考句式四：以具体的行为表达对对方的关心。

"需要我为你做些什么吗？"

"你看我能为你做些什么？"

参考句式五：表达不同观点的方法。

"你的话有道理，但是我还有一点不同意见……"

"你的观点挺新颖，但是，我有一点不同看法……"

二、积极关注

(一)积极关注的含义

积极关注也称为正向关注，积极关怀，含义是以积极态度对待来访者，对来访者言语、行为中积极面、光明面、长处、优点予以有选择的、特别的关注，强调正面的优点，使来访者拥有正向的价值观。

积极关注涉及对人的基本认识和基本情感。凡是助人工作，首先必须抱有一种信念，即受助者是可以改变的。他们身上总会有这样那样的长处和优点，每个人的身上都有潜力存在，都存在着一种积极向上的成长动力，通过自己的努力、外界的帮助，每个人都可以比现在更好。这一观点对于心理咨询师来说非常重要。所有有效的咨询框架都被认为可以使求助者发生积极、正向的改变。积极关注不仅有助于建立咨询关系，促进沟通，而且本身就具有咨询效果。尤其对那些自卑感强或因面临挫折而"一叶障目不见泰山"者，咨询师的积极关注往往能帮助他们全面地认识自己和周围，看到自己的长处、光明面和对未来的希望，从而树立信心，消除迷茫。

(二)积极关注的原则

(1) 关注来访者的积极面、光明面加以肯定。

(2) 多鼓励不自信或情绪低落的来访者，使其明白能否取得好效果，既与咨询师有关，也与来访者有关，应调整心态，增强自助意识，积极行动起来，配合咨询师，否则再高明的咨询师也会束手无策。

(3) 帮助来访者让他们重新树立信心。

(4) 帮助心理问题比较严重复杂，自己无能为力的来访者，但应避免来访者产生依赖，调动他的积极性。

(三)鼓励来访者

可以从以下几个方面来鼓励来访者。

(1) 鼓励来访者在咨询过程中的好表现："你的态度很诚恳，我很高兴"，"谢谢你的信任……"。

(2) 肯定鼓励来访者自己没发现，没重视，没肯定的某些优点："我觉得你说话思路很清楚，并不像你所说的那样……"，"你有许多地方比别人强，比如……"。

(3) 称赞来访者在本次咨询中的进步："你通过思考，找到了深层次原因，我很高兴……"，"看到你一天天进步，我很高兴……"。

(4) 称赞来访者以往的能力表现和潜力："你以前那么困难都过来了，说明你是很有潜力的。"

(四)积极关注的微观技能 SOLER——面对、开放、倾向、目光、放松

S 面对：面对来访者，是正面对着，这是投入的基本姿势，意思是我同你在一起，你随时都能得到我得帮助。

O 开放：不要双手或双腿交叉在一起，而是自然放开，显示你对当事人接纳和开放的态度，否则会削弱你对当事人的关心感。

L 倾向：经常将上身轻度的倾向当事人，会传达"我和你在一起"，"我对你感兴趣"；若后仰斜靠则会传达"我有些烦"、"我的心没完全在这儿"。但若过分前倾可能有讨好之嫌，要求得到过分亲密会吓倒当事人。

E 目光：保持良好的目光接触，表达"我和你同在"，"我想听听你的话"；若目光游移

或一直看着远方，表示"不愿和你在一起"，"对你不感兴趣"，但也与两眼直盯不同。

R 放松：自然而然，不局促不安，要轻松自如。

(五)注意事项

(1) 态度要真诚，不可胡乱吹捧，不可言不由衷，也不可赞美与咨询关系不大的问题，如你的衣服很好看。即使前面做的关注再好，效果也不会太好。

(2) 对来访者的优点，长处，应实事求是地讲，不能有意夸大，不能盲目赞扬，不能无中生有，异想天开，不能对闪光点过分乐观。

(3) 积极关注应该有针对性、符合来访者的需要，符合咨询目标，不然就会陷入泛泛而谈。

(4) 积极关注应是雪中送炭，咨询师应振作精神，不可消极悲观，发现来访者的长处加以鼓励，使来访者逐渐发现自己的优势，不断进步。

(5) 避免来访者故意迎合，采取逃避的方式。

(6) 应启发来访者自己学会自己发现的长处和潜力，学会自己鼓励自己效果更好。

知识扩展

心理医生的眼光

曾奇峰

每次与陌生人交谈，当他们得知我是心理医生时总是要问：干你们这一行的，是不是别人有什么毛病你们一下子就看出来了？或者问：在你们眼里，是不是每一个人都不正常？

我该怎样回答他们呢？

也许我该回答说：是的。就像外科医生熟悉人体的结构一样，心理医生也熟悉人的心理的结构。由于长久的专业训练，他可以通过一个人的语言、表情、姿态甚至衣着、发型等细微之处，在较短的时间内对这个人的童年经历、家庭状况、知识结构、情感反应、行为方式、意志强弱、智力状况、自我意识、成功的可能性、与他人交往的特点等诸多方面有一个基本的判断。尤其"可怕"的是，所有这些加起来，也只是他有可能看到的内容的很小一部分，就像冰山露出的一角；更多的内容，也就是冰山藏在海面下的那一部分——术语称之为潜意识，一个人连自己都不清楚的那些愿望、冲动、痛苦、焦虑等，恰恰是心理医生重点观察的对象。所以有人说心理医生有着 X 光一样的透视的目光，那是有充分理由的。

心理医生对人的观察往往有一些既定的模式，或者说理论。这些理论的核心内容是对人性的基本判断。不同的理论对人性的判断有着相当大的差异。

人就是动物。传统的行为主义学派的心理学家如是说。在他们眼里，人和动物实际上就是对刺激产生相应反应的机器，只不过这样的机器较一般机器高级一点，反应也要灵敏一点。他们认为，如果要使一个人的行为发生改变，只有两条途径：一是奖励，二是惩罚。通俗地说，想让一个人做什么，就用甜头来诱惑他；想让一个人不做什么，就用苦头来威胁他。前者是企业奖金制度和某些家长的教子之术的理论基础；后者是制止犯罪的极有效的手段。

每个人都有病。经典精神分析学派的心理医生如是说。在他们看来，人的精神世界是硝烟弥漫的战场，本能的冲动、适应环境的愿望以及伦理道德的要求之间无时无刻不在拼斗厮杀。没有任何人逃得过这一定数，除非是他——不那么吉利地说——死了。

有相当长的一段时间，全世界大多数的心理医生就是戴着由以上两种理论制成的有色眼镜观察人类的一切行为的。他们训练有素，明察秋毫，在任何人身上不是可以看出兽性就是可以看出病态来。

然而面对陌生人的问题，我真的只能说对吗？

不！绝对不！

若是在二十年前，一个心理医生熟练地掌握了以上的理论和技术，能够通过一点蛛丝马迹判断出别人的问题所在，并且作出相应的心理学诊断，那他就可以算作一个好的心理医生了。但是在现在，这些不仅不够，反而可能是错误的。这种以疾病为中心的心理治疗模式已经被以健康为中心的模式所替代。行为主义者已经不再把人看成是对刺激做出反应的机器，而是看成有感情、有思想的活生生的人，因为不同的人对相同的刺激也会有不同的反应。因此要改变人的行为，不仅仅只有改变刺激物一种方法，还可以通过改变人的情感和思想来达到目的，这样一来人就不再是动物而被还原成了人本身。现代精神分析学派的心理医生也同样分析潜意识冲突，但已不再把潜意识看成是病态和罪恶的根源，而是看成智慧与创造力的发源地。最为可喜的发展趋势也许是，各个理论流派相互之间正在进行渗透和融合，相信有一天，大多数理论都会在以人为本的大的框架内统一起来。

我们举一个例子来谈谈这个问题。一位在某公司做供销科长的男性去看心理医生，他说，他曾经是一个工作能力很强的人，但最近两三年来，工作能力大幅度下降，几乎什么都做不好了：早上不想起床，在单位什么事也不想做，害怕见客户，害怕跟来谈业务的人吃饭，每季度都是勉强完成销售任务，科里的十几个人也没管理好，等等。以下是心理医生与他(以下简称A)的几段对话：

医生：你每天都能准时去上班吗？

A：是的，我是科里的头，迟到影响不好，所以我从不迟到。但是我早上总不想起床，经常为了不迟到，早餐都顾不得吃了。早上小孩上学，总是我妻子照顾，我觉得很对不起她。

医生：不管怎么样，你从来没迟到过？

A：(犹豫了一下，满腹心事地点头)是的。

医生：你每天早上都是自己穿衣、刷牙、洗脸吗？

A：(似乎不敢相信医生会提这样的问题，苦笑道)是的。

医生：你是坐车上班还是骑自行车去上班？需要你妻子送你吗？

A：骑车去上班。不需要妻子送。

医生：你能够完成每季度的工作任务，对吗？

A：是的。但是很勉强，而且是最低的标准。

医生：不管怎么样，你还是完成了。

A：是的。

医生：你的领导仍然很信任你，要不然不会把这样重要的工作交给你做，对不对？

A：以前是很信任我，现在是不是还信任我，我就不知道了。

医生：如果他不再信任你，他可以撤你的职，换另外一个人。他没有这样做，就说明他现在还是信任你的，对不对。

A：好像可以这样认为。

医生：你跟你的职工发生过争吵吗？有没有职工因为对你不满向你的上级告过你的状？

A：我的脾气比较温和，几乎没有跟职工争吵过，也很少对他们发脾气。至于告状的事，不知道有没有，我反正没听说过。但是每月奖金发少了，他们心里可能会有意见。

医生：那就是说，你能够团结职工，而且职工在拿较少奖金的情况下也不拆你的台，说明你管理水平很高嘛。

A：(稍微放松了一点)也许可以这样推断。

医生：你说你害怕跟客户一起吃饭，我也有类似的问题。有一些"应酬饭"是吃得很累人。但我跟我的家人或者关系很随意的朋友在一起吃饭时，非常轻松愉快。你呢？

A：(迫不及待地)一样一样。

医生：刚才你说什么事都做不好，现在我们是不是可以说，你能够做的事情比你不能做的事情要多得多？

A：(面带微笑，似乎略有所悟，不无幽默感地说)如果把洗脸刷牙这些事情也算进去，那我确实还能做很多事。

　　也许有人会把医生的言语仅仅看成良性暗示。这样想只对了一部分。在几乎所有心理问题的发生和发展中，不良自我暗示是一个非常重要的因素。所以在心理治疗中用良性暗示取代不良暗示是一个非常重要的手段。但在以上的例子中，医生的言语的背后，绝不仅仅是良性暗示的技巧，而是心理治疗模式在最近二十年发生重大变化的反应，这一变化就是：从以疾病为中心变为以健康为中心，积极挖掘来访者身上的潜在能力，注重他能够做什么，不注重甚至有意识地"忽略"他的问题或者"毛病"，用他的不断增加的优点把"毛病"从他的心里"挤"出去。当然在具体的治疗中，操作要复杂得多，以上的对话，只是治疗过程的一个很小的片断。

　　所以对陌生人提出的问题，我实际上应该这样回答：不对。在心理医生眼里，所有的人的问题都被忽略了，或者说，每一个人都是一个健康的人，而且将来会变得更加健康。如果心理医生的眼光真的可以透视，那它透视到的东西全都是美好的。

　　如果你"不幸"在治疗室或者其他场所碰到了一位心理医生，你不仅不必感到紧张，反而应该很轻松很自在，因为在一个把你能够自己洗脸刷牙都看成是你的优点的人面前，你该可以毫不费力地展示数以万千计的优点吧。

三、尊重

　　无条件的尊重是罗杰斯提出的著名的观点，就是要对来访者持接纳、关注、爱护的态度，意思也是指要尊重来访者的现状、价值观、权益和人格。这是建立良好辅导关系的重要条件，也是使来访者人格产生建设性改变的关键条件。尊重来访者，其意义在于可以给来访者创造一个安全、温暖的氛围。这样的氛围可以使其最大限度地表达自己，获得一种自我价值感，特别是对那些急需获得尊重、接纳、信任的来访者来说，尊重和接纳具有明显的助人效果，是咨询成功的基础。为了要表达尊重，须注意以下几点。

　　(1) 要完整地悦纳一个人。承认每个人都是有独特生物、心理和社会属性的个体，这是人们互相尊重、平等相处的基础。尊重意味着接受、悦纳一个既有优点又有缺点的人，而不能只是接受、悦纳其积极的一面，拒绝、排斥其消极的一面；尊重意味着接受、悦纳一个在许多方面与自己不同的人。

　　(2) 要一视同仁。来访者中有各种各样的人，他们在年龄、性别、仪表、受教育程度、民族、地域、社会经济地位及文化背景等方面存在一定的差异，有时甚至相差悬殊。但他们作为来访者或咨询客人，都应该受到咨询者一视同仁的尊重，而不能心存偏见、厚此薄彼。

(3) 要以真诚为基础。以有利于来访者成长和发展为原则，尊重并不意味着没有原则地一味迁就来访者。在咨询过程中，当咨询者发现来访者的某些言行不利于其成长和发展时，就要表明自己的意见和看法。否则，就违背了真诚的原则，也无助于咨询目标的实现。但注意不要伤害对方的自尊，可以采取以下表达方法："虽然我并不完全赞同你的观点，但我能明白你为什么会这样想"、"我也许不能同意你的这种说法，但我仍认为你有权这么看此事"，等等。

四、真诚

(一)真诚及其意义

真诚就是辅导员在辅导关系中真实的展现自己，表里一致，言行一致，诚恳忠实地对待来访者。真诚有两层含义，一层是辅导员真实展现自己，另一层是真诚地对待来访者。真诚对于辅导关系是非常重要的，因为辅导员的真诚不仅给当事人一种安全感，而且为当事人提供了一个榜样，受辅导员的真诚感染和暗示，当事人也会逐渐诚实地开放自己，表达自己，袒露自己的内心。咨询者的真诚可信以及共情、尊重和温暖，可以为来访者提供一个安全的氛围，让来访者感到可以无所顾忌地披露自己的软弱、失败、过错、隐私等。若要有效地帮助来访者，则需要更高层次的真诚。恰当地表达真诚，不仅是一种技术，更是一种艺术，因为那是一种真诚的自然流露。

(二)如何表达真诚

美国心理咨询治疗业资深从业者科米尔夫妇(S.Cormier 和 B. Cormier)认为有效地表达真诚可以从以下五个方面入手。

1. 支持性的非言语行为

咨询者可使用恰当的支持性非言语行为来传递真诚。传递真诚的非言语行为包括目光接触、微笑以及朝向来访者倾身而坐。然而，这些非言语行为应该用得谨慎而得体。例如，直接而间歇的目光接触比持续地盯着(来访者可能理解为瞪着)更能表示真诚。同样的，持续地微笑或过分前倾会被看做是虚伪做作，而不是真切诚恳。

2. 不过分强调角色、权威或地位的咨询者，可能使来访者觉得更加真诚

过分强调自己的角色和位置，会造成过大而不必要的情感距离，来访者会感到害怕甚至不满。真诚的咨询者是一个对自己、对他人和情境均能感到自然舒适的人。伊根(G.Egan)

观察到，真诚的咨询者"不以咨询者的角色来逃避。理论上讲，与他人进行各个层次的交流或帮助他人是他们生活方式的一部分，而不是他们随意穿戴、脱掉的角色"。

3. 一致性

一致性意味着咨询者的言、行和情感协调一致。例如，当来访者不停地用言语讽刺挖苦或侮辱咨询者时，咨询者会感到不舒服、不愉快。对此，咨询者应承认这种情感的存在，不要强加掩饰。一个对自己的情感没有意识，或者没有意识到自己的情感与言、行不一致的咨询者，可能会向来访者发出含混的、矛盾的信息。

4. 自发性

自发性即是在没有刻意或做作的行为情况下自然地表达自己的能力。自发性还意味着在没有仔细考虑要怎样说或做的情况下所表现出的机智。然而，自发性不是让咨询者向来访者说出任何想法或情感，尤其是那些负面的情感。罗杰斯建议，只有当不利的情况持续不断，或它们干扰了咨询者传递共情和积极关注时，咨询者才可向来访者表明自己的负面情感。

5. 适当的自我流露

自我流露是指咨询者以言语和非言语的方式向来访者披露个人的情况。咨询者自我流露的作用如下。

(1) 产生一个开放而有益的咨询气氛。有些报道显示，来访者倾向于认为自我流露的咨询者要比不做自我流露的咨询者更敏感和热情。

(2) 缩短咨询者与来访者之间的角色距离。

(3) 促进来访者暴露自己的程度，尤其是促进求助者的情感表达。

(4) 引起来访者对自己行为知觉的变化，帮助来访者形成新视角，从而发现、认识真正的自我，以便设定合理的咨询目标和方案。

从以上内容可以看出，有效地表达真诚并非易事，在实际应用时还应注意以下几点。

(1) 真诚并不完全等于说真话。当然，真诚的首要原则是要说真话，但是，真诚与说真话之间并不能完全画等号。有些初学者以为真诚就是有什么说什么，想到什么就说什么，否则就是不真诚。其实这是一种教条的、绝对化的理解。对咨询者而言，真诚应符合一个基本原则——有利于来访者的成长与进步。

(2) 真诚不等于自我的发泄。咨询员流露自己的情感，表达自己的真诚，为的是帮助来访者而不是为了满足自己倾诉、表达或发泄的需要。否则，可能会产生负效应，甚至使来访者怀疑咨询者的职业动机。

(3) 真诚应适度。有的咨询师认为，真诚既然是好的特性，那么表达得越充分就越好。其实并非如此，太多、太滥的真诚往往使来访者觉得虚假和做作。总之，真诚是内心的自然流露，不是为了真诚而真诚，不能单靠技巧来表达。真诚建立在对来访者的基本信任和关爱的基础之上，同时也与咨询者对自己的悦纳、自信分不开。

第二节　心理辅导关系建立中的会谈技术

会谈是两个或两个以上的人之间的信息交流，会谈是心理咨询与辅导的基本形式和手段。会谈的信息交流可分作两个方面来讨论。其一是信息的性质，其二是信息的传递方式。会谈中的信息主要有两种，一是认知性的，二是情绪情感性的。认知性信息，主要包括事实、行为、观点、意见等，可以称之为内容。情感性信息主要包括心理感受、情绪、情感等，其共同特点是体验。信息传递的方式也有两种：言语的和非言语的。作为咨询与辅导人员在辅导过程中所做的事主要是两方面，一方面是接收、理解来访求助者的认知性信息和情感性信息；另一方面，对此做出反应，即发出言语信息和非言语信息。

会谈不仅仅是交流信息，还是会谈双方一种具有特殊意义的人际关系。对于心理咨询与辅导人员来访，每一次辅导都是一次会谈，并通过会谈来达到影响和帮助来访者的目的。有效的会谈是需要技巧的，所以要提高辅导效果，就必须掌握会谈技术和技巧。

一、倾听的技术

倾听来访者的叙述是咨询者在会谈中最先做出的反应，咨询者虽然处于听的位置，但这是一种主动的听，是参与式的倾听，其作用至关重要。第一，咨询者的倾听强化了来访者的自我暴露、自我剖析和自我探索，否则双方就有可能讨论与咨询目标无关紧要的问题，或者咨询者就可能过早地提出干预策略；第二，咨询者的倾听表示了对来访者的关注和理解，它是建立咨询关系的必要条件；第三，咨询者可以通过倾听技巧将来访者的思路引向预定的方向；第四，对于某些寻求理解、安慰、宣泄的来访者来说，咨询者的倾听行为本身就具有帮助的作用，会产生一定的咨询效果。所以，倾听是咨询过程的基础，是咨询者主动引导、积极思考、澄清问题、建立关系、参与帮助的过程。

倾听并非仅仅是用耳朵听，更重要的是要用心去听，去设身处地地感受。不但要听懂求助者通过言语、行为所表达出来的东西，还要听出求助者在交谈中所省略的和没有表达出来的内容。倾听的习惯和态度比倾听的技巧和技术更重要。因为在现实生活中，有很多人愿意说不愿意听，习惯于说不习惯听。倾听时应注意以下技巧。

(一)充分运用开放性提问

在倾听时，通常使用"什么"、"怎样"、"为什么"等词语发问，让来访者对有关问题、事件做出较为详尽的反应，这就是开放性提问。这样的提问会引出当事人对某些问题、思想、情感等详细的说明。

一般来说，咨询者以不同的词语开始的提问得到的来访者回答也不同，具体如下。

(1) "那么以后又发生了什么事情？""当时你有些什么反应？""还有什么人在场？"这种包括有"什么"在内的提问，可以帮助咨询者找出某些与问题有关的特定的事实资料。

(2) "对这件事你是怎样看的？""你是如何知道别人的这些看法的呢？"这类带"怎样"、"如何"一词的问题往往会引导出来访者对事情经过的描述及其对此问题的想法和情绪反应。

(3) "为什么你觉得这样做不公平？""为什么你说别人都看不起你？""你当时为什么那样做？"通过这类"为什么"的问题，可能得到多种较为具体的解释与回答，从中找出来访者对某事所产生的看法、做法、情绪等的原因。

(4) "能不能告诉我，这事为什么使你感到那么生气？""可不可以告诉我，你是怎样想的吗？"以"能不能"、"可不可以"、"行不行"开始的这类问题，可以说是最为开放的问题了，这种问题可促进来访者的自我剖析、自我探索。这类问题一般都会得到一个较为满意的答复，但也可能有的来访者会说"不能"、"不可以"、"不行"等。如果发生这种情况，咨询者还可以进一步使用其他开放性问题，如"为什么……"等。当然这样的情况可能很少发生。

在使用开放性提问时，应重视把它建立在良好的辅导关系上，只有当事人对辅导员的信任，他才会在提问时作更多的回答。另外要注意问句的方式、语调，不能太生硬或随意。

(二)恰当运用封闭性问题

这类提问的特征是以"是不是"、"对不对"、"有没有"、"行不行"、"要不要"等词语发问，让来访者对有关问题作"是"、"否"的简短回答。辅导员使用这种封闭性的提问，可以收集信息，澄清事实真相，验证结论与推测，缩小讨论范围，适当中止叙述，等等。回答这些问题，只需一两个词、字或一个简单的姿势如点头或摇头等，简洁、明确。但过多使用封闭式提问，会使来访者处于被动的地位，压抑他自我表达的愿望与积极性，产生沉默和压抑感及被审讯的感觉。所以采用封闭性提问要适度，并和开放性提问结合起来。

(三)善于运用鼓励和重复语句

就是对来访者所说的话直接重复或仅用某些词语如"嗯"、"讲下去"、"还有吗"、"以后呢"、"别的情况下如何"、"我明白"之类过渡性短语来强化来访者叙述的内容，并鼓励其进一步讲下去。重复来访者叙述中的某些话语或内容，是鼓励对方的一种主要方法。鼓励与重复除了促进会谈继续外，另一个重要作用就是引导来访者的谈话朝着一定方向深化。表面上看起来，这是一种很简单的技巧，然而正是这一简单的技巧，使辅导员得以进入当事人的内心精神世界，展现出对来访者的关注和理解。

(四)准确运用说明

说明又称为释义，就是辅导员把来访者谈话内容及思想，加以综合整理后，用自己的语言反馈给来访者。说明最好是引用来访者谈话中最有代表性、最敏感、最重要的词语。说明使得来访者有机会再次剖析自己的困扰，重新组合那些零散的事件和关系，深化谈话的内容，更清晰准确地作出决定。同时，也有助于辅导员确认一些关键的信息与线索，为会谈的深入打下坚实基础。

(五)有效运用情感反应

情感反应与说明十分接近，区别在于说明是对来访者谈话内容的反馈，而情感反应则是对来访者情绪情感反应的反馈，也就是辅导员把来访者的情感反应进行综合整理后，再反馈给来访者。如"你对此感到伤心"、"这事让你很不愉快"等。情感反应的最有效方式是针对来访者现时的情感，而不是过去的。如"你现在很痛苦"、"你此时的心情比较好"。另外，在运用这一技术时，要及时准确地捕捉来访者瞬间的情感体验，并及时进行反应，使来访者深切体验到被人理解的感觉，这时辅导就可能朝着更深入的境界迈进。

(六)避免倾听时容易犯的错误

初学咨询与辅导的人，不愿意倾听，不重视倾听，喜欢不停地说，这是惯常的错误。除此之外易犯的错误还有：急于下结论；轻视来访者的问题，不认真听；干扰、转移、中断来访者的话题；对来访者话题作道德或是非的评判；不适当地运用参与技巧，如询问过多、概述过多等。

小案例

倾听技术举例：用"心"听出不同的声音。

求助者 A、B、C、D 说到在马路上骑车时，自己的自行车与他人的自行车无意中相撞了，对此他可能有以下不同的表述方法。

A. 自行车相撞了；

B. 我撞了他的车；

C. 他撞了我的车；

D. 真晦气，自行车撞了。

从求助者的表述方式中听出他的个性特征。

A. 对事件做客观的描述；

B. 求助者以负责的态度做了自我批评，但同时这种人也可能凡事都自我归因，责任都在自己，可能好自省、易自卑、退缩；

C. 是别人过错，不是自己的责任，这种人可能常推诿，容易有攻击性；

D. 含有宿命论色彩，凡事易认命。

二、影响的技术

会谈时注意倾听的技术对帮助来访者自我成长十分重要，但仅靠这一方面还不够，因为显得缓慢，缺乏主动性。而咨询辅导员积极投身于会谈过程，主动采用影响对方的技术，那么来访者的改变将会更快，更有效。咨询辅导员运用自身的知识、经验和能力来积极影响来访者并促其成熟，从辅导关系这一角度出发，这时的会谈就真正成为一种人际间的相互作用、相互影响。影响的技术有指导、解释、忠告和提供信息、自我开放、影响性概述等。

(一)指导

指导就是直接指示来访者做什么和说什么，或者如何说如何做，指导被认为是最具影响力的辅导技术之一。指导的本质在于直接造成行为改变，它明白地指示学习什么、改变什么，以及如何改变、如何学习，所以指导有强烈的行为取向色彩。尽管一些学派不赞成用指导技术，但不同学派的咨询辅导者都或多或少使用指导。指导方式有如下几方面：其一是指导言语的改变，就是指导来访者改变言语表达。如要求来访者把"我应该"改为"我希望"。其二是给予特殊的建议和指导，如对考试焦虑的学生建议修改作息制度，每天坚持适量的娱乐和锻炼。其三是自由联想式指导，如对一位有强迫观念的来访者，指导他用自由联想的方式，回想童年时经历等。其四是角色指导，采用色分扮演、角色替代等方法，指导来访者获得新的经验。其五是训练性指导，如松弛训练、脱敏训练、宣泄训练等。

(二)解释

解释是辅导员依据某一理论或个人经验,对来访者的问题做出合理的说明和分析,使来访者能够从一个新的角度来认识自己和自己的问题。解释是最重要的影响技术之一,它可以使来访者的世界观产生认知性的改变。"听君一席话,胜读十年书"就是这种效果。解释有多种多样,一种是来自各种不同的理论,另一种是根据辅导者自身的经验、实践与观察。针对来访者不同的问题,辅导者可以创造出各种不同的解释。应该说,解释是影响来访者技术中最为复杂的一种,也是最有创新性的一种。运用解释时要注意:第一,要注意了解情况,准确地把握问题,根据来访者特点因人而异,确定解释的理论和依据。第二,要注意解释不能强加于人,最好在来访者有足够的思想准备时进行解释。第三,解释不能过多,防止来访者否认辅导员的参照体系。

(三)忠告和提供信息

忠告和提供信息是指对来访者关心的问题提出建议和忠告,给予指导性和参考性的信息,以帮助来访者思考问题,作出决策。在与来访者面谈时,提供信息,提出建议,提出劝告都是十分必要的,在职业心理咨询中尤为重要。在学校心理咨询与辅导中,因为学生的经验、阅历、知识有限,提供建议和忠告的价值则更大。但在使用这一技巧时,应注意:第一,防止这一技术技巧给会谈带来潜在的危害。如来访者对建议或忠告不以为然,这会妨碍辅导的进行。第二,要注意建议和忠告的话语要含蓄而委婉。例如"如果我是您,我可能会……",第三,提供的忠告和建议一般不宜太多,过多使用会失效。

(四)自我开放

自我开放也称为自我暴露,自我揭示等,是辅导员公开、开放、暴露自己的某些经历、经验、思想、情感等,与来访者共享。自我开放,有利于建立良好的辅导关系,为来访者树立好的榜样,从而增进来访者自我开放。自我开放有两种形式,一种是向来访者表明在会谈时对来访者言行问题的体验,如"我很高兴,你这么信任我","我和你一样,感到失望"。另一种形式则是告诉来访者自己过去的有关经历和情绪体验,如"你说的这种情况,我过去也遇到过……"。自我开放需建立在一定的辅导关系之上,而且要适量。过多开放和暴露,就会挤占来访者的时间和开放,并可能超出其心理准备,认为辅导员心理也不太健康。另外,过度开放,可能给来访者的心理带来负强化,增加消极影响。

(五)影响性概述

影响性概述是指辅导员把自己所叙述的主题、观点、意见等经组织整理后，以简明扼要的形式表达给来访者。当会谈的一自然段落完成或一次会谈结束时，使用概述作为一个小结。影响性概述的作用之一，是使会谈显得有结构，富有条理，避免会谈混乱。另一个作用，是使双方有机会对刚才的谈话作一番检查，强调某些重要内容，加深印象。第三个作用是为下一步会谈的主题做好准备。运用概述时，要注意第一是条理分明，重点突出；第二要简明扼要，通俗易懂。

三、非言语技术

会谈并非只是说和听、问和答，人们不仅用口头语言说话，会谈时还要通过非言语的表情、声调、姿态、手势等进行交流。心理咨询与辅导是言语内容和非言语行为交互作用而达成的，很多时候，非言语行为所表达的信息比言语表达的信息更多、更准确、更真实。

(一)目光注视

在人的面部表情中，眼睛具有十分重要的意义，人们形象地称眼睛为"心灵的窗户"，可见它的意义所在。辅导员与来访者在会谈时，常会有目光的接触，通常辅导员注视来访者，表示对他的谈话感兴趣，而当辅导员讲话时，与对方视线的接触会少些。一般讲话多的人比听话多的人更少注视对方，如果一方开始说话了，就会先把目光从对方身上移开，说话结束时，又会重新注视对方。

视线的接触在会谈时因谈话的内容、气氛、场合、辅助关系等有不同的反应和表现形式。辅导员应注意自己的目光，如果对方谈话时，你却在那里看着别的东西，或者东张西望，目光游移不定，就会妨碍来访者继续表达。目光的使用怎样比较合适呢？一般来说，目光大体在对方的嘴、头顶和脸颊两侧这个范围活动为好，并且表情要轻松自然。目光范围过小会使对方有压迫感，而目光范围过大则会显得太散漫、随便。另外，目光不要始终注视对方，如发现对方有意避开目光接触时，就不要紧盯着对方。

小贴士

目光注视的含义

如果听者对讲者扫视一下："我对你所说的不十分同意。"或"我对你的话表示怀疑。"

如果说话者讲完某句话或某个词后将目光移开："我对自己所说的也不太有把握。"

为什么许多人在说话时避免看着对方，主要是为了避免出现岔开话题的情况。

说话时正视一下对方，则表示在说话停顿时，对方可以打断他的话。

假若他停顿了，但不看对方，说明他的思路还没有断："这不是我要讲的全部内容，我只是在略作考虑。"

若听对方说话时看着对方："我也是这个看法。"或"我对你说的很感兴趣。"

如果说话者看着听者："我对我讲的很有把握。"

若咨询师问求助者某些问题，而使求助者感到不舒服或有厌恶感、羞怯感时，求助者也会不愿注视咨询师，借以作为一种逃避和隐瞒。

当一个人被询问时，或者对他人言行产生防卫性、攻击性或者敌意时，视线相交的机会便会增加。

当一个人被激怒时，有时候可发现他的瞳孔张得好大，当然还会有其他一系列的面部表情。

一个性格内向、羞怯的求助者会不习惯目光过多的接触，他既不敢太多注视别人，也不愿别人看着自己。

(二)形体动作

人的姿态、手势的运动是极为丰富的，是一种特殊的身体语言。作为辅导员，在来访者面前，总的原则应是使自己的身体语言融入辅导过程中，以有利于咨询与辅导。比如，会谈时，辅助一些手势能加强言语表达的含义，但会谈不是讲课和演讲，手的动作不宜过多，也不要对来访者指指点点。还有，在倾听来访者谈话时，使自己面对对方，身体略微倾向于来访者，并用点头示意等表示对对方的注意和肯定。另外，在来访者面前不必正襟危坐，但也应注意姿态端正，不宜过于随便。如有些辅导员在来访者面前跷起腿，这是可以的，但翘起的腿抖动不停，让来访者心烦意乱就很不合适。总的原则是，在会谈中，身体既要真正表现出自在自如，又表现出对对方的真切关注。

(三)声音特征

声音特征指说话的音量、音调、语速、语气和节奏等。这些特征的变化，对辅导关系的建立和辅导的效果均会产生影响，来访者在听辅导员讲话时，说话的内容对来访者来说是理性化的东西，而从声调、语气中，他可以感受到某种情绪和态度，而且由此诱发出来访者自身的态度和感情。那么，作为一个辅导员，其声音是否能让对方感到舒服、顺耳、温暖，就特别需要注意了。例如，当一个来访者进入辅导室的时候，辅导员语言表达的内容是欢迎和关心，但声音却是淡漠和敷衍，来访者更相信声音的含义而不是语言的意义，因为语言比声音容易作假。只有对来访者真切的关心和尊重，辅导的语言才有了灵魂，说的话语才会打动人心。为此应注意，辅导员说话的声音不要太大，以等于或低于来访者音量为宜；语速应稍缓，尤其是来访者激动时的语速加快，辅导员的语速应更缓，以平静对方；语调要有些抑扬顿挫，不要太平淡单调。还有一点，注意使用停顿，以引起来访者重视，集中注意力，产生领悟和思考等。

(四)距离和角度

会谈时，与来访者的空间距离和相对角度也是一种重要的非言语行为，每个人都有一个无形的空间，以保持自己的独立、安全和隐私的需要。侵入这一空间，就会产生不安、焦虑、不满和反抗。辅导中，双方相距太远会使对方产生冷漠、疏远、孤独的感觉；相距太近，又会使对方局促不安。双方距离的适宜性，因视具体情况而定。例如室内和室外、同性和异性等，就有区别。一般来说，不宜太远，接近一些较好。当然，所谓远近距离的大小，应以来访者觉得合适为宜。关于双方位置的角度以互成直角较好。因为完全正面相对，有使人产生无法回避的感觉，易导致局促不安。直角相对既可以相向又可以侧身，能保持视线既不长久对视又可随时接触，使人感到轻松。

(五)沉默

会谈时出现沉默，并由此产生一种无形的压力，使双方不知所措，严重时影响双方继续进行辅导的信心。对此，作为辅导员既不能听之任之，也不能惊慌失措。必须立即行动起来，率先打破沉默，引入辅导正题。出现沉默时，辅导员应迅速判断和分析沉默的形式：是创造性沉默，自发性沉默，还是冲突性沉默，同时还要分析沉默是来自于辅导员还是来访者。这些问题清楚后，应付沉默就会自如了。例如，当辅导员看到来访者陷入长久的沉默之中时，可以适时地问"能告诉我你在想什么吗"；如果来访者由于思考而沉默时，辅导员最好以微笑、目光、微微点头表示自己的关注、理解和鼓励，以等待对方打破沉默；若沉默时间过久，可以关切的询问提示对方。总之，沉默并不可怕，表面上看，它可能是辅导中出现的危机，但也可能是一种巨大的契机。辅导员对沉默现象应予以高度重视，仔细分析，把握机会，跟踪追击，往往就会有大的突破。

第六章　朋辈班级团体辅导

心理委员作为班级学生干部的成员，在经过心理培训后，具备了心理咨询员的基本素质，能够以平等、尊重、服务同学的态度为有相关需要的同学提供帮助，承担或协助实施针对班级心理健康教育的各类事务或活动。团体辅导是心理委员开展班级心理健康活动的主要方法和渠道。

第一节　班级团体辅导的基本常识

团体辅导是从英文 group counseling 翻译而来的，也可以翻译为团体咨询、团体心理辅导、小组辅导、集体咨询等。团体辅导是指在团体的心理环境下为成员提供心理帮助与指导的一种心理辅导形式。即是以团体为对象，运用适当的辅导策略或方法，通过团体成员的互动，促使个体在人际交往中认识自我、探讨自我、接纳自我，调整改善与他人的关系，学习新的态度与行为方式，增进适应能力，以预防或解决问题并激发个体潜能的助人过程。所谓班级团体辅导，主要指老师或心理委员在班级同学里开展团体辅导的一种特殊情况。

一、团体辅导的分类

依据不同的标准，团体心理咨询可分为多种类型。

如依据理论根据的不同可分为精神分析团体咨询、行为主义团体咨询、认知—行为团体咨询和会心团体咨询等。

依据咨询遵循的模式及目标的不同可分为发展性团体咨询、训练性团体咨询和治疗性团体咨询等。

依据计划程度的不同可分为结构式团体咨询和非结构式团体咨询。

依据参加者的固定程度的不同可分为开放式团体咨询和封闭式团体咨询。

依据咨询员在咨询中作用大小的不同可分为指导性团体咨询和非指导性团体咨询。

依据团体成员的背景相似程度不同可分为同质团体咨询和异质团体咨询等。

团体心理咨询专家韦志中在他的著作《本会团体心理咨询实践》一书中，将团体心理咨询分为三类：心理教育和心理预防团体、心理成长和心理咨询团体、心理治疗和危机干预团体；又将团体导师的能力和团体的类型匹配分为三个形式：技术主导团体、导师能力主导团体和团体动力主导团体。这些都是在中国本土实践下的难能可贵的经验总结。

二、团体辅导的特点

团体心理辅导除了具备一般心理咨询的特点外，还有以下五个特点。

第一，团体心理辅导较个别心理咨询效率高。一是表现在咨询数量、时间和咨询人员的节省上，个别咨询是咨询师与来访求助者一对一进行帮助指导，每次咨询面谈需要花 50 分钟到几小时的时间，而团体心理辅导是一个指导者对多个团体成员，即一个指导者可以同时指导多个来访求助者，增加了咨询人数，从而节省了时间，提高了咨询的效益，同时缓解咨询人员不足的矛盾。二是表现在团体心理辅导能防患于未然，避免问题的发生，它可以利用集思广益的研讨方法，谋求问题发生后的处理方式，这是解决问题最经济的方法，比个别心理咨询效率高。

第二，团体心理辅导较个别心理咨询感染力强。个别咨询的过程是咨询师与来访求助者之间单向或双向沟通的过程，而团体心理辅导是多向沟通的过程。对每一个成员来说，都存在多个影响源。每个成员不仅自己接受他人的帮助，也可以帮助其他成员。同时，在团体情境下，每个团体成员都可以同时学习模仿多个团体成员的适应行为，从多个角度洞察自己。团体过程中，成员之间互相支持、集思广益，共同探寻解决问题的办法，减少了对指导者的依赖。而团体情境下的学习、模仿氛围印象深刻、感染力极强。

第三，团体心理辅导较个别心理咨询效果容易巩固。团体心理辅导创造了一个类似真实的社会生活情境，为团体成员提供了社交的机会。成员们在团体中的言行往往是他们日常生活行为的再现。在充满信任的良好的团体气氛中，通过示范、模仿、训练等方法，他们可以尝试学习新的行为方式，建立良好的人际关系。如果在团体中自己原有的行为方式能有所改变，这种改变会延伸到现实生活中，效果较个别心理咨询时与心理咨询师的交谈更容易迁移到日常生活中去。

第四，团体心理辅导较个别心理咨询更适用于人际关系适应不良的人。团体心理辅导对于人际关系适应不良的人有其特别的作用。尤其是对缺乏社会经验的青少年，教益更大。那些常发生人际关系方面的冲突的人，那些躲避与人接触的人，那些经常与同学、同事不能相处的人，那些因缺乏客观的自我评价、缺乏对他人的信任、过分依赖或过分武断，难以与他人建立和保持良好的、协调的人际关系的人，都可以通过团体心理辅导学习新行为，调适人际关系。

第五，团体心理辅导较个别心理咨询也有其自身的局限性。如在团体情境中，个人深层次的问题不易暴露，个体差异难以照顾周全；某些关于某个人的隐私可能无意中泄露，会给当事人带来不便；那些社交障碍者，极端内向、害羞、自我封闭者，不宜参加团体心理辅导，因为可能给他们造成伤害等。另外，团体心理辅导对指导者要求高，不称职的指导者带领团体不但效果不佳，还可能给团体成员带来负面影响。

三、团体辅导的目标

团体心理辅导与一般心理咨询总的目标是一致的，就是调适心理障碍，解决心理问题，进而发展心理潜能，培养全面发展的、人格完善的人。具体地说，团体心理辅导的目标又包括三个层次。

第一个层次，也可称为最低目标或初级目标，是要帮助团体成员认识自我，寻找自己人格发展中的优点和缺陷，并逐步克服这些缺陷，解决存在的心理问题，矫正不良行为，这是团体心理辅导的一个最基本的内容。其目的在于帮助成员认识自己，了解自己，包括认识了解自己的认知能力、个性倾向、个性特征及其发展潜能；认识了解自我的责任感与义务、自己与他人及环境的关系，等等。因为不少来访者的心理问题和不良行为的出现就是源于自己不了解自己，自己没有认清自己，自己不能正确地评价自己。通过团体心理辅导，当他们真正认识了自己的需要、价值观、态度、动机、长处和短处后，就可以调整好自我期望值，设计好自己的行动，并克服消极的、不适应的行为，轻装上阵，这样，其心理的不适和躯体的症状都将逐步缓解或消除。

第二个层次，也可称为中级目标，是帮助团体成员针对自己人格发展的特点，确立自我发展的方向，确立适合自己的抱负水平以追求可望实现的理想，取得社会环境与个人发展的和谐统一。正确认识自我是确立适合自己又适应社会的自我发展方向的基础。有了明确的自我发展方向，才有工作、学习和生活的动力、勇气和信心，也才能逐步做到发展自我，完善自我。

第三个层次，也可称为最高目标，是帮助团体成员完善自我，发展自我，最终达到自我实现，并体现个人与社会价值的统一。这就要求团体成员们主动寻求社会义务与承担社会责任，由一个自然的我发展到一个社会的我，最终达到自我完善，这也是团体心理辅导追求的最高层次和最终目标。

四、团体辅导的原则

为了发挥团体心理辅导的作用，完成团体心理辅导的目标，获得理想的效果，在团体心理辅导中应遵循一些基本原则。这些原则主要有如下三个。

一是民主和集中的原则。之所以要遵循民主的原则，是因为民主的原则有助于促使团体保持轻松的气氛而有秩序，增强团体的凝聚力。之所以要遵循集中的原则，则因为团体是针对成员共有的问题而组织的，因此，团体心理辅导过程中始终要注意成员共同的志趣和共同的问题。为此，团体指导者应以团体普通一员的身份，尊重每一位参加者，并参与团体活动，鼓励成员发挥自己的创见，与他人平等沟通，并引导成员集中，共同关心团体的发展，使个人与团体相互关注，保持共同的信念、共同的利益、共同的目的。

二是启导、互动和发展的原则。团体心理辅导的根本任务是助人自助，因此，团体心理辅导过程中，指导者应本着鼓励、启发、引导的原则，尊重每个人的个性，鼓励个人发表意见，重视团体内的互动，注意引导团体成员之间的交流与各种互动反应，适时地提出问题，激发成员思考，培养成员分析问题与解决问题的能力，切不能指导者一人包办。同时，指导者要用发展变化的观点看待团体成员的问题，用发展变化的观点把握团体的过程。在问题的分析、本质的把握、问题的解决和咨询结果的预测上，都应具有发展的观点。

三是尊重和保密的原则。尊重每一个团体成员的权利及隐私，是团体心理辅导中必须坚持的基本原则。在团体心理辅导过程中，团体成员出于对团体指导者和其他成员的高度信任，或被团体真诚、理解的气氛所感染，把自己的隐私暴露出来，从成长心理辅导的角度讲是非常有意义的。但若有意或无意被泄露，会给暴露者带来伤害。因此，尊重个人隐私和保密的原则要求指导者在团体开始时就向全体成员说明，并制定保密规定要求大家遵守。

五、团体辅导的功能

团体辅导与一般心理咨询一样，具有教育、发展、预防及治疗四大功能。只是在团体心理辅导中，这四大功能相互联系，相互渗透，在心理辅导全过程中共同起作用。

(1) 团体心理辅导具有教育功能。团体心理辅导在帮助团体成员解决学习、工作、生活、交友、恋爱、择业等方面遇到的心理问题，调节心理不适，指导提高各方面能力的同时，就运用认知分析等心理学方法潜移默化地向成员们进行着正确的人生观、价值观、恋爱观、择业观的教育。如在 2003 年春的抗击"非典"斗争中，北京一些高校在大学生中开展的"人生遗命"团体心理辅导，同学们在认真思考自己的人生，交换生命终结前想要做的最重要的十件事时，大家不仅消除了对"非典"的恐惧感，而且都受到了一次深刻的人生观、价值观教育。

(2) 团体心理辅导具有发展功能。通过团体心理辅导，指导者可以引导团体成员认识自我，并根据自己的个性特点，确立理想，为自己的自我发展设计方向和道路，从而增强成员们学习和生活的信心和勇气。还可以指导并帮助成员们增强解决困难或问题的能力，获得人际交往的能力，指导并帮助成员们把握自己的兴趣、性格特征、就业机会，有助于团体成员发掘心理潜能，获得健康发展，实现自己的理想。如自信心训练团、人际关系工作坊，都可以使团体成员在团体活动中增强自信心，提高人际交往能力。

(3) 团体心理辅导具有预防功能。团体心理辅导可以帮助团体成员认识自我，寻找自己人格发展中的优点和缺陷，并逐步克服这些缺陷，解决存在的心理问题。而当他们真正认识了自己的需要、价值观、态度、动机、长处和短处后，就可以调整好自我期望值，设计好自己的行动，并克服消极的、不适应的行为，轻装上阵。这样就可以减轻心理压力，缓解心理与躯体的不适，预防心理疾病的发生。

(4) 团体心理辅导还具有治疗功能。一些人由于不能适应新的工作学习生活环境和纷繁复杂的社会环境，而产生各种心理问题，引起不良情绪反应，或形成不良个性倾向。如强迫症状、网络成瘾等。团体心理辅导可通过森田疗法等心理咨询与治疗的手段，调节团体成员的不良情绪反应，矫正不良个性倾向，克服行为和心理障碍，帮助成员们建立良好的心境，以适应新的工作、学习和生活。

小讨论 1

团体心理辅导活动和主题班会的区别

一、目的不同

团体心理辅导和主题班会的总目标是一致的。不同之处在于，团体心理辅导的目的是维护学生心理健康，充分发挥学生个人的潜能，即让学生学会调适和寻求发展，其重点在帮助；而主题班会活动的目的是按照社会的要求规范学生的思想和行为，其重点在教育。

二、内容不同

团体心理辅导活动和主题班会内容有交叉，但也各有侧重。主题班会主要内容为解决班集体的建设问题，如班风班纪、班级形象、达标创优、维护集体利益等，或者是组织一些有时代色彩、政治意义的主题活动，如学雷锋做好事、纪念香港回归及其他爱国主义、革命英雄主义、革命传统教育活动等；而团体心理辅导活动主要内容围绕着学生共同关心的自身成长问题，多为个体的人格发展、社会适应、心理成长方面的主题，如认识自我、调节不良情绪、提高应对挫折的能力、培养人际交往能力、学会如何学习等。

三、方法不同

主题班会主要采用讲故事、讨论、专题报告、成果汇报、才能展示、经验交流等方法；心理辅导活动课专业性强，它要求教师运用"倾听"、"关注"、"理解"、"同感"、"回馈"、

"重述"、"引导"、"面质"、"具体化"及"行为训练"等辅导技巧与辅导艺术。主题班会往往是把具体的方法教给学生;而心理辅导则强调让学生在活动中自己学会应对的方法。当然,现在很多教师也把心理辅导的技术和方法借鉴过来,如心理游戏、角色扮演、换位思考等,从而增加了主题班会的活力和趣味。

四、教师的角色不同

主题班会教师往往是幕后导演或前台主持;而团体心理辅导活动的教师则更多像一个帮助者和协助者,是学生的朋友、参谋甚或是"同伙"。在活动中和学生一样,也可以敞开自己的心扉;学生是完全处于开放状态的,是和教师平等对话的,是可以自由表达个人内心感受的。

五、原则不同

主题班会虽然也强调学生主体性的发挥,但涉及的主题一般都有正确、错误之分,通过主题班会教师了解学生有什么样的观点,和学生分析探讨,帮助学生形成正确认识;而团体心理辅导的主体性则强调多样性,允许学生有不同的观点,教师不能把自认为正确的观点强加给学生,教师不能替学生作价值判断,而是要用鼓励性、商量性的语气让学生发表看法、宣泄情感,探索解决问题的途径和办法。如失败教育,主题班会一般强调的是让学生认识各有所长,认识失败是成功之母的道理,找寻积极的方法克服失败、走向成功。而团体心理辅导则允许用阿Q精神进行自我安慰,用哭叫等发泄法排解失败带来的不良情绪。

小讨论2

大学生团体心理辅导的发展趋势

大学生团体心理辅导的发展趋势取决于未来社会发展中现代大学的办学理念、培养目标、育人需求以及团体心理辅导自身的特点和功能。21世纪,人类社会正在向知识经济迈进,知识经济社会中,掌握着知识的人力资源将成为最重要的资源。现代大学作为知识的孕育、发源、传播的摇篮,是开发和培养人力资源的重要场所。以人为本,培养全面发展的创新型人才将成为现代大学的重要任务之一。全面发展的人才必须具备良好的综合素质,而团体心理辅导作为心理健康教育的有效方式,有利于提高人们的心理素质,发掘每一个人的潜能。其团体间的互动不但有利于增进人际交往能力,培养团队合作精神,而且有助于发现自我,学习他人,提升个人创造力。加上这种辅导形式很适合现代大学教学班、研究小组、创新团队等大小团体工作,在高校有着广阔的发展前景。综观我国高校的心理健康教育实践,可以预见,大学生团体心理辅导的发展将出现如下趋势。

（1）团体心理辅导将成为高校心理健康教育的重要方式之一。加强和改进大学生心理健康教育是新形势下全面贯彻党的教育方针、推进素质教育的重要举措，是促进大学生健康成长、培养高素质合格人才的重要途径，是加强和改进大学生思想政治教育的重要任务。国家对大学生心理健康教育提出的总体要求是："以邓小平理论和'三个代表'重要思想为指导，遵循思想政治教育和大学生心理发展规律，开展心理健康教育，做好心理咨询工作，提高心理调节能力，培养良好的心理品质，促进大学生思想道德素质、科学文化素质和身心健康素质协调发展。"目前，我国高校开展大学生心理健康教育的方式很多，如开设心理健康教育课程或讲座，通过个别咨询、团体咨询、电话咨询、网络咨询、书信咨询、班级辅导、心理行为训练等方式开展大学生辅导和咨询工作。但大部分高校是以开设课程或讲座以及开展个别心理咨询为主，团体心理辅导还没成为主要方式。而团体心理辅导较个别咨询更为省时省力，效率高、感染力强，在团体中辅导效果容易巩固，有利于解决大学生群体关心的共同课题和共性心理困扰，特别适合在学校使用。这种方式在高校心理健康教育课程教学、各类课外活动、班级辅导和各种心理行为训练中都可广泛运用。它不但有利于对企盼全面发展的大学生面对的共同关心的人生发展课题的探讨，也有利于帮助新生适应、应届毕业生择业以及家庭贫困生、学习困难生、失恋学生、违纪学生、言行异常学生的心理辅导。随着学校对心理健康教育的更加重视，随着团体辅导知识和技能在咨询人员中的进一步普及提高，大学生团体心理辅导将成为高校心理健康教育的一个十分重要的方式。

（2）发展性团体心理辅导将成为高校团体心理辅导的重点。国家多次强调：加强和改进大学生心理健康教育、做好心理咨询工作的主要任务，一是宣传普及心理健康知识，帮助大学生认识健康心理对成长成才的重要意义。二是介绍增进心理健康的方法和途径，帮助大学生培养良好的心理品质和自尊、自爱、自律、自强的优良品格，有效开发心理潜能，培养创新精神。三是解析心理现象，帮助大学生了解常见心理问题产生的主要原因及其表现，以科学的态度对待心理问题。四是传授心理调适方法，帮助大学生消除心理困惑，增强克服困难、承受挫折的能力，珍爱生命、关心集体，悦纳自己、善待他人。(2005.1.12，教育部、卫生部、共青团中央《关于进一步加强和改进大学生心理健康教育的意见》教社政[2005]1号)心理健康教育包含三级功能：初级功能，又称补极功能，指通过教育，消除心理障碍治疗和预防心理疾病；中级功能，又称适应功能，指通过教育，调适心理，提高心理承受力；高级功能，又称发展功能，指通过教育，认识自我，开发心理潜能，不断发展自己。团体心理辅导就其功能也可分为三种类型，即治疗型、调适型、发展型。未来社会人们对心理健康的认识水平将有新的提高，独立的个性、健全的人格，重视个人价值的实现和心理潜能的发挥，重视人与自然、人与社会的和谐发展将成为新世纪大学生的追求，因此，高校心理健康教育的重点也将由维护心理健康逐步转向促进人的全面发展。发展性团体心理辅导成为高校团体心理辅导的重点将是一种必然趋势。

（3）成功心理素质训练特别是生涯辅导将成为发展性团体辅导中的热点。当代大学生都渴望自己成才，而人才成长需要良好的心理素质，良好的心理素质则有赖于不断的养成训练。成功心理素质包括自信心训练、潜能开发、人际交往能力培养、情绪与压力、管理、领导力创造力训练、人格魅力培养、生涯规划等，渴望成长成才的大学生对了解和掌握这些训练成功心理素质的途径和方法有着浓厚的兴趣和强烈的愿望，这样的团体心理辅导一定会深受大学生欢迎。其中基于终身发展观的生涯规划团体辅导将更受大学生青睐。生涯规划团体辅导不只是狭义的协助人做行业了解和职业选择，不只是强调职业探索和职业规划，而是广义的协助个人学习和认识人生中可能担当的各种角色以及应对人生发展的各种课题，协助成员从心理、社会、经济等各个层面去观察、思考自己的人生怎样才能更加充实。团体辅导过程更关注成员个人的需求、能力、潜能、人格特质、价值观的澄清，更注重生涯规划和生涯决策能力的提高。由于生涯发展贯穿于生命的始终，影响人的生命质量，所以每一个人都需要在个人成长的某个阶段参加生涯团体，与其他人一起去了解自己、探索人生、开发潜能、合理选择、规划发展、确立目标。渴望成长成才的大学生将十分关注自己的生涯发展，现代大学以人为本的教育理念也将十分重视大学生的生涯发展，因此，生涯辅导将成为大学生团体心理辅导中的热点。

（4）高校团体心理辅导队伍的专业培训将进一步加强。从近几年我国高校心理咨询的实际运作情况看，咨询的人员主要来自五个方面：一是心理咨询机构的专职工作人员，二是学校医疗保健部门的医务工作者，三是心理学、教育学教师，四是德育教师和政工人员，五是热心于此项工作的其他社会工作者。实践证明，这五支队伍团结协作，密切配合，对塑造大学生健全人格，提高其心理素质，做好心理咨询工作，显示了强大的力量，发挥了重要的作用。但心理咨询毕竟是一项专业工作，对从业人员的专业要求很高。团体心理咨询由于参加人数多，团体动力复杂多变，对辅导者的专业培训要求更高，没有经过专业训练的指导者是难以胜任的，必须建立一支训练有素、掌握相关专业知识和技能的师资队伍。西方各国的从业人员必须具有相关专业的学历，以及经过资格认证获得执业资格才可带领团体。由于团体心理咨询在我国还是新生事物，专业化程度比较低，这将成为制约学校心理健康教育与团体心理辅导工作水平的主要瓶颈。随着心理咨询的不断普及、开展，教育部及各省市教育主管部门已经开始重视师资队伍建设，提出了培训要求，试行资格认定制度。有条件的高校也在开展本科、硕士层次的专业培养。预计经过 5～10 年的努力，我国高校将形成一支专职教师为骨干，专兼结合、专业互补、相对稳定的专业化程度不断提高的心理咨询和团体指导者队伍，使学校心理健康教育更加科学、规范、有效地开展。

（5）我国大学生团体心理辅导理论多元、方式多样，将更具创造性，更具中国特色。心理咨询最初开始于19世纪末的西方国家，脱胎于西方社会的心理咨询的基本理论和方法必然深受西方文化与社会习俗的影响，带有西方世界特有的社会色彩。而由于中国特有的社会背景、文化传统、价值取向、生活习俗以及当代大学生独特的人格特征，我们在国内高校进行大学生团体心理辅导时，就不能机械地套用西方的咨询理论和模式，而要根据我国社会和高校的实际情况，加以适当的调整和改造。

我国高校的心理健康教育将遵循以下五条基本原则：一是坚持心理健康教育与思想教育相结合。既要帮助大学生优化心理素质，又要帮助大学生培养积极进取的人生态度。二是坚持普及教育与个别咨询相结合。既要开展面向全体大学生的心理健康教育，更要根据不同情况，开展心理辅导和咨询工作。三是坚持课堂教育与课外活动相结合。既要通过课堂教学传授心理健康知识，又要组织大学生参加陶冶情操、磨炼意志的课外文体活动，不断提高大学生心理健康水平。四是坚持教育与自我教育相结合。既要充分发挥教师的教育引导作用，又要充分调动学生的积极性和主动性，增强大学生心理调适能力。五是坚持解决心理问题与解决实际问题相结合。既要加强大学生心理健康教育，又要为大学生办实事办好事。

总之，我国大学生团体心理辅导将更注重心理健康教育与思想教育的结合，更注重西方心理咨询理论和方法与中国传统文化和我国大学生校园文化活动相结合。又由于大学生团体辅导的指导者队伍是一个多学科知识结构的多元群体，在团体心理辅导的理论和方法运用上会更具创造性，更具中国特色。

第二节　团体辅导的阶段和类型

任何一种目标与类型的团体辅导都会经历一个起动、过渡、成熟与结束的发展过程。关于团体辅导的一般发展阶段，心理专家有不同的看法，也有详略不同的论述。了解国内外学者关于团体辅导过程与阶段的论述，有利于我们全面了解团体辅导，以便更好地把握开展各阶段的目标和要求，更好地开展不同主题的团体辅导。

一、国外学者的阶段划分学说

(一)罗杰斯的十四阶段说

罗杰斯(Rogers)对团体辅导的贡献很大，他曾将团体发展的过程分为十四个不同的阶段(1985)。

第一阶段：自由活动。在几乎没有结构的情形下，成员随意走动去接触和认识别人。在这一阶段中，成员有很大的混乱和沮丧感。有些人很安静，也有人进行断断续续的交谈。大家倾向于要求指导者作出指引提示。

第二阶段：抗拒做个人的表达和探索。成员很局促不安，往往不愿意表达自己，即使有对话，也是很表面的、资料性的。

第三阶段：叙述过去的经验。成员不会对当前的感受做出描述，通常只会将过去的经历作讲述的话题，其谈话更不会涉及团体中的人。

第四阶段：叙述负面的经验。成员开始讲到自己在团体中负面的情绪。他们负面取向的感受往往首先指向指导者，随之是其他的成员。这些行动背后的原因是个人感到焦虑和受威胁而做出防御行为，同时也借此测试团体的安全度。

第五阶段：表达和探索与个人有关的资料。当成员讲了负面的感受，而不被人批评和否定时，有些成员就会因此开始提及个人的事，团体中彼此的信任也因此逐渐出现。

第六阶段：表达与其他成员相处的即时感受。成员开始表达对其他人的感受和态度。除了正面的之外，也包括负面的。不过，虽然会有负面的表达，却不会很极端，更不会带有攻击性，大家因此而共同摸索和发展出一种珍贵的信任。

第七阶段：团体发展出医治的能力。成员彼此表示关心，对他人也有了解和体谅，而且，大家尝试用自己的方法来为他人提供帮助。

第八阶段：达到个人的自我接纳，并开始改变。由于大家都很坦诚和信任地表达和互助，成员已很安心地放下个人的防备和伪装，并开始逐渐对自己有更大的接纳，随之而来的就是个人态度和行为的改变。在这一阶段，成员感到团体中每个人都很实在，都是真实的个体。各人虽然各有弱点，但也各有所长。

第九阶段：打破伪装。由于对自己的接纳和确认，成员会抛掉种种的伪装和面具，大家开始享受一种充满关爱、诚实和开放的深挚关系；大家也因此会彼此支持和鼓励对方保持真诚。

第十阶段：提供和接受反馈。因为成员明白了自己在团体的重要性，肯定了个人对别人的影响和价值，因此他们会坦诚地为别人提供反馈，同时也愿意接受别人的反馈和帮助。

第十一阶段：面质。由于成员彼此关心，因此当有需要时，他们会面质别人，协助别人澄清和处理矛盾，积极面对问题，效果往往很有建设性。

第十二阶段：将帮助延伸到团体之外。成员间的关系密切，除了团体之间彼此帮助之外，在团体之外，他们也有很人性化的交往和支持。这种行动，对正在经历一种可能很痛苦的自省和改变的成员，往往很有意义，很有帮助。

第十三阶段：发展出基本的真实关系。成员可以具体感受到大家之间的亲密及高度的同感，发展出一种很深厚的人际关系。那是一种人与人的真实接触，一种难能可贵的"我—你"关系。

第十四阶段：在小组中作出行为的改变。成员逐渐改变，他们变得很体谅人，很有同感，对人接纳，温暖、深挚而真实。具体来说大家已经踏上自我实现之路，他们不但个人的问题得到解决，而且在人际关系上也得到改善。

(二)加伦、琼斯、哥朗尼的五阶段说

加伦(Garland)、琼斯(Jones)、哥朗尼(Kolodny)的五阶段说(1965)在众多团体发展阶段说中是比较有权威的团体发展模式。

第一阶段：组合前期。接近与逃避是此阶段的显著特点。这时成员开始相互接触、互相认识，但同时心理上伴随着要保持一定距离、带有自我保护的心理倾向。

第二阶段：权力与控制期。成员开始角逐团体内的地位，开始进行权力的争取，有时还会与团体指导者产生权力上的矛盾。有些成员会因不能取得权力而要求退出团体，或因不想受到团体规范的约束而有所变化。

第三阶段：亲密期。团体成员经过相互的了解已开始有了彼此的依赖，关系处于密切状态，且有感情互转的倾向，而且要寻找团体的目标。

第四阶段：分辨期。团体已经达到整合，成员之间可以自由发表各自的看法与感受，彼此的沟通也很融洽，不再出现权力争斗现象，达到了团体的整体性。

第五阶段：分离期。团体目的人多已经实现，成员间已建立了友谊的联系，参加团体活动开始散漫。但当指导者提出结束团体时，却往往遭到部分成员的拒绝，不承认团体目标已达到，甚至有些人会表现倒退。此阶段常见成员回味团体历程，此时需要指导者组织一次评估总结，使成员做好团体结束的心理准备。

(三)国外学者的其他阶段划分说

国外学者中将团体辅导划分为五个阶段的还有麦汉纳(Mahler, 1969)，他将团体辅导分

为形成阶段、接纳阶段、过渡阶段、工作阶段、结束阶段五个阶段。汉森等(Hansen, et al, 1980)也将团体辅导分为五个阶段：第一阶段为团体的创始阶段。成员只显露个人安全和较公众的一面，其自我探索并不自然，倾向于形容过往的经验。第二阶段为团体充满矛盾与对质的阶段。成员表现出抗拒行为，由于方法、目标和行为的常模未曾建立，成员心里充满许多的不肯定和焦虑，他们之间缺乏和谐。他们努力表现自己最好的一面。矛盾出现于成员之间，或成员与指导者之间。第三阶段为团体具有内聚力的阶段。成员的士气增加，彼此信任。成员对辅导过程有委身感，对指导者和团体作出认同。团体常模出现，有效的沟通网出现，成员彼此合作与信任。第四阶段为团体的生产阶段。成员彼此接纳各人的问题，彼此帮助解决问题。团体很稳定，出现很长的工作过程。成员有更多的委身感，也做更深更多的个人分享。团体运作指向个别成员和团体目标。团体努力产生一些具有长远价值的功能，主要是将各人的领悟转化为行为和人格的改变。第五阶段为团体结束阶段。成员往往出现很沉重的情绪，包括分离、损失、离散、无能、依赖、死亡和被遗弃感。成员可能出现新的困难，如面对分离的孤单感，因而引起他人关注。无力处理分离者，可能以缺席来逃避，还可能以数说团体的失败来处理个人情绪。积极者会提醒大家回顾共同走过的欢笑之路，并作个人得到帮助的见证。成员往往先表达负面感受，如沮丧、不安和愤怒，继之会述说团体经验所带来的积极感受，成员会彼此表示感谢，肯定团体对个人的影响和价值，分享个人面对团体结束的感受，并将在团体中所得的领悟和经验付诸行动，延转到日常生活中去。

科雷(Corey，1991，1992)则将团体辅导过程划分为四个阶段：第一阶段为团体的创始阶段。成员倾向于安静、局促不安，彼此不信任，大家尝试为团体作出结构。成员表现出害怕与犹疑不决，可能表达个人的期望。成员喜欢提供意见和建议，矛盾与愤怒逐渐出现。第二阶段为团体很艰难的阶段。成员焦虑很大，大家防卫意识很强，表现出抗拒行为，有人对指导者和其他成员进行测试。成员害怕自己出洋相，因此步步为营，害怕被否定和排斥，害怕自己失控，害怕一旦触及个人的伤痛时会作出不自愿的分享。成员向指导者挑战，并彼此对质，成员之间出现矛盾，团体出现难以处理的成员。第三阶段为团体内聚力出现的阶段。成员委身于团体，探索个人重要的问题，主动参与，也互相帮助，乐意接受和给别人反馈，指导者用不同的介入方法来促进成员深入的自我探索，成员对指导者的依赖减少，成员学习处理冲突矛盾，团体的治疗能力不断发展。第四阶段为团体结束阶段。成员澄清各自团体经验带来的意义，团体统整与巩固各人在团体的成果。大家作出决定，看看将什么新行为延展到日常生活里，在指导者带领下写出合同，以期继续作改进。成员感到害怕，感到有威胁感；倾诉离情；尝试处理未完成的事项。大家回顾整个经历，操练新的行为；通过处理分离之苦，学习应付损失和痛楚，成员之间彼此反馈。

有些学者则把团体辅导过程分成三个阶段。舒茨(W.Schutz，1973)提出团体发展要经历接纳、控制、影响三个阶段。亚隆(Yalom，1985)提出的三个阶段为：最初阶段，其特征是犹豫和寻找意义；第二阶段，其特征是冲突、控制和反抗；第三阶段，其特征是士气、信任，自我表露和凝聚力上升。雅各布斯(Jacobs，1994)则认为，所有团体都会经历开始阶段、中间或工作阶段、结束阶段。

二、我国学者的阶段划分学说

香港大学的林孟平教授将团体辅导的发展过程分为四个阶段，即创始阶段、过渡阶段、委身阶段、终结阶段。

清华大学樊富珉教授认为，无论什么形式的团体咨询或辅导，大致都有四个阶段，即创始阶段、过渡阶段、成熟阶段、结束阶段。

(1) 创始阶段：主要任务是使成员相互间尽快熟悉，建立信任感，这是团体进行下去的前提条件。

(2) 过渡阶段：主要任务是提供鼓励与挑战，使成员能面对并且有效地解决他们的冲突和消极情绪，以及因焦虑而产生的抗拒，使团体进步到彼此有效地建立关系的阶段。

(3) 成熟阶段：也称为工作阶段，是团体辅导的关键阶段，这一阶段团体的主要任务是在充满信任、理解、真诚的团体气氛下鼓励成员探索个人的态度、感受、价值与行为，深化对自我的认识。成员之间相互支持、坦诚相待，尝试新行为。在这一阶段，团体凝聚力和信任感都已达到很高的程度，指导者应设法使成员在团体进行的过程中集中注意力，朝向团体目标和个人目标做有益的改变。

(4) 结束阶段：主要任务是使成员能够面对即将分离的事实，并协助成员整理归纳在团体中学到的东西，鼓舞信心，将所学的东西应于用日常生活中，使之改变与继续成长。

林孟平教授与樊富珉教授的划分基本相似，只是第三阶段的表述有些细微差异，我们基本认同他们的观点。了解团体辅导形成和发展的阶段，可以给指导者提供一种对团体的控制能力和方向感，使指导者能更加有效地运用团体辅导的理论与方法技术，带领团体走向既定的目标。

三、大学生团体辅导的类型

团体辅导从心理辅导的目的来划分，大致有如下三种类型：第一种是发展型团体辅导，第二种是调适型团体辅导，第三种是治疗型团体辅导。团体辅导从运用心理辅导的理论和方法来划分，还可以分为精神分析团体咨询与治疗、行为主义的团体咨询与治疗、认知—行为团体咨询与治疗、交朋友小组即会心团体咨询等。我们从我国高校的实际出发，从心理辅导的目的角度，将大学生团体辅导分为发展型团体辅导、调适型团体辅导与治疗型团体辅导。

(一)大学生发展型团体辅导

发展型团体辅导是应用最为广泛的团体辅导形式，特别是在学校教育中更受关注。发展型团体辅导的主要目的是通过团体成员的主动参与，表达自己，从而找到大家共同的兴趣与目标，重点放在自我成长与自我完善。团体成员是正常的、健康的、无明显心理冲突、基本适应环境的人们。他们前来参与团体辅导的目的是为了更好地认识自己，扬长避短，充分发挥潜能，提高学习、工作与生活质量。如询问自己的气质类型、个性特点，探讨提高工作、学习效率的最佳方法，请教怎样获得更多的朋友，商讨选择什么职业更符合自己的发展，讨论怎样才能进一步提高自己的综合素质，迈向自我完善，发挥潜能的境界，等等。

训练型团体辅导也属于发展型团体辅导。训练型团体辅导所着重的是人际关系技巧的培养，强调通过团体环境中的行为实验来帮助成员学习新的行为，改变不适应的行为，并通过练习使新行为得到巩固。来访求助者是基本健康的，但他们希望能进一步提高自己的人际交往能力，改善人际关系。训练型团体为成员们提供了一个实验室，通过团体辅导每个阶段中成员互动的方式，团体成员相互体验，学习对自己、对他人、对团体的理解和洞察，引导成员观察改进自己的行为，找到适当的行为方式，并掌握处理人际关系的技能。

(二)大学生调适型团体辅导

在调适型团体辅导中，来访求助者也是基本健康的，但在学习、工作、生活中有各种烦恼，有明显心理矛盾和冲突。他们前来参加团体辅导的目的是排除心理困扰，减轻心理压力，改善适应能力。如新生入学对环境不适应而产生焦虑；学习成绩不佳、方法不当而忧心；单相思或失恋极度痛苦；人际关系不协调而十分苦恼；过度自卑而失去自信，等等。

(三)大学生治疗型团体辅导

治疗型团体辅导是指通过团体特有的治疗因素，如团体所提供的支持、关心、感情宣泄等，改变成员的人格结构，使他们的心理得以康复。来访求助者是患有某些心理疾病，如神经症、人格障碍、适应障碍、性变态、成瘾等。这些心理障碍影响了他们正常的学习、工作和生活，使他们苦不堪言，极少数人甚至表现出自杀意念。他们前来咨询的目的是想通过系统的心理治疗，克服心理障碍，恢复心理健康。治疗型团体一般持续的时间较长，所处理的问题也较复杂，因此，对指导者的要求要比其他类型的团体辅导更严格。

小贴士

团体辅导的常用技能

团体辅导的技能有很多种：头脑风暴、难题解决办法、角色扮演行为训练、各种习作与活动、演讲会、报告会、参观访问、影视观赏等。一般根据小组活动目标和参加对象的不同而不同。所有技能中运用最多的是头脑风暴、角色扮演和行为训练。下面分别予以简介。

(1) 头脑风暴。头脑风暴是运用最普遍的小组活动技能，主要目的在于沟通意见、集思广益、解决问题。头脑风暴是指小组成员不受实际限制集思广益的一种技能。头脑风暴的理论基础是人们常因假想的禁忌对他们的创造性施加不必要的限制，这些禁忌可能根本不存在或者可以做出改变。一旦思想可以敞开，成员可以做出创造性的改变，而这种改变会消除束缚。头脑风暴的基本原则是没有任何想法被认为太狂野或太疯狂而不可以提出。在头脑风暴这个过程中，各种想法不被品评和指责这一事实也可以降低成员的防御感。头脑风暴可以在整个团体内或以三四人为小组进行。一个限定的时间可以帮助团体保持注意。

(2) 角色扮演。角色扮演是指用表演的方式来启发小组成员对人际关系及自我情况有所认识的技能，角色扮演通常由小组成员扮演日常生活情境中的角色，使成员把平时压抑的情绪通过表演得以释放、解脱，学习人际关系的技巧及获得处理问题的灵感并加以练习。角色扮演有助于找到成员情绪压抑的症结所在，从而找到解决的技能。角色扮演一般在成员中找到素材，然后稍加准备，对全体组员讲明场景，让组员自愿选择角色，扮演中可以互换角色。最后要注意发起组员进行讨论、互相启发、互相支持。

(3) 行为训练。行为训练是指以行为学习理论为指导，通过特定程序，学习并强化适应的行为，纠正并消除不适应的一种心理辅导与治疗技能。小组中的行为训练是通过指导者的示范、指导和小组成员间的人际互动实现的，行为训练包括放松训练、自信训练、情绪表达训练、打招呼训练等。行为训练一般应由易到难，首先提供示范，对行为训练做得好的成员要及时强化，具体步骤可分为：一、选择情景，比如公众发言；二、确定训练目标；三、集体讨论；四、示范；五、正式训练；六、集体讨论，行为训练应和澄清认知结合起来，这样往往事半功倍。

第三节　团体辅导实例分享
——人际交往拓展训练营

　　大学生人际交往团体辅导是帮助大学生提高人际交往能力，优化其人际关系，促进他们身心健康发展，并帮助他们成功成才的发展性心理辅导。在组织这类团体心理辅导时，应了解大学生人际关系的现状、特点及常见的心理问题，帮助大学生把握人际交往的时代需求和建立良好人际关系的原则，矫正他们在人际交往中的认知偏差，调适其心理问题，并提高他们优化人际关系的能力。

1. 团体名称

人际交往拓展训练营。

2. 团体性质

同质、封闭的成长小组。

3. 团体规模

16 名大学生组成。

4. 参加对象

　　在校大学生，年龄基本相同，来自同一年级，有强烈的自我认识、自我探索的意愿，性格各异，但都对人坦诚，成员之间最初是完全熟悉的。

5. 团体活动的时间、地点、费用

时间：平均每周一次，共有 7 次，每次 1.5～2 小时。
地点：安静且较大的有可移动椅子的活动室。
费用：活动材料费等。

6. 团体目标

　　帮助在大学校园中无法交到知心朋友，无法敞开心扉，自我开放不够深刻，性格内向的同学。在温馨、融洽的气氛下，引导他们逐渐抒发内心感想，找到问题所在。通过我们的真诚帮助，积极互动，共同找到问题解决的方法，并从中能深入地了解、认识自己，增强自信心，能和同学更加真诚、融洽地相处，以健康的心态迎接生活中的困难与挫折，走

好大学四年的路。帮助当事人成为一个自我实现的人。终极目标是让成员了解人际方面的特质，使成员认知人际沟通的重要性。

7. 团队领导者

(1) 必须接受系统的团体训练，具有专业资格；

(2) 保护当事人利益不受侵害；

(3) 尊重成员参加团体的自愿选择权；

(4) 个人及要求团体成员保密；

(5) 精心选择团体活动方式。

8. 团体方案

次　数	活动名称	目　标	活动内容
一	共建精神家园	相识，共建团体交往规范，认识到人际交往中保守秘密的重要性	1. 为自己取一个昵称 2. 知你识我 3. 对对碰 4. 连环自我介绍 5. 棒打薄情郎 6. 签订合约
二	建立信任	形成温暖信任的气氛，让成员学会在人际交往中要善于观察他人，理解他人，增强人际交往的敏感性	1. 找帮助 2. 信任跌倒 3. 可怜的小猫 4. 镜中人 5. 无家可归
三	团队合作	增强小组凝聚力，让成员学会在人际交往中要善于正确地表达自己，保护自己	1. 解开千千结 2. 突围闯关 3. 关注练习 4. 哑口无言
四	认识自我	赞美他人，肯定自己，学习体察、运用语言行为促进相互肯定和接纳	1. 同舟共济 2. 瞎子背瘸子 3. 人际关系中的我 4. 戴高帽子
五	悦纳自我	开放自我，学习体察、运用语言行为促进相互肯定和接纳	1. 小小动物园 2. 秘密大会串 3. 热座

续表

次　数	活动名称	目　标	活动内容
六	发展自我	培养成员解决问题的能力	1. 目光炯炯 2. 做自己的主人 3. 人际情境大试演
七	温馨祝福	体验彼此的肯定与支持，鼓励继续成长	1. 我的收获 2. 真情告白 3. 歌声送明天

9. 具体活动过程

第一次活动：

1) 为自己取一个昵称

每人为自己取一个自己喜欢的昵称，并想好自己为什么喜欢这个昵称，在以后的整个团队活动中均用此名。

2) 知你识我

目的：初步相识。

时间：10 分钟。

准备：可以移动的椅子。

具体操作：

小组长先让团体成员在房间自由漫步，见到其他成员，微笑着握手(在尽量短的时间里与尽量多的人握手)，在这过程中可以用最简短的言语表达自己。在 1 分钟的时间里让成员自然相遇，然后小组长说"停"，每个成员面对或正在握手的人就成为好朋友，两人一组，面对面地坐下，各自作自我介绍。

介绍的内容包括：姓名、家乡、学院班级、个人的兴趣爱好、性格特点；也可介绍你最爱吃的水果，最喜欢的明星、电视、运动等，以及个人愿意让对方了解的有关自我的资料。每人 3 分钟，然后漫谈几分钟。注意当对方自我介绍时要全身心地投入，通过语言和非语言的观察，尽可能多地了解对方。

3) 对对碰

目的：扩大交往圈子，拓展相识面。

时间：约 10 分钟。

具体操作：

刚刚自我介绍的两个组合并，形成 4 人一组，他者介绍。每位成员将自己刚才认识的朋友向另外两位新朋友介绍，每人 2 到 3 分钟。然后 4 个人一起自由交谈几分钟。

4) 连环自我介绍

目的：进一步扩大交往范围，引发个人参与团体的兴趣。

时间：约 20 分钟。

具体操作：

全部的人围圈而坐，从其中一个人开始，每个人用一句话介绍自己。一句话中必须包含三个内容：姓名、所属、自己与众不同的特征。规则是：当第 1 个人说完后，第 2 个人必须从第 1 个人开始讲起，这样做使全组注意力集中，相互有协助他人表达完整正确的倾向，而且在多次重复中，不知不觉地记住了他人的信息。

5) 棒打薄情郎

目的：尽快相识，增进团体凝聚力。

时间：约 20 分钟。

准备：用挂历纸或旧报纸卷成一根纸棒。

具体操作：

初次聚会，全体成员围圈而坐，轮流介绍自己的名字、兴趣、出生年月等个人资料。每个人都专心去记其他成员的资料。然后站成一圈子，选一个执棒者站在圈中间，由他面对的人开始大声叫出一个成员的姓名，执棒者马上跑到那个被叫的人面前。被叫的人马上再叫出另一个成员的姓名。如果叫不出来，就会受当头一棒。然后由他执棒。以此类推，直到大家熟悉互相的姓名为止。如果一个人 3 次被打就必须出来表演，作为惩罚。此活动适合青少年，在游戏中相识。

6) 签订合约

活动构想：最后当然要定契约了，所谓"无规矩不成方圆"。同时，在这个过程中我们也要把心理学方面的约束写进契约里去(比如保密)，以保证成员的身心安全。

目标：形成团体规范，让所有成员自愿投入团体的历程；澄清成员对团体的期待。

时间：约 20 分钟。

具体操作：

(1) 领导者先说明活动规则。

(2) 领导者首先示范，提出对团体活动的要求，如希望大家不要隐藏心中想说的话。

(3) 言毕，以手杖碰地(也磕碰自己的大腿或膝盖)，状似盖章动作，代表自己愿意遵守此诺言。

(4) 其他成员认为自己可以遵守者，亦以手掌碰地(或大腿、膝盖)，状似盖章动作，代表自己愿意遵守此诺言。

(5) 自领导者顺时针方向，每位成员轮流表达个人对团体的期待，方式同前2、3、4。期待内容包括：不希望有人早退或中途离席、希望老师准时结束团体、希望大家尊重(倾听)别人的发言、不愿意看到有人在团体内恶意攻击、共同守密、不把团体中发生的事告诉他人……

(6) 最后，由领导者统一整理归纳成员的诺言，形成团体公约(规范)。当次团体结束后，写在海报纸上，以后每次团体进行前，张贴于团辅室。

注意：如遇到成员无法遵守或难以盖章者，领导者宜鼓励其他成员以尊重、关怀的态度，共同协助该成员探讨其困难。

第二次活动：

1) 找帮助

目标：团体人际温度测量；建立信任的关系。

时间：约20分钟。

具体操作：

(1) 指导者请成员环视团体，观察每一个成员，然后问一些问题，比如："如果你迷路了，你会找这个团体中谁问路？"要求成员作出选择并把手搭在那个人的肩上。

(2) 此时形成几组人链有人被许多人选择，有人没被选择，然后请成员由后向前说明为什么选择他(她)，以促进成员之间的沟通。

(3) 更换问题，继续游戏，讨论。

2) 信任跌倒

目标：体验信任他人，自我信任以及集体对自己的重要性。

时间：约20分钟。

具体操作：

(1) 将成员分成两小组，每组8人。

(2) 8人中，7人手挽手站成一个圈，1人站在中间，双手抱胸。

(3) 活动开始，中间的成员必须闭上眼睛对其他人大声说"我信任你们"，然后直直地向任意一边倒下去。围成圈的成员则把倒下去的人接住，然后再换一位成员站在中间。如此重复，直到每位成员都体验到为止。

(4) 交流感受。

① 倒下去前你在想什么？

② 安全倒下后呢？

③ 在接的时候你是怎么想的？

④ 该游戏对你有什么启发？

(5) 组织者进行小结。

注意：

(1) 跌倒者要相信集体的力量，尽量使整个身体都倒下去。

(2) 围成圈的成员不能使跌倒者摔跤。

3) 可怜的小猫

目的：通过一定的身体接触增加亲密度时间。

时间：约 20 分钟。

具体操作：

(1) 全体围坐成圈，刚刚没找到家的人当小猫坐在中间。

(2) 小猫走到任何一人面前，蹲下学猫叫。面对者要用手抚摸小猫的头，并说"哦！可怜的小猫"。但是绝不能笑，一笑就算输，要换当小猫。

(3) 抚摸者不笑，则小猫叫第二次，不笑，再叫第三次，再不笑，就得离开找别人。

(4) 当小猫者可以装模作样，以逗对方笑。

4) 镜中人

目的：培养成员对他人的敏感性，互相沟通并互相接纳。

时间：约 15 分钟。

具体操作：

团体成员两人一组，一人自由做动作，另一人模仿，互相轮流模仿 2 分钟后互换角色，不可说话，要用心去体会对方的心意。结束后相互交流，看看自己对对方的理解是否正确。然后仍然两人一组，一人说话，另一人照原话说，两分钟后换角色。结束后两人交流思想，全身心地理解观察他人。学习和体会在今后生活中如何更好地应用各种感觉。

5) 无家可归

目的：让成员体会和感受个人与团体的关系，团体对个人的重要性，从而更愿意投入团体，增强团体的凝聚力。

时间：约 15 分钟。

具体操作：

(1) 开始时，让全体成员围圈手拉手，充分体会大家在一起的感觉。

(2) 领导者说："变，4 个人一组。"成员必须按照要求重新组成四人组，形成新的"家"。此刻，请那些没有找到家的人谈谈游离在团体之外的感受，也可以请团体成员分享和大家在一起的感觉。

(3) 领导者多次变换人数，让成员有机会去改变自己的行为，积极融入团体，让成员体验有家的感觉，体验团体的支持。

第三次活动：

1) 解开千千结

目的：通过共同活动中的身体接触，增进团体的情感融合。

时间：约 15 分钟。

具体操作：

全体成员拉起手围成圈，记住自己的左右手拉的是谁的手，然后松手在圈内自由走动，指导者喊"停"，站立不动，再拉起原来的左右手，打成结。在不松手的情况下，恢复到原来的样子。可将小组合并成 20 人以上再进行。团体分享感受。

2) 突围闯关

目的：热身并增强团体凝聚力。

时间：约 15 分钟。

具体操作：

(1) 小组成员站着面向内围成一个圆圈，其中一人站在圈内向外突围，看能否成功；然后小组成员站着面向外围成一个圆圈，其中一人站在圈外向内闯关，看能否成功。

(2) 小组成员体验交流，分享感受。

3) 关注练习

目的：通过问与答的形式，促使成员关注他人感觉，并达到相识。

时间：约 20 分钟。

具体操作：

8 个人一组，自由协商，然后从其中 1 位成员开始，例如 A，其他 7 人，每人向 A 提 1 个自己想知道的问题，A 立即回答。A 如果认为别人问自己的问题自己不想说，可以表达出来。对 A 提问结束后，可以围绕 A 再自由交谈几分钟。第 1 圈时每人只有 1 次权力问一个问题，如果还有想问的问题可留到自由交谈时间再问。组长要掌握时间，把握方向。当 A

结束时就轮到向 B 提问，依次下去，一直到最后一名同学。

4）　哑口无言

目的：学会通过非语言的形式理解他人的感受。

时间：约 30 分钟。

具体操作：

全体围成一个圆形，然后闭上眼睛回忆一下这一周内生活的感受，是疲乏、兴奋，还是焦虑、烦闷？然后每人用手势和表情，体态语言表达出自己内心的感受，让其他成员猜猜动作及表情所反映的感受是什么。被猜者说明他人的猜测是否准确，为什么？通过活动，学会从他人的手势、表情、眼神、动作等语言的沟通方式理解他人，训练自己敏锐地观察他人感受的能力。

第四次活动：

1）　同舟共济

目的：

(1)　培养团队成员之间的相互鼓励与相互支持，体验个人对团体的信任与责任。

(2)　培养学员协作解决问题的能力，强化对团体精神的理解与感悟。

(3)　让学员体验合作与竞争的魅力、探索与创新的快乐、坚持与负责的充实。

时间：约 30 分钟。

具体操作：

(1)　把成员分成两组，一组 8 人，每组发给四开的报纸一张。

(2)　游戏开始时，指导者将报纸铺在地板上，告诉团体成员它代表大海中的一条船，现在需要团体成员 8 人同时站在船上，一个也不能少，必须同生死共命运。

(3)　让两队同时开始登船，并在每一次成功后把报纸对折，重新开始登船。

(4)　最后，"船"越小的一组为胜。

(5)　大家讨论过程，抒发感想，并由输的一组表演节目，作为惩罚。

2）　瞎子背瘸子

目的：沟通配合能力，活跃气氛。

时间：约 30 分钟。

具体操作：

当场选 6 名成员，3 男 3 女，男生背女生。男生当"瞎子"，用纱巾蒙住眼睛，女生扮"瘸子"，为"瞎子"指引路，绕过路障，达到终点，最早到达者为赢。其中路障设置可摆放椅子，须绕行；气球，须踩破；鲜花，须拾起，递给女生。

3)　人际关系中的我

目的：促进成员全面认识自我。

时间：约 60 分钟。

准备：在一张纸上写下长辈(父母)眼中的我、朋友(老师)眼中的我、自己眼中的我、同学眼中的人、自己理想中的我。

具体操作：

每人发一张纸，自己思考后填写，填完后大家一起交流。填写的过程会反映出不同的心态。然后引导成员做自我探索。这个活动可以从多个角度来看自我，有助于成员全面认识自己。同时，也可以在他人的鼓励下做更为深入的自我探索。

4)　戴高帽子

目的：学习发现别人的优点并欣赏，促进相互的肯定与接纳。

时间：约 50 分钟。

具体操作：

8 人一组围圈坐。请 1 位成员坐或站在团体中央，其他人轮流说出他的优点及值得欣赏之处(如性格、相貌、处事……)。然后被称赞的成员说出哪些优点是自己以前察觉的，哪些是不知道的。每个成员到中央戴一次高帽。规则是必须说优点，态度是真诚，努力去发现他人的长处，不能毫无根据地吹捧，这样反而会伤害别人。参加者要注意体验被人称赞时的感受如何？怎样用心去发现他人的长处？怎样做一个乐于欣赏他人的人？活动结束时，大家心情愉快，相互接纳性增高。此活动一般适合比较熟悉的成员应用。

第五次活动：

1)　小小动物园

目的：

(1)　促进成员自我了解。

(2)　了解他人，学习接纳每个人的独特性。

时间：约 20 分钟。

具体操作：

(1)　指导者给每人发一支笔，一张彩色卡片，然后要求成员想一想，如果用一种动物代表自己，会选择哪种动物，思考一会，在卡片上写上此种动物的名称。

(2)　等所有成员写完后，同时出示卡片。请每位成员看看这个小小的动物园里都有哪些动物，哪些与自己相似，哪些与自己不同？并讲出自己在这个动物园中的感受如何。

(3) 请每个成员轮流介绍自己为什么选出这个动物代表自己。大家一起讨论，给予回应。

2) 秘密大会串

目的：帮助成员面对与处理目前的困扰，使其能拥有更愉快的生活，并能顺利发展。

时间：约 30 分钟。

具体操作：

(1) 请成员将目前最感困惑的一件事写在纸上，并将纸折叠好置于团体中央。

(2) 领导者抽取一张纸并读出其内容，请成员共同思考问题的解决方法。

(3) 解决问题的方式可以采用讨论、示范、角色扮演、书面资料提供等。

(4) 逐个解决问题。

3) 热座

目的：通过相互提供意见，协助成员解决个人面临困惑。

时间：约 60 分钟。

准备：每人一个信封，若干张纸条(占人数少一张)。若人数多，可分为 6～10 人一小组。

具体操作：

每个成员发给几张白纸条，1 个信封。在信封上写上自己的姓名。然后，将自己目前最困扰，最想得到帮助的问题写在纸条上。每张纸条写同样的问题，并留有足够的回答问题的空间，每张纸条上写上姓名。例如"你对我的印象如何？""怎样才能找到意中人？""怎样才能成为一个出色的咨询员？""我怎样做才能获得真正的友谊？""睡不着怎么办？"……然后，把写好的纸条发给每一位小组成员，请他们回答。每位成员拿到他人的问条时，认真思考，根据自己的经验及体会，怀着真诚助人的心态，以自己独特的方式回答，没有什么对不对之分，把自己对某一问题的真实看法写出来。回答者不用署名。信封放在小组中央地上或桌上。回答完毕，把每个人的问题放到他的信封上，把回条装进信封内。每个成员取回自己的信封，抽出回条，阅读。最后，全组集中，每人谈自己阅读完他人意见后的感想。由于得到多个人的帮助，丰富了个人有限的经验，常常使受益者感动不已。

第六次活动：

1) 目光炯炯

目的：学习自我肯定技巧。

时间：30 分钟。

准备：安静舒适的空间。

具体操作：

团体成员两人一组，互相注视对方眼睛 50 秒，不可以躲闪，目光注视表示自信及诚恳。然后注视对方，肯定地作 1 分钟自我介绍。接着，肯定地表达自己的感受"我对××(绘画、弹琴、数学、英语等)最有把握"。大声说三遍，注意每遍的感受，之后换对方说。接着，请对方帮忙做某件事或借东西，1 分钟之内用各种方法要求他，但另一方看着对方重复说"不"，之后两人交换角色。最后，讨论刚才活动的感受及意义，及如何将这些技巧应用到日常生活中去。

2)　做自己的主人

目的：培养成员解决人际关系问题的能力。

时间：约 50 分钟。

具体操作：

首先是指导示范。持卡者先说明提示卡的作用："我的问题是什么？"帮助我们确定现在所要解决的问题；"我该怎么办？"帮助我们解决问题时，能想出不同的解决方法帮助我们集中注意力去解决目前面临的问题；帮助我们选择一个合适的方法或答案；"做得怎么样？"帮助我们检验结果，结果很好时增强信心，结果不好时不放弃，继续努力。解释完毕，指导者示范一个实例。例如，同事之间让烟。根据以上几个步骤想一想：我的问题是不敢拒绝别人让我抽烟；或者避免与他们见面，或者勇敢地说"不、我不会抽"、"我戒烟了"；逃避不是办法，拒绝的态度可以表现勇气和自信；一周内遇到任何让烟时都拒绝；坚持下去会有效的。

然后，请每位成员想一想，人际交往中最为难的情境是什么．列在表上，想一想解决的办法及合适的表达。每位成员轮流站到团体中央，面对大家，大声说出自己的问题及解决方法，大家给予鼓励。最后全体讨论这个方法在今后如何实际运用。

3)　人际情境大试演

目的：人际场合多变，让成员有一次体验多种情境的机会。

时间：约 60 分钟。

具体操作：

(1)　选择适当的情境，大声念出来。

(2)　由成员自告奋勇来演这个情境。

（3）大家讨论，说说表演者的不当之处在哪里，自己会如何应付这样的情境。

（4）换个情境，继续试演。

第七次活动：

1）我的收获

目的：成员在纸上写下有关团体的学习心得，并且与成员分享，总结和回顾自己的团体经验和收获。

时间：约40分钟。

具体操作：领导者把纸笔发下，请成员写下有关团体的感受和体会，如"在团体中我所学到的三四件事"、"团体对你最有帮助的经验是什么"、"你的人生目标完成的状况如何"、"怎样才能将团体中所学到的技能运用到生活中去"等。写完后分组交流，再到团体中分享。

2）真情告白

目的：结束团体，对未来生活作适当的预估。

时间：约50分钟。

具体操作：

（1）播放轻柔的音乐，指导者给每个成员发一张白纸并把它用别针别在后背上，全体成员之间把自己最想送给对方的知心话用自己喜欢的彩色笔写在对方后背的纸上。全部写完后，成员先静静地坐1～2分钟，想象一下，别人会给你写些什么。然后，拿下后背上的纸，仔细读一下别人送给你的知心话，体会一下你的心情如何？带着这些祝福今后你打算怎样生活？

（2）小组成员交流体会，分享感受。

3）歌声送明天

目的：处理离别情绪，相互鼓励，彼此支持，圆满结束，对未来充满信心。

时间：约30分钟。

具体操作：

团体成员各用一首歌或一个节目来向大家说再见，也可以大家合唱。

小贴士

小组成员的筛选

1. 招募小组成员的途径

小组成员的招募应坚持自愿参加的原则。招募途径主要有三种：一是通过宣传手段，成员报名参加；二是辅导员根据平时辅导情况，建议某些人参加；三是由其他人介绍。其中宣传招募是最常用的，宣传方式也是多种多样的，如贴海报，做讲座、利用大众传媒等。这里要注意的是宣传应有吸引力，同时又不能过分夸张；此外，对活动时间、地点、内容、经费、报名起止时间等都要说清，以便成员选择。

2. 筛选

为使团体辅导活动更具针对性，在所有报名者的基础上还要进行筛选。筛选可分为初筛与第二次筛选，初筛时一般用量表进行筛选，可以用 1～2 个合适的量表，选出组分较高的人然后进行第二次筛选。此次可同时用几种技能：一是面谈法，了解一些报名者的基本情况；二是量表法，再填一些能反映活动目标的量表，以备以后评估之用；三是请他们写一份简单的自我情况报告，包括入组目标、生活中重要的人和事等，经过这次筛选就可以确定最终的组员。另外，这时还需要让组员们填写申请书，以保证他们遵守小组规则，顺利完成各项活动。

申　请　书

1. 我自愿参加人际交往技巧训练。

2. 我相信，参加人际交往技巧训练后，我的人际交往能力将会有很大的提高。我会以自觉的态度对待交往，以真诚之心投入交往，责己严、责人宽。

3. 我保证按时参加每一次活动，有事提前请假。

4. 我愿意在小组活动中坦诚地谈论自己的一切。

5. 我保证对小组活动保守秘密。

6. 在小组活动中，我会与组员保持团结友爱的关系，不攻击、贬损任何组员。

7. 积极服从、配合主持老师和同学的安排。

8. 我保证认真完成老师布置的每一项作业。如果有两次不完成作业的现象发生，愿意接受被小组开除的决定。

9. 希望参加训练后，得到：＿＿＿＿＿＿＿＿＿＿＿＿＿＿＿＿＿＿＿＿＿＿＿

申请人：＿＿＿＿＿＿＿

第七章　心理危机的朋辈心理干预

世界卫生组织专家断言，从现在到 21 世纪中叶，没有任何一种灾难能像心理危机那样给人们带来持续而深刻的痛苦，从疾病发展史来看，人类已进入"心理疾病"时代。被列为当今人类十大死因之一的自杀，大多是由心理疾病引起的，所以，专家们把"能正确处理心理危机"定为健康的新标志。

第一节　危机干预的理论

一、心理危机概述

(一)什么是心理危机

一般而言，危机(crisis)有两个含义：一是指突发事件，出乎人们意料发生的，如地震、水灾、空难、疾病爆发、恐怖袭击、战争等；二是指人所处的紧急状态。

危机(crisis)，查普林(J. Chaplin，1968)主编的心理词典将其定义为"存在具有重大心理影响的事件和决定"。它只强调了心理应激的性质，不够全面，按格拉斯(Glass)的理解，"危机"是心理上受到外部刺激或打击而引起的伤害。后来，格拉斯(1964)将其定义为"问题的困难性、重要性和立即进行处理所能利用资源的不均衡性"。

危机是一种认识，当事人认为某一事件或境遇是个人的资源和应付机制所无法解决的困难。同时，危机也包括该困难和境遇所导致的情感、认知和行为方面的功能失调。危机的发生、发展和干预也是个动态的过程。

以下事件可能是危机：创伤后应激障碍、自杀、性暴力、殴打妇女、物质依赖、丧失亲人或朋友、公共机构中的暴力、人质危机等。

精神医学范畴的心理危机是指由于突然遭受严重灾难、重大生活事件或精神压力，使生活状况发生明显的变化。尤其是出现了用现有的生活条件和经验难以克服的困难，以致使当事人陷入痛苦、不安的状态，常伴有绝望、麻木不仁、焦虑，以及植物神经紊乱的症状和行为障碍。心理危机干预是指针对处于心理危机状态的个人及时给予适当的心理援助，使之尽快摆脱困难。心理危机的综合定义为：个体运用寻常应付方式不能处理目前所遇到的内外部应激时所发生的一种反应。

(二)心理危机的特征

心理危机的特征如下。

(1)　通常为自限性，大多在1～6周内消失。

(2)　在危机期，个人会发出需要帮助的信号，并更愿意接受外部的帮助或干预。

(3)　干预后效果取决于个人的素质、适应能力和主动作用，以及他人的帮助或干预。

(三)心理危机的反应

当个体面对危机时，会产生一系列身心反应，一般危机反应会维持6～8周。危机反应主要表现在生理上、情绪上、认知上和行为上。

● 生理方面：肠胃不适、腹泻、食欲下降、头痛、疲乏、失眠、做噩梦、容易惊吓、感觉呼吸困难或窒息、哽塞感、肌肉紧张等。

● 情绪方面：常出现害怕、焦虑、恐惧、怀疑、不信任、沮丧、忧郁、悲伤、易怒、绝望、无助、麻木、否认、孤独、紧张、不安，愤怒、烦躁、自责、过分敏感或警觉、无法放松、持续担忧、担心家人安全，害怕死去等。

● 认知方面：常出现注意力不集中、缺乏自信、无法做决定、健忘、效能降低、不能把思想从危机事件上转移等。

● 行为方面：社交退缩、逃避与疏离，不敢出门、容易自责或怪罪他人、不易信任他人等。

(四)心理危机经历的发展过程

心理危机经历的发展过程包括如下几个阶段。

(1)　冲击期，发生在危机事件发生后不久或当时，感到震惊、恐慌、不知所措。

(2)　防御期，表现为想恢复心理上的平衡，控制焦虑和情绪紊乱，恢复受到损害的认识功能。但不知如何做，会出现否认、合理化等情况。

(3)　解决期，积极采取各种方法接受现实，寻求各种资源努力设法解决问题。焦虑减轻，自信增加，社会功能恢复。

(4)　成长期，经历了危机变得更成熟，获得应对危机的技巧。但也有人因消极应对而出现种种心理不健康的行为。

(五)心理危机的评估标准

心理危机可以理解为一种严重的应激反应。判定应激反应是否达到危机的程度，可用以下三条标准来评估。

(1) 必须存在具有重大心理影响的生活事件。

(2) 出现一些不适感觉，引起急性情绪扰乱(如烦躁、恐惧、焦虑、抑郁)、认知改变(如注意力不集中、记忆障碍)、躯体不适(如头昏、头痛、腰酸背痛)和行为改变(如失眠、不愿与人接触、一般的生活规律被打破等)，但这些表现均未达到精神疾病的程度，不符合任何精神疾病的诊断标准。

(3) 依靠自身的能力无法应对困境。

(六)心理危机的三种结局

心理危机是一种过渡状态，人不可能长久地停留在危机状态之中，整个心理危机活动期持续的时间因人而异，短者仅 24~36 个小时，最长也不应超过 4~6 周。最终必归于下面三种结局之一。

(1) 心理危机未能得到有效的应对与干预，而进一步发展或难以自拔，使经受者陷入绝望之中，并可能采取自杀行为；或沉溺于借酒浇愁与药物滥用的消极应对方式之中，最终成为酗酒者或吸毒者；或变得孤独、多疑、抑郁、自责、焦虑，而成为适应不良或神经质患者。

(2) 当事人通过自身努力与外界的帮助，问题得以解决并防止了危机的进一步发展，逐渐恢复到危机前的心理平衡状态，这是较理想和出现较多的结局。

(3) 部分人因经过危机的锻炼和体会，学会了新的应对技巧，心理适应能力同时也得到提高，心理状态变得比以前更成熟、坚强，更具有抗危机能力，其总体的心理结构和心理水平超出了危机前的水平。无疑这是最好和最理想的结局，也是危机干预努力的方向。

从以上心理危机的结局中可以看出，心理危机后的平衡状态可能恢复到原有水平，也可能高于或低于危机前的水平。心理危机对人来说并不总是一件坏事，它实际上包含有危险和机遇两层含义。有人曾将危机形象地比喻为一柄"双刃剑"，既可伤人也可助人。如果它严重地影响到一个人的家庭和生活，甚至使人产生自杀行为或导致精神崩溃，那么这种危机是危险的；如果一个人在危机阶段得到适当有效的治疗性干预，在心理医师的帮助下，抹去心中阴影，那么情况就会大不相同了。苦闷的心情会变得开朗，压抑的情绪能得以释放，紧张状态会得以放松，曾经觉得活着没有意义的人会更加珍惜自己的生命。在这种情形中，危机不但不会进一步发展，而且可以帮助当事人学会新的应对技巧，使其心理功能超过原有的水平，使人变得更加成熟。那么此时，心理危机就可以说是一种机遇或人生的转折点。

二、危机干预

危机干预是 crisis intervention 的译语，又称"危机介入"或"危机调解"。格拉斯(1980)所下的定义是"在精神急症病人抢救中采取的不是根治，而是从数天的对症处理到数周短期治疗的过程——以调整所处的环境作为整体"。稻村(1977)则认为，危机介入是"对于面临着危机的人采取迅速而有效的对应措施，使其能够在避开危机的同时，达到进一步适应那种危机所运用的治疗方法"。这是一种短期的帮助过程，它的目的是随时对那些经历个人危机，处于困境或遭受挫折，以及将要发生危险(自杀)的人提供支持和帮助，使之恢复心理平衡。危机干预是从简短的心理治疗(brief-psychotherapy)基础上发展起来的治疗方法，以解决问题为目的，不涉及来访者的人格矫治。需要治疗者倾听来访者称述，故又称倾听治疗(listening-therapy)。

(一)常见心理危机

常见心理危机包括以下几个方面。

1. 躯体疾病时的心理反应

1)　急性疾病时的心理反应

一是焦虑，病人感到紧张、忧虑、不安。严重者感到大祸临头，伴发植物神经紊乱的症状，如眩晕、心悸、多汗、震颤、恶心和大小便频繁等，并可有交感神经系统亢进的体征，如血压升高、心率加快、面色潮红或发白、多汗、皮肤发冷、面部及其他部位肌肉紧张等。

二是恐惧，病人对自身疾病，轻者感到担心和疑虑，重者惊恐不安。

三是抑郁，因心理压力可导致情绪低落、悲观绝望，对外界事物不感兴趣，言语减少，不愿与人交往，不思饮食，严重者出现自杀意念或行为。

2)　慢性疾病时的心理反应

一是抑郁，多数心情抑郁沮丧，尤其是性格内向的病人容易产生这类心理反应。可产生悲观厌世的想法，甚至出现自杀意念或行为。

二是性格改变，如总是责怪别人、责怪医生未精心治疗，埋怨家庭未尽心照料等，故意挑剔和常因小事勃然大怒。他们对躯体方面的微小变化颇为敏感，常提出过高的治疗或照顾要求，因此导致医患关系及家庭内人际关系紧张或恶化。干预原则为：积极的支持性心理治疗结合药物治疗，以最大限度减轻其痛苦。选用药物时应考虑疾病的性质、所引起的问题，以及病人的抑郁、焦虑症状。以癌症为例，如疼痛可用吗啡，抑郁用抗抑郁药，焦虑用抗焦虑药处理。

2. 恋爱关系破裂

失恋可引起严重的痛苦和愤懑情绪，有的可能采取自杀行动，或者把爱变成恨，采取攻击行为，攻击恋爱对象或所谓的第三者。干预原则为：与当事者充分交谈，指出恋爱和感情不能勉强，也不值得殉情，而且肯定还有机会找到自己心爱的人。同样，对拟采取攻击行为的当事者，应防止其攻击行为，指出这种行为的犯罪性质并可能带来的严重后果。因此既要防止当事者自杀，也要阻止其鲁莽攻击行为。一般持续时间不长，给予适当的帮助和劝告可使当事者顺利度过危机期。危机期过后相当长一段时间内，当事者可能认为世界上的女人(或男人)都不可信，产生很坏的信念，但这不会严重影响其生活，随着时间的迁延这种想法会逐渐淡化。

3. 婚姻关系障碍

夫妻的感情破裂，结局多是离婚。如果双方都能接受，不会引起危机，否则可能引起危机。

(1) 夫妻间暂时纠纷，如受当时情绪的影响使矛盾激化时，可能引发冲动行为，甚至凶杀。干预原则为：暂时分居，等待双方冷静思考并接受适当的心理辅导后，帮助其解决矛盾问题，防止以后类似问题的重演。

(2) 夫妻间长期纠纷，其原因包括彼此不信任、一方有外遇、受虐待、财产或经济纠纷等。这可以使双方(尤其是女方)产生头痛、失眠、食欲和体重下降、疲乏、心烦、情绪低落等状况，严重者出现自杀企图或行为。干预原则为：尽量调解双方矛盾，否则离婚是必然结局。对有自杀企图者应预防自杀，可给予适当药物改善其睡眠、焦虑和抑郁情绪。

4. 亲人死亡的悲伤反应(居丧反应)

与死者关系越密切的人，产生的悲伤反应也就越严重。亲人如果是猝死或是意外死亡，如突然死于交通事故或自然灾害，引起的悲伤反应最重。

(1) 急性反应：在听到噩耗后陷入极度痛苦的状态。严重者情感麻木或昏厥，也可出现呼吸困难或窒息感，或痛不欲生呼天抢地地哭叫，或者处于极度的激动状态。干预原则为：将昏厥者立即置于平卧位，如血压持续偏低，应静脉补液；处于情感麻木或严重激动不安者，应给予简短心理治疗使其进入睡眠；当居丧者醒后，应表示同情，营造支持性气氛，让居丧者采取符合逻辑的步骤，逐步减轻悲伤。

(2) 悲伤反应：在居丧期出现焦虑、抑郁，或自己认为对待死者生前关心不够而感到自责或有罪，脑子里常浮现死者的形象或出现幻觉，难以坚持日常活动，甚至不能料理日常生活，常伴有疲乏、失眠、食欲降低和其他胃肠道症状。严重抑郁者可产生自杀企图或行为。干预原则为：让居丧者充分表达自己的情感，给予支持性心理治疗。用简短心理治疗改善睡眠，减轻焦虑和抑郁情绪。对有自杀企图者应有专人监护。

(3) 病理性居丧反应：如悲伤或抑郁情绪持续 6 个月以上，明显的激动或迟钝性抑郁，自杀企图持续存在，存在幻觉、妄想、情感淡漠、惊恐发作，或活动过多而无悲伤情感，行为草率或不负责任等。干预原则为：适当的心理治疗和抗精神病药、抗抑郁药、抗焦虑药等药物治疗相结合。

5. 破产或发生重大经济损失

破产或发生重大经济损失可使当事者极度悲伤和痛苦，感到万念俱灰而萌生自杀的想法，并进一步采取自杀行动。干预原则是：与当事者进行充分交流，使其认识到自杀并不能挽救已经发生的经济损失，只有通过再次努力才有可能东山再起。如果通过语言交流不能使病人放弃自杀企图，应派专人监护，防止当事者采取自杀行动。度过危机期后，当事者可能逐渐恢复信心，可能在一段较长的时间情绪低落、失眠、食欲降低或产生其他消化道症状，可给予支持性心理治疗和抗抑郁药等药物辅助治疗。

6. 重要考试失败

对个人具有重要意义的考试失败可引起痛苦的情感体验，通常表现为退缩、不愿与人接触，严重者也可能采取自杀行动。干预原则为：对自杀企图者采取措施予以防止。发生这类情况的大多是年轻人，可塑性大，危机过后大多能重新振作起来。

7. 晋升失败

晋升失败时偶有自杀或攻击行为，主要是对将来感到悲观或觉得无颜见人。有时会因愤懑情绪导致攻击行为，如认为自己的晋升失败是由于某人作梗所致，因而对其施行攻击或凶杀。干预原则为：防止自杀和攻击行为，与当事者进行充分交谈，让其发泄自己的愤怒情绪，并给予适当的劝告。

(二)心理危机干预的主要目的

心理危机干预的主要目的有以下几点。

(1) 防止过激行为，如自伤、自杀或攻击行为等。

(2) 促进交流，鼓励当事者充分表达自己的思想和情感，鼓励其恢复自信心和进行正确的自我评价，提供适当建议，促使问题得以解决。

(3) 提供适当的医疗帮助，处理昏厥、情感休克或激动状态。

三、典型的危机干预的理论

危机干预的理论很多，这里主要介绍典型的"痛苦工作"(griefwork)理论、危机形成的一些理论和危机干预的人格理论。

(一)痛苦工作

由林德曼(Lindeman，1944)发展的"痛苦工作"概念是当前危机介入理论最为重要的基础。根据对椰子园火灾对照研究所取得的经验，林德曼强调，在强烈的悲痛面前，人不能沉湎于内心的痛苦中，而要让自己感受和经历痛苦，发泄情感(哭泣或哀号)，否则容易产生不良后果。痛苦工作包括对丧亲的哀痛，体验哀痛，接受丧亲的现实，在失去亲人的情境下调整生活。

(二)危机形成和发展理论

1. Tyhurst 理论

Tyhurst(1957)首先描述人对生活应激的反应。健康对人严重应激的反应取决于人格，急性应激和社会环境之间三者的相互作用，从而构成"过渡状态"(transition state)的概念。他将危机者进入过渡状态分为三个阶段：①作用阶段：应激表现非常明显，过分的恐惧、激动或悲伤，更严重的表现为茫然或目瞪口呆；②退却阶段：即刻的应激事件已经过去，当事人的反应形式显示为依赖或幼稚的行为；③创伤后阶段：当事人察觉到自身的反应，并关注今后的需求与计划，且有效地依赖与周围的相互作用的有用的资源。

2. 卡普兰的危机理论

卡普兰(Caplan，1964)指出：必须帮助那些处于危机的个人和家庭避免或至少能更好地应付后来的不幸结局。卡普兰认为一个人的幸福和安宁，视其是否有足够的生活需求(如爱)，物质需求(如衣食住行)和文化需求(如家庭和群体交往)。这些需求及需求发生得过多或过少，都可能使人陷入恐惧状态，行为精神紧张，而且要求他们重新考虑策略。假如你无意中在街上帮助一位摔倒的老人，他有很多的财产又无子女，因此他馈赠你 10 万元人民币，这是一件好事，但必需品的增加可能会引起你的心理危机。你处于从未有过的情境中，你必须有所变化，为适应新的情境，你必须改变行为方式，或重新考虑策略。同样，任何所需品的丧失，如痛失亲人，都会使人陷入危机情境。许多学生因学业问题而导致心理危机时，常逃离课堂或学校的学习氛围，以逃避的态度对待危机。如能及时提供帮助，使其积极地正视，可使其心理达到平衡。

3. 斯汪森和卡本的新理论

斯汪森和卡本(Swanson 和 Carbon，1989)介绍了一个较全面的危机发展模型。

(1) 危机前平衡状态：个体应用日常的应对技巧和解决问题的技术，维持与环境间的稳定状态。

(2) 危机产生：个体出现情绪脆弱状态和危机活动状态，一般不超过 4～6 周的不稳定状态，个体往往由于不能承受极度的紧张和焦虑，可发生情绪崩溃和解脱。

(3) 危机后平衡状态有三种可能：恢复危机前水平、高于危机前水平或低于危机前水平。

(三)危机的人格理论

G. W. 布洛克普的危机人格理论认为，心理危机的发生除了客观环境作用外，还涉及面临危机时个体人格特征方面的问题。为什么在相同的危机情境作用下，有的人无所适从，时时感到危机的存在；有的人镇定自若，善于应对，不需进行危机介入？布洛克普对该现象进行研究并提出"危机人格论"。该观点认为，容易陷入危机状态的个体在人格上有一定的特异性。

(1) 注意力明显缺乏，日常生活中不能审时度势，看问题只看表面，看不到问题的本质，出现问题时应付处理不当。

(2) 社会倾向性过分内向，这种过分内省的人格特征，使他们遇到危机情况往往瞻前顾后，总联想到不良后果。

(3) 在情绪情感上具有不稳定性，自信心较低，独立处理问题的能力极差，依赖他人的援助。

(4) 解决问题时缺乏尝试性，行为冲动欠思考，经常出现毫无效果的反应行为。

具有以上特征的人，容易出现心理危机，也是危机介入的主要对象。

第二节　大学生心理危机干预

大学生的心理危机问题引起了社会各界的重视，教育部、卫生部、共青团中央于 2005 年 1 月下发了《关于进一步加强和改进大学生心理健康教育的意见》。《意见》提出：高校要努力构建和完善大学生心理问题预警机制，要认真开展大学生心理健康状况摸排工作，积极做好心理问题高危人群的预防和干预工作，要特别注意防止因严重心理障碍引发的自杀或伤害他人事件的发生，做到心理问题及早发现、及时预防。

一、学校要建立预警与干预机制

教思政厅[2011]1 号文件——《普通高等学校学生心理健康教育工作基本建设标准(试行)》指出："高校应坚持预防为主的原则，重视心理健康知识的普及宣传工作，充分发挥心理健康教育工作网络的作用。通过新生心理健康状况普查、心理危机定期排查等途径和方式，及时发现学生中存在的心理危机情况。"

高校应在学校大学生心理健康教育工作领导小组领导下，建立大学生心理危机干预及自杀预防快捷反应机制，及时处理学生心理危机事件。

(一)建立班级、院系、学院三级预警系统

一级预警：班级。各班设立班级心理委员，男女各一名，其中一名为班级心理委员。班级心理委员，应关心同学，广泛联系同学，通过多种方式，加强思想和感情上的联系和沟通，了解思想动态和心态，一旦发生异常情况，及时向班主任、心理辅导员、心理健康教育与辅导中心报告。

二级预警：院系。各院系设立专门负责学生心理的心理辅导员，密切关注学生异常心理、行为。对班级心理委员上报的处于危机状态需要立即干预的学生，要进行有针对性的谈话，帮助学生解决心理困惑。发现重要情况要立即向院系领导、心理健康教育与辅导中心和学生处报告，并在专业人员指导下及时对学生进行快捷、有效的干预。

三级预警：学校。学校应认真开展大学生心理测评，建立大学生心理档案，筛选出需要主动干预的对象并采取相应措施。学校心理咨询人员要牢牢树立心理危机干预及自杀预防意识。在心理辅导或咨询过程中，如发现处于危机状态需要立即干预的学生，要及时采取相应的干预措施。

(二)落实干预机制

对心理辅导员和院系上报的处于危机状态需要立即干预的学生，学院心理咨询人员要及时采取相应的干预措施。心理危机干预预警机制包括以下三个方面。

1. 建立学生心理健康汇报机制

每个班设立一名班级心理委员，每个学生寝室设立一名心理信息员(舍长)，心理委员和心理信息员一旦确立，原则上不允许更换。班级心理委员和心理信息员要随时掌握全班同学的心理状况，发现同学有明显的心理异常情况要及时向心理健康教育指导老师汇报。

2. 建立学生心理健康普查和排查制度

每年组织对不能毕业的学生的排查；对多门成绩不及格学生的排查；对经济特别困难学生的排查；对失恋学生的重点排查；对违纪处分学生的排查；对人际关系非常困难学生的排查。

3. 建立重点学生心理档案

建立重点学生心理档案，将全系有心理危机倾向及需要进行危机干预的学生信息纳入数据库，实行动态管理，同时相应建立重点学生心理档案。

二、大学生心理危机干预重点对象

大学生心理危机干预的重点对象如下。

(1) 在心理健康普查中筛选出来的有较严重的心理障碍、心理疾病或具有自杀倾向的学生。

(2) 由于学习基础和能力较差，导致学习压力过大而出现心理行为异常的学生，如在英语、计算机方面学习很努力但仍然无法通过考试的学生。

(3) 生活学习中遭遇突然打击而出现心理或行为异常的学生，如家庭发生重大变故、受到意外刺激的学生等。

(4) 个人感情受挫后出现心理或行为异常的学生，如因失恋而情绪失控的学生等。

(5) 人际关系失调后出现心理或行为异常的学生，如当众受辱、受惊吓、与同学发生严重人际冲突而被排斥、受歧视的学生以及与老师发生严重人际冲突的学生。

(6) 性格内向孤僻、经济严重贫困且出现心理或行为异常的学生。

(7) 身体出现严重疾病，如患上传染性肝炎、肺结核等，个人很痛苦，治疗周期长，经济负担重的学生。

(8) 出现严重适应不良导致心理或行为异常的学生，如新生适应不良者、就业困难的毕业生。

三、大学生心理危机干预重点时期

对下列时期，应作为心理危机的重点干预关注时期。

(1) 新生入学后(才艺大赛前后)。

(2) 期末大考(补考、其他重要考试)前。

(3) 成绩下达时。

(4) 评优选干前后、受到惩处(考试作弊被抓或严重错误被发现后)。

(5) 突发事件发生(或遭遇重大变故)后。

(6) 严重冲突发生后。

(7) 重要政策(规定)出台后。

(8) 求职择业期间、毕业前夕。

四、大学生心理危机干预的原则

为确保大学生心理危机干预工作科学、有序、及时地落实，须坚持以下基本原则。

(1) 生命第一的原则。发现危机情况，立即采取保护措施，最大限度地保护当事学生及他人的安全。

(2) 院系具体处理原则。心理危机干预过程中，由心理健康教育与辅导中心向院系提出相应的心理干预措施，院系根据干预措施具体处理本院系学生的心理危机事件。

(3) 危机信息第一时间报送原则。对心理危机信息的发现要敏锐、要主动，对发现的信息要在第一时间报送，不犹豫，不怕报错。

(4) 亲属参与的原则。实施心理危机干预时，以最快的速度通知学生家长或监护人。

(5) 全程监护的原则。实施危机干预过程中，安排专人对干预对象全程监护。

(6) 心理健康信息传递封闭运行原则。在传递心理健康信息的过程中，要尊重学生隐私、保守学生不愿公开的信息，做到封闭传递，不能将信息传递给无关人员。特别强调和补充：在工作当中采取"单线联系，逐级上报"的原则，当班级心理委员在工作中了解情况且无法解决时，应逐级向上面汇报情况，要做到迅速、详尽、信息封闭化，又快又好地解决问题。

（7）注重预防原则。针对学生的心理健康问题，要早发现，早教育，早干预，注重预防，使问题解决在恶化之前。特别强调和补充：班级心理委员和宿舍心理信息员在工作中遇到严重问题，如打架斗殴、非法集会和其他不合法的活动时，要以大局为重，不能夹杂人情在其中，以免耽误问题的解决。切实做到早发现，早汇报，早解决，及时处理突发事件。

（8）分工协作的原则。实施危机干预过程中，相关部门要协调配合，履行职责，积极主动地开展工作。

五、心理危机干预的程序

心理危机干预的程序包括以下几个步骤。

(一)问题发现

各专业院系要建立起通畅的学生心理危机信息反馈机制，做到在第一时间内掌握学生心理危机动态，对有心理障碍的同学，周围同学应予以理解、关心和帮助。发现问题者需要及时向心理辅导员老师反馈情况。对有行为异常或近期情绪、行为变化较大的学生，院系心理辅导员应给予及时的心理指导，并做好咨询记录(《咨询登记表》见附件)。对问题严重的学生需转介到该学院心理健康教育中心，由心理健康教育中心对学生进行预诊和危机风险评估，提出危机干预措施和初步的相关建议。

(二)信息报告

发现危机情况者(包括学院领导、老师)应立即向班级班主任或辅导员报告，班主任或辅导员迅速向所在院系心理危机应急处理工作小组组长报告，该组长需立即向大学生心理危机评估与干预工作办公室主任报告，办公室主任视危机严重程度，酌情向大学生心理危机干预工作领导小组及时汇报。

(三)即时监护

在与学生家长做安全责任移交之前，院系"心理危机应急处理工作小组"应对该生作24小时特别监护。对心理危机特别严重者，院系"心理危机应急处理工作小组"组长应安排院系相关院系人员协助保卫人员进行24小时特别监护，或在有监护的情况下送医院治疗。出现危机事故的学生在医院接受救治期间，院系"心理危机应急处理工作小组"组长应指派相关院系人员协助保卫人员根据医院要求在病房进行24小时特别监护，保护学生的生命安全。组长视情节轻重可将该系学生送至相关单位处理，但仍应对学生身心安全负责，做出慎重决定。

(四)通知家长

在实施监护的同时，相关院系的"心理危机应急处理工作小组"应以最快的速度通知家长来校，与家长商议进一步的处理措施，院系做好相应记录。

(五)进行阻控

对于有可能造成危机扩大或激化的人、物、情境等，应进行必要的消除或隔绝。对于学校可调控的可能引发学生心理危机的刺激物，院系应协助有关部门及时阻断。

(六)实施治疗

需住院治疗的，必须在家长的陪同下将学生送至专业精神卫生机构治疗；对可以在校坚持学习但需辅以药物治疗的学生，院系应与其家长商定监护措施；对不能坚持在校学习的，按照学校学籍管理有关规定办理相关手续，在家长监护下离校治疗。

(七)应急救助

得知学生有自伤或伤害他人倾向时，发现情况者应立即赶赴现场采取救助措施，紧急情况下应先拨打110、120等紧急电话求助。

(八)事故处理

当学生发生自伤或伤害他人事故后，任何接报单位均应迅速通知保卫处、医务室、心理健康教育中心等相关专业人员，并同时上报大学生心理危机干预工作领导小组组长。保卫处负责保护现场，配合有关单位对当事人实施生命救护，协助有关部门对事故进行调查取证，配合院系及医疗部门对学生进行医疗救护过程中的安全监护；医务室负责对当事人实施紧急救治，或负责配合相关人员护送至就近医院救治；心理健康教育中心协同有关人员(如警方、消防、院系等相关人员)根据有关信息负责制定心理救助方案，实施心理救助，稳定当事人情绪。

(九)成因分析

事故处理结束后，心理健康教育中心和各院系负责事件的成因分析。对事前征兆、事发状态、事中干预、事后疏导等情况认真梳理。

六、心理危机干预具体分类措施

(一)对有严重心理障碍或心理疾病的学生实施心理危机干预的措施

(1) 各院系发现学生心理异常情况时，必须迅速反馈到大学生心理健康教育中心，由心理健康教育中心对学生的心理健康状况进行全面、准确的评估。如学生患有严重心理障碍或心理疾病，心理健康教育中心应提出书面评估意见及相关建议。

(2) 根据心理健康教育中心的评估意见及专业精神卫生机构的鉴定，可进行以下几种处理方式。

① 如学生可以在校坚持学习但需辅以药物治疗的学生，院系"心理危机应急处理小组"应与其家长商定监护措施；院系应密切注意学生心态和动态，指派学生骨干给予关心，并及时与心理健康教育中心沟通情况；心理健康教育中心进行跟踪心理咨询辅导。

② 如诊断学生需配合药物治疗，且不适宜在校继续学习，其所在院系应派专人监护，及时通知学生家长到学校将学生带回家休养治疗，同时，办理休学或退学手续。

③ 如诊断学生需要住院治疗，其所在院系应派专人负责，并立即通知学生家长。家长赶到学校以后，院系要与家长协商并签署有关文字性材料，并经学院审批同意，然后由所在院系负责安排家长将学生送至相关医院治疗，并办理请假、休学或退学等手续。如果学生家长不同意送对口医院治疗，要求回家治疗，学校应同意并及时办理相关手续。如果家长不同意去医院，需要办理休学手续。如拒绝治疗且坚持在校读书，院系需签订协议，请家长签字。

(二)对有自杀意念的学生实施心理危机干预的措施

一旦发现学生有自杀倾向，全院师生均有责任和义务立即向大学生心理危机干预工作领导小组报告，并采取以下措施。

(1) 相关院系的"心理危机应急处理工作小组"在"大学生心理危机干预工作领导小组"的指导下，在将有自杀意念的学生转移到安全地点，组织相关专业人员协助保卫人员对其实行 24 小时监护。

(2) 通知有自杀倾向学生的家长尽快赶到学校，待家长赶到学校后，院系和家长双方共同商量解决办法。院系在与家长沟通时注意方式方法，以免激发或加重所干预学生的自杀意念。

(3) 心理健康教育中心组织有关专家对有自杀倾向的学生进行心理状况的评估，并写下书面评估和提出相关建议。

(4) 经心理健康教育中心评估及专业精神卫生机构鉴定，如诊断有自杀意念的学生需立即住院治疗。院系与家长协商并要求家长写下书面同意意见后(如果是通过电话与家长协商应有电话录音，以免发生纠纷)，由学生辅导员或监护小组负责将学生送到学校对口的精神专科医院进行心理治疗，同时办理请假、休学或退学等相关手续。如学生家长不同意到学校对口医院治疗、要求回家治疗，所在院系在督促学生家长办理完成有关手续以后，方可同意将有自杀意念的学生带回家治疗。

(5) 经诊断有自杀意念学生需回家休养治疗，其所在院系应立即通知学生家长将其带回家休养治疗并办理相关手续。相关手续一旦办理完毕，所在院系必须督促学生立即回家休养治疗，不得让有自杀意念的学生继续留在学校，以免影响其心理康复或发生意外。

(三)对已经实施自杀行为的学生实施心理危机干预的措施

(1) 对已经实施自杀行为的学生，学生所在院系要立即送到最近的急诊室，由急诊室负责实施紧急救治或转到其他医院救治。同时，立即向大学生心理危机干预工作领导小组组长报告情况。

(2) 学生所在院系要及时向学校保卫处和公安部门报告，由保卫处或公安部门负责及时保护、勘察、处理现场、防止事态扩散和对其他学生产生不良刺激，并配合、协调有关部门对事件的调查。

(3) 立即通知实施自杀行为学生的家长到校。

(4) 对于自杀未遂的学生，由家长为其办理休学或退学等手续，将其带回家休养治疗。不得让其继续留在学校学习，以免影响其心理的康复或发生意外。

(5) 对已经实施自杀行为学生周围的同学，尤其是同寝室、同班同学，大学生心理危机干预工作领导小组应采取相应的安抚措施。心理健康教育中心可根据需要进行团体心理辅导，避免引起更大范围的急性心理危机。

(四)对有伤害他人意念或行为的学生实施心理危机干预的措施

对于因心理因素而引起的有伤害他人的意念或行为的学生，所在院系应立即采取以下措施。

(1) 对有伤害他人意念和行为的学生，由院系"心理危机应急处理工作小组"和保卫处首先予以控制，并通知有关部门采取相应措施，保护双方当事人的安全。在与学生家长做安全责任移交之前，院系"心理危机应急处理工作小组"应对该生作 24 小时特别监护，对心理危机特别严重者，院系"心理危机应急处理工作小组"组长安排院系相关院系人员协助保卫人员进行 24 小时特别监护，或在有监护的情况下送医院治疗。在出现危机事故的学生于医院接受救治期间，院系"心理危机应急处理工作小组"组长指派院系相关院系人员协助保卫人员根据医院要求在病房进行 24 小时特别监护，保护学生的生命安全。

(2) 所在院系及时向心理健康教育中心报告，由中心组织专家对其进行心理评估，确定学生伤害他人的意念或行为是否主要是由于心理因素造成的，并写下书面评估及相关建议。

(3) 经心理健康教育中心评估及专业精神卫生机构鉴定，如诊断有伤害他人意念或行为的学生是由心理因素造成并需住院治疗，所在院系应及时通知家长到校并与家长协商，在征得家长同意并拿出书面意见后(如果是通过电话与家长协商应有电话记录或录音，以免发生纠纷)，由院系指定人员负责将学生送至学校对口的医院治疗，如学生家长不同意到学校对口医院治疗、要求回家治疗，则由家长将其带回家治疗，并及时办理休学或退学等手续。

(4) 经心理健康教育中心评估及专业精神卫生机构鉴定，有伤害他人意念或行为的学生是由心理因素造成并需回家休养的，其所在院系应立即通知该生家长将其带回家休养治疗并及时办理休学或退学等手续。不得让其继续留在学校学习，以免发生意外。

(五)愈后鉴定及跟踪干预

(1) 学生因心理问题住院治疗或休学后申请复学时，院系应要求其提供相关治疗的病历证明，并经心理健康教育中心或专业精神卫生机构评估确认已经康复后，相关院系认可，可办理复学手续。

(2) 学生因心理问题住院治疗或休学复学后，所在院系领导应安排相应老师定期对其进行心理访谈，同时须积极与其家长保持联系，保证全面了解其思想、学习、生活等方面的情况。

(3) 对于有自杀未遂史的复学学生(仍属于自杀高危人群)，院系应要求学生在校期间需要有家长的陪同，同时安排相应老师定期对学生进行心理访谈，并督促家长定期将学生带去精神卫生机构进行心理访谈及风险评估，确保学生人身安全。

(六)对危机知情人员的干预

危机事件过后，需要对知情人员视情况进行必要的干预。相关人员可以申请使用支持性干预及团体辅导策略，协助经历危机的学生及其相关人员如同学、家长、辅导员、班主任以及参与危机干预的人员，正确处理危机遗留的心理问题，尽快恢复心理平衡，尽量减少由于危机造成的消极负面影响。

第三节　大学生自杀危机干预相关知识

2003 年 9 月 10 日是世界卫生组织(WHO)确定的首个"世界预防自杀日"。据 WHO 统计，2000 年全球约 100 万人自杀死亡，自杀未遂者则为此数字的 10～20 倍。这意味着平均每 40 秒就有一人自杀身亡、每 3 秒就有一人企图自杀。自杀已成为目前人类第四大死亡原因。虽然不是所有的自杀都可预防，但是大多数自杀是可以预防的。

一、认识自杀

自杀是一个人以自己的意愿与手段结束自己的生命。它是一种人类生理、心理、家庭、社会关系及精神等各种因素混杂而产生的偏差社会行为。它也是一种沟通方式，有人借由它传达情绪、控制人、换取某种利益，也有人是为逃避内心深处的罪恶感及无价值感。

自杀行为的形成相当复杂，涉及生物、心理、文化及环境因素，根据精神医学研究报告，自杀的人 70%有忧郁症，精神疾病者自杀概率更高达 20%。在社会环境因素中社会的脱序现象——暴力、犯罪、毒品、离婚、失业等，以及个别情况因素中的家庭问题、婚变、失落、迁移、失业、身体疾病、其他自杀事件的影响与暗示等，都是导致自杀的成因。研究显示，任何单一因素都不是自杀之充分条件，只有当它们和其他重要因素合并发生时自杀才发生。

自杀身亡的比率一般会随着年龄的增加而升高。年纪大者，多不会轻易尝试自杀，但是一旦决定了就会采取激烈的手段，成功率相当高。年纪轻者，自杀死亡的比率虽较低，但是因为少有因疾病而去世的，所以死于自杀者反而名列死因的前几名。在两性中，女性尝试自杀的比率是男性的 3～4 倍，但在因自杀死亡者中男性却是女性的 3～4 倍，这是由于男性通常会采取较激烈成功率较高的方式，如跳楼、对头部开枪、上吊等方式，而女性则较常使用割腕、吃安眠药、喝盐酸、开瓦斯等。

数据链接

据有关资料报道，世界卫生组织(WHO)估计，全世界每年约有 100 万人以上自杀身亡。我国卫生部副部长殷大奎同志在全国第三次精神卫生工作会议上的报告中指出，我国每年约有25万人死于自杀，大学生作为自杀的高危人群之一，每年都占有一定的比例。据报道，美国大学生自杀率是十万分之四十三，日本为十万分之四十九。有资料显示，随着社会的发展，竞争的加剧，青少年自杀率有着明显的上升趋势。在我国，据北京市心理危机研究与干预中心主任曹连元介绍，自杀已经在中国死亡原因中排序第五位。在十五岁到三十四岁年龄段的青壮年中，自杀是首位的死因。

每分钟有1人自杀死亡，8人自杀未遂。

每年至少有25万人自杀死亡。

自杀是我国全部人群第5位、15~34岁人群第一位重要的死亡原因。

农村自杀率是城市的3倍，女性自杀率高于男性，特别是农村年轻女性的自杀率高。

58%的自杀死亡者服用农药自杀，其中62%死前曾接受过抢救但抢救失败。

自杀的主要危险因素有抑郁、有自杀未遂既往史、负性生活事件导致的急性应激强度的或慢性心理压力大，以及亲友曾有过自杀行为。

每年至少200万人因自杀未遂就诊于综合医院，但几乎没有人接受过心理评估或治疗。

许多自杀未遂是继急性人际矛盾之后的一种冲动行为。

仅仅10%左右的自杀未遂者或自杀死亡者曾接受过精神或心理科治疗。

30%以上的自杀死亡者和60%以上的自杀未遂者没有精神障碍。

每年13.5万未成年的孩子经历母亲或父亲死于自杀的伤痛。

1500余万自杀死亡者的亲友从未因长期存在的悲伤反应接受过心理帮助。

二、大学生自杀的特点

(1) 大学生不是自杀高发人群，但数量在上升。《中国教育报》2008年4月4日第002版，记者杨晨光报道：大学生不属心理疾病高危人群。数据表明大学生自杀率明显低于全国人口自杀率，心理健康状况总体良好的大学生是社会高度关注的群体，而自杀是极具震撼力的话题，当这两者结合，再经过媒体的曝光和放大，就会成为"爆炸性"的热点新闻。

对此，在日前举行的大学生心理健康教育工作专题研讨班上，有关专家指出，大学生心理健康状况总体上是良好的。虽然随着高校学生人数的增加，出现心理问题的大学生绝对数有所增加，但其占大学生总数的比率并没有随之提高。

卫生部《2007年中国卫生统计年鉴》显示，2006年全国城市人口自杀率为每年每10万人5.02，农村人口自杀率为每年每10万人9.26。那么我国大学生的自杀率是多少呢？2007年的《北京高校大学生自杀问题研究报告》显示，根据1997年到2005年的统计，北京大学生自杀率平均为每年每10万人2.59。以上数据说明，我国大学生自杀率明显低于全国人口自杀率，同时，也明显低于每年每 10 万人 7.5 的美国大学生自杀率。

（2）理工科大学生自杀危险高于文科学生，重点高校大学生自杀危险高于一般院校大学生。

（3）自杀时间的集中性。开学初期是自杀的高发期，高校大学生自杀显示出 2～4 月和 9～10 月两个小的高峰。开学初期，有的学生担心家人未能应付学费开支而受到沉重的经济压力；有学生感到新学期功课压力太大，担心自己追不上学业进度；亦有学生因长假期后恋爱关系发生变故情绪受到影响，等等，这些原因都促使学生的负面情绪不断膨胀。

同时，季节性情绪影响也不容忽视，研究显示，春季是心理健康疾患高发的季节，天气乍变，阴雨绵绵，容易让人情绪低落以至抑郁，行为容易失控。大多数国家自杀均以春季为高，国内研究发现，自杀多发季节为夏、秋。抑郁症的发病有季节差异，以冬季为较高。

（4）自杀学生年级分布的集中性。从目前自杀的案例分析，大学生自杀主要集中在一年级和四年级学生，说明大一和毕业班的学生容易产生心理问题。导致新生心理失衡的原因，首先是学校和专业与其原先的设想有偏差，其次是独立生活方式的转变，另外，学习方式也出现大转变，如不能积极适应，可能产生心理落差、焦虑、抑郁，严重者有可能导致自杀。而毕业班学生就业压力正逐年增大，往往对即将走向社会缺乏充分认识，在择业和恋爱问题上容易受挫，以致诱发自杀行为。

（5）自杀手段的集中性。据研究显示，70% 的大学生选择跳楼的方式自杀，跳楼自杀伤害性大、死亡率高。近年来，服药自杀方式呈上升趋势。而溺水、自缢、割腕等方式虽然发生率低，但危险性大、成功率高。

（6）自杀性别的差异性。从性别分布上看，女生企图自杀的比例高于男生，这一点与国外资料正好相反。这可能是由于我国女性受传统文化影响较重，对矛盾应激和各种纠纷承受能力较弱，比较容易产生挫折感。

三、大学生自杀原因

上海的一项调查显示在大学生自杀原因中，学业压力占 33.3%；人际关系占 27.8%；恋爱情感占 22.0%；精神疾病占 11.1%；生理疾病占 5.6%。广东省调查：构成大学生心理危机的常见事件有：躯体疾病，尤其是疑难杂症，生殖系统疾病，皮肤病等对自我形象、自尊、就业影响较大的疾病；失恋等情感问题，发生过性关系的，公开的恋情，三角的恋情，女性冷暴力、未婚先孕等情况冲突较大；学习困难，考试失败，成绩很差，不能毕业；家庭问题，经济困难，亲子关系恶化；人际关系障碍，形单影只，社会支持不足等。此外，对自杀者的研究也发现，有下列因素者，自杀的概率较大。

1. 心理疾病

在自杀死亡者中，约有 90% 的人都有精神科的疾病，包括忧郁症占 50%，酒精或药物滥用者占 25%，精神分裂病占 10%，人格异常占 5%。其中有不少是未曾看过精神科或是未接受治疗者。面对有自杀危险的对象时，一定要从精神障碍的角度评估你的帮助对象。目前的调查表明：精神病者的自杀率高于一般人口的 10~90 倍，甚至有报告高于一般人口 727 倍的。自杀者中，精神障碍的比重很高，约为 74%~100%，其中患有精神病的 13%~52%。导致自杀的精神病种很多，尤以精神分裂症和抑郁症最多。

(1) 精神分裂症患者自杀率为正常人群的 20 倍，其终生自杀危险为 15%~20%。

(2) 精神分裂症自杀危险因素包括年轻、男性、未婚、既往自杀未遂史、有发展抑郁的易感性以及新近出院等。

(3) 精神分裂症自杀具有一定的季节性，多在春、夏季节。

(4) 精神分裂症自杀具有一定的时间性：住院第一个月；出院的第一个月；白天，特别是上午多发生。

北京心理危机研究与干预中心的研究显示，引发自杀的第一诱因是严重的抑郁症。

(1) 抑郁症患者的自杀率为 65%，高出一般人口的 80 倍。

(2) 抑郁症患者的终生自杀危险为 15%。

(3) 重型(急性)抑郁症自杀率高于轻性抑郁症。

(4) 有阳性家族自杀史者自杀危险高。

我国大学生抑郁症患者占有极高的比例。跨入大学校门，是人生一个重大转折，独立生活的压力、学习环境和学习方式改变带来的压力，没有亲人和老师的贴身呵护，感情上、心理上就会产生压抑。如果这种压力长期得不到调整，就可能情绪低落，产生抑郁症。

2. 学习压力过大

有的学生因为期望值过高，在高考失误导致报考学校不理想或者自己所学的专业不热门的情况下，容易产生很大的失落感和心理落差，从而导致自杀；另外，父母们对孩子的期望值过高，特别是某些家庭比较困难的同学，父母借钱供孩子上学或利用贷款来支撑学习，学生压力更大，怕对不起父母。一旦学习成绩下降，考试不理想又感到无能为力时，便容易陷入绝望而自杀。

3. 恋爱情感的困扰

大学生性生理基本成熟、性意识增强，正处在感情丰富、青春萌动的时期。在与异性接触过程中会遇到意想不到的情感问题，特别是由于种种个人无法掌控的因素导致失恋会造成很大的打击。有些学生无法承受失恋带来的挫折和烦恼，不能及时调整情绪，心理失衡，性格反常，走上自杀的道路。

4. 人际关系紧张

当代大学生基本上都是 20 世纪 80 年代后出生的，绝大多数是独生子女，从小缺乏艰苦的磨炼。上大学后，同学们来自不同的家庭、不同的区域，文化背景、生活方式及习惯都不一样，需要融入全新的集体。有些同学独立生活和处理人际关系的能力差，又存在心胸狭隘、猜忌、嫉妒等人格缺陷。当遇到矛盾或受到批评时，就钻牛角尖，自我树对立面，从而走向极端。

5. 家庭因素的影响

有些家庭，夫妻关系不和睦、离异、单亲或让孩子随祖父母生活，在成长的过程中缺少父母健全的爱，成年后容易形成自卑、压抑、孤独无助等消极人格特征，遇到挫折容易自暴自弃。有些家长管教方式不正确或过分保护或过分监督，甚至实行严厉惩罚、打骂等暴力方式，导致年轻人承受挫折的能力和适应能力差，容易走极端。此外，还包括家族内有人曾自杀或有精神疾病，孩子在幼年时期遭逢双亲分离或死亡、受到身体或性虐待等。

6. 就业压力大

当前社会上对大学生的评价及待遇、地位都较以前下降，加上市场经济带来的激烈竞争，就业压力很大。有些学生在多次就业尝试失败后会形成恐慌、沮丧、焦虑甚至绝望的心理状态，特别是性格内向、能力不强、自卑心或虚荣心比较强的同学，容易产生极端心理。

7. 对生命价值肯定的危机

一些大学生对生命价值缺乏正确的认识，夸大"个人成就"对生命价值的体现，寻求"外在肯定"的自尊，而往往忽略了更有意义的朋辈关系、家庭关系等的经营，甚至忽视"自我肯定"的重要性。而其一旦将"个人成就"作为生命价值体现的焦点，如学业、地位、奖励等陷入危机时，随即陷入"个人认同"的危机，诠释自己为失败者，更有甚者还因此丧失斗志，"一死以求安心"。

8. 生物因素的影响

生物化学研究发现自杀者脑积液中五羟色胺(5-HT)的代谢产物明显减少，表明大脑(5-HT)代谢降低。它与自杀易感性或易感素质有关，后天的不良事件会影响遗传和修饰(5-HT)系统。

瑞典的研究小组开始着手研究一个特殊基因编码——TH酶多态性，它参与去甲肾上腺素和多巴胺的合成。此基因在自杀企图人群中有过分表达，在非自杀样本基因出现率较高的人有人格缺陷，如：忍受力低、易激动、愤怒、敌对等。

四、消除对自杀的误解

有自杀企图的人通常有强烈的孤独、无助、无望的感觉。此时，他们认为自己再也解决不了自己的问题，自杀是解决问题的唯一出路。许多人在其一生中都会想到自杀，这些人也都会发现这种想法是暂时的，事情是会有所转机的。对于暂时的困惑来说，用自杀来解决问题是一种再也无法挽回的选择。

社会上对自杀这种行为所持的态度和认识差别很大。其中有一些错误的观念，若不加以纠正，对自杀预防不利。

(1) 自杀无规律可循：自杀事件常常带有突发性，一旦发生，周围的人常感意外、诧异。其实大部分自杀者都曾有过明显的直接或间接的求助信息。他们在决定自杀前会因为内心的痛苦和犹豫而发出种种信号。

(2) 宣称自杀的人不会自杀：当有些人向他人透露自己会自杀，尤其当用语带有恐吓成分时，他人以为他不过是说说而已，真正想死的人是不会把自己打算告诉别人的。其实研究表明，50%的自杀企图者在自杀前曾向他人谈论过自杀，这种人很可能会有自杀的举动，必须高度重视。

(3) 一般人不会有自杀念头：很多人以为一般人不会有自杀念头。但是国内外研究结果显示，30%～50%的成年人都曾有过一次或多次自杀念头。对于性格健康，家庭关系好的人，自杀意念可能只是一闪而过，很少发展为真正的自杀行动；而性格或精神卫生状况存在问题的人在缺乏社会支持时，自杀念头有可能转变为自杀的行为。

(4) 所有自杀的人都是精神异常者：有人认为只有精神病患者才自杀。但事实证明，自杀的人大多不是精神病人，只有20%的自杀者是抑郁症或精神分裂症。大多数自杀者是正常人。

(5) 自杀危机改善后就不会再有问题：有自杀企图的人经过危机干预状态改善后，情绪会好转。周围的人常常会误以为自杀危险性减低了，而放松防范措施。自杀危机改善后，至少在 3 个月内还有再度自杀的可能，尤其是抑郁病人在症状好转时最有危险性。

（6）对有自杀危险的人不能提及自杀：很多人担心，对那些有情绪困扰的人，有自杀意念的人，主动谈及自杀会加重他们的自杀动机；实际上受自杀困扰的人往往愿意别人与他倾谈，听他叙述对自杀的感受，如果故意避开不谈，反而会因被困扰的情绪无从缓解而加重情绪问题。

（7）自杀者非常想死。事实上，大多数的自杀者通常是在生死之间犹豫不决，他们真的仅仅是想结束自己的痛苦感受。

（8）有过一次自杀，以后还会自杀。事实上，他们只是在某个有限的时间会想到自杀。如果他们能够找到其他的解决问题的方法，他们会继续生存下去，一样会生活得很充实、有价值。

（9）自杀具有遗传倾向。事实上，自杀是没有遗传倾向的，然而他的自杀行为对其他家庭成员来说会有很深的影响。

（10）学业问题是青少年学生自杀的主要原因：不少人认为青少年正处在求学阶段，学业问题的困扰是导致青少年学生自杀的主要原因。但学者们研究发现，50%以上青少年自杀者的自杀原因涉及与父母的关系，其次是男女感情，然后是学校问题。

小贴士

世界卫生组织(WHO)关于自杀报道的原则有以下几个方面。

（1）忌对自杀正面和煽情性的报道。

（2）不加图片。

（3）不对自杀方式进行详尽的描述。

（4）不说成是无法解释的、浪漫的或神秘的。

（5）对自杀决策起重要作用的心理社会环境详细解释。

（6）报道导致自杀的精神疾病的可治愈性。

（7）告知可获得的援助的详细情况。

（8）介绍解决重大的冲突和挫折的积极案例。

（9）描述自杀未遂造成的恶果。

五、了解自杀前"可能"的迹象

自杀并非突发。一般而言，自杀者在自杀前处于想死同时渴望被救助的矛盾心态时，从其行为与态度变化中可以看出蛛丝马迹。大约 2/3 的人都有可观察到的征兆。据南京危机中心调查，61 例自杀的大学生中，有 22 人曾明显地流露出各种消极言行以引起周围人的关注。

(1) 言语上的迹象：直接向人说出："我希望我已死去"、"我再也不想活了"；间接地向人表示出："我所有的问题马上就要结束了"、"现在没人能帮得了我"、"没有我，别人会生活得更好"、"我再也受不了了"、"我的生活一点意义也没有"。

谈论与自杀有关的事或开自杀方面的玩笑；讨论自杀计划，包括自杀方法、日期和地点；流露出无望或无助的心情；突然与亲朋告别；谈论一些可行的自杀方法。

(2) 行为上的征兆：出现突然的、明显的行为改变 (如中断与他人的交往，重要关系的突然结束，退缩、独处突然增多，或危险行为增加)；抑郁的表现(情绪的改变，表情淡漠、情绪不稳定，睡眠或食欲的改变)；有条理地安排后事(突然收拾东西，向关系密切的人道谢，送出自己珍贵的东西，没有任何理由的赠送礼物、打电话、写信等)；频繁出现意外事故；饮酒或吸毒的量增加；16 岁前男孩子失去父亲；过去有过自杀意念；产生自卑感或羞耻感；将自己想死的念头在日记里或在绘画中表现出来。

情绪明显不同于往常，焦虑不安，无故哭泣。回避与人接触，与集体不融洽，或过分注意别人。无故上课缺席，迟到或早退，成绩骤降，想退学。对生活麻木、缺乏热情的人自杀前会突然变了个人，以前的孤独感、恐怖好像全消失了。

(3) 在外表上表现为：表情淡漠、情绪不稳定、体重减轻、有时显得激动及坐立不安，感到生活无价值。

重要提醒：睡不着、起得特别早或者特别晚、饮食量有突然变化、生活节律打乱。

六、对潜在有心理问题者或要自杀者要宣传的知识

遇到让你很痛苦或影响你的工作或社交功能的心理问题时，不要等待，要主动寻求帮助。

要相信会有人愿意帮助你。但是你得将自己真实的困难和痛苦告诉给你信任的人，否则他们将一无所知。

如果你的倾诉对象不知道如何帮助你，可以向心理热线、心理咨询人员或精神科门诊寻求帮助。

有时为找到一个真正能帮助你的人，需要求助于几个不同的人或机构。你应该坚持下去，提供帮助的人一定会出现。

解决心理危机通常需要一个过程，可能你得反复地见咨询人员或心理医生。

如果医生开药，应按医嘱坚持服用。

避免使用酒精或毒品麻痹你的痛苦。

不要冲动行事。强烈的痛苦会使你更难做出合理的决定。

七、帮助有心理危机或自杀倾向者要掌握的要点

事先应知道他们可能会拒绝你要提供的帮助。有心理危机的人有时因难以承认他们无法处理自己的问题而加以否认。不要认为他们的拒绝是针对你本人。

向他们表达你的关心。询问他们目前面临的困难以及困难给他们带来的影响。鼓励他们向你或其他值得信任的人谈心。

多倾听，少说话。给他们一定的时间说出内心的感受的担忧。不要给出劝告，也不要感到有责任找出一些解决办法，尽力想象自己处在他们位置时是如何感受的。

要有耐心。不要因他们不能很容易与你交流就轻言放弃。允许谈话中出现沉默，有时重要的信息在沉默之后出现。

不要担心他们会出现强烈的情感反应。情感爆发或哭泣会利于他们的情感得到释放。

保持冷静。要接纳，不做批判。也不要试图说服他们改变自己内心的感受。

对他们说实话。如果他们的话或行为吓着你了，直接告诉他们。如果你感到担忧或不知道该做些什么，也直接向他们说。不要假装没事或假装愉快。

谈出自己的感受。每个人偶尔会感觉悲伤、受到伤害或绝望。你也会有这样的感受，向他们谈出你的感受。这样会让他们知道并不是只有他们才有这样的感觉。

询问他们是否有自杀的想法。不要害怕询问一个人有无自杀念头，这样不但不会引起他们自杀，反而会挽救他的生命。"你是否有过很痛苦的时候，以至令你有想结束自己生命的想法？""有时候一个人经历非常困难的事情时，他们会有结束生命的想法，你有那种感觉吗？""从你的谈话中我有一种疑惑，不知道你是否有自杀的想法"不要这样问："你没有自杀的想法，是吧？"不要答应对他的自杀想法给予保密。

相信他所说的话，任何自杀迹象均应认真对待，不论他们用什么方式流露。

如有自杀的风险，要尽量取得他人的帮助以便与你共同承担帮助他的责任。在学生不愿求医的情况下，你仍然能够寻求专家的帮忙。

让他相信别人是可以给其帮助的，并鼓励他寻求他人的帮助、支持。如果你认为他们需要专业的帮助，向他们提供转介信息。

如果他们对寻求专业帮助恐惧或担忧，应花时间倾听他们的担心，告诉他们大多数处

于这种情况的人都需要专业帮助，解释你建议他们见专业人员不是因为你对他们的事情不关心。

如果你认为他即刻自杀的危险很高，要立即采取措施：不要让他独处，去除自杀的危险物品，或将他转移至安全的地方；陪他去精神心理卫生机构去寻求专业人员的帮助；如果自杀行为已经发生，立即将其送往就近的急诊室；给予希望，让他们知道面临的困境能够有所改变；在结束谈话时，要鼓励他们再次与你讨论相关的问题，并且要让他们知道你愿意继续帮助他们。

八、自杀现场应急干预的注意事项

要迅速调动其周围的资源如辅导员、舍友和同学全程陪伴这个同学直到家长和专业人员赶到时。

最快速度到达自杀现场；有效控制周围人群；尽可能多地了解当事人的信息；冷静观察周围环境，找到可以接近当事人的最佳位置和角度：面对面、平视；做好应急处理准备；全力保障当事人的安全。

若运用命令或控制性的语言，易被看成是阻碍自杀的威胁，会促成自杀决心。"你先坐下来，好吗？""你先转过身来，好吗？让我听听你心里是怎么想的？"

尽快建立可以依赖的沟通关系。简单信息交流：交流姓名、交流共同相识的人。不要急于直接进行心理干预，尽可能让当事人多说话、多宣泄。比如问：你遇到了什么困难？自杀前有什么需要交代？最想见谁(让他有牵挂、有交流)？你曾经帮助过哪些人？做过哪些事大家都喜欢你？你这样做是不是自杀的最好方式？自杀前你能不能多想一会儿，我们还可以用什么方式自杀？你最信得过谁？你愿意让谁来？最近给家人打过电话吗？他们身体好吗？

干预人员始终保持平静的心态，情绪会影响到对方，用镇静的、柔和的、关切的、带有情感的语调与其交谈。

现场的事后处理：成功后，请专业人员对其进行心理干预与治疗；失败后，危机干预人员进行自我心理调节。

小贴士

自杀干预时的几句套话

(1) 你有权利自杀。(含义：尊重、接纳他，明确是否自杀是你自己的事，你要对自己的行为负责！)

(2) 自杀是每个人一生中都曾经出现过的想法。(含义：你不是世界上唯一一个有自杀观念的人，你自己不必为有这样的想法而恐惧或自责。)

(3) 自杀是一个人遇到困难还没有找到解决办法时的一种想法。(含义：其实强调自杀是摆脱痛苦的手段而不是目的。)

(4) 你遇到了什么困难让你痛苦得想到要自杀？这些困难具体是什么？(把话题引向深入，发现他的具体困难和痛苦是什么，他遇到了什么问题，为下一步提供心理援助打下基础。)

启示录：

自杀就是身边没有人，自杀就是心里没有人！

自杀永远是手段而不是目的！

预防自杀是我们每一个人的责任。

有了您的帮助，自杀就可以预防。自杀的预防工作需要您的参与。您挽救的生命也许正是您所爱的人！

案例分析

大学生自杀心理危机干预实例

摘要：以一个大学生自杀心理危机干预实例，展现高校心理咨询员日常工作的真实情景，一起加强大学心理健康教育与心理咨询工作。

关键词：大学生自杀心理危机；干预；教育。

笔者是一名高校心理咨询员，日常工作是给学院的广大师生提供心理咨询服务。本着助人自助的原则，帮助来访者直面内心、重塑自信、悦纳自我。工作四年多来，每学期都会发生几起需要实施心理危机干预的学生心理突发事件，其中又以学生出现自杀倾向的情况居多。生命就像一颗无价的水晶，珍贵而脆弱。因此，笔者坚信与生命有关的都是大事。本文记载和分析了一个大学生自杀心理危机干预的实例，希望借此展现高校心理咨询员日常工作的真实场景。虽然，事后看来很像是一次普通的心理咨询，但在当时却是人命关天、十万火急、不得不立即处理的大事。

一、基本资料

心理危机干预时间：2010年5月1日，星期六，凌晨1:30～2:30；

心理危机干预地点：某学院东校区女生宿舍保卫室；

心理危机干预对象：大一女生小红(化名)；

心理危机干预任务：防止因恋爱关系破裂引起的过激行为，如自杀、自伤或攻击行为，等等。

二、心理危机干预过程

凌晨 1:30，笔者接到学生工作处一位教师的电话，说东校区有一名大一女生当晚和男友发生口角及肢体冲突，情绪很激动，且表示出自杀企图。出于安全考虑，他希望笔者能立即赶到现场进行心理危机干预。

凌晨 1:40，笔者来到东校区，立即向有关的领导和教师了解事情的经过和最新进展，获得相关信息。

(1) 2010 年 4 月 30 日晚 11 时左右，小红在西校区碰见男友同一名外语系的女生在一起，当时小红的情绪十分激动，并对男友大打出手，将其面部和脖子抓伤，扬言如果男友不给出合理解释就要自杀。校警闻讯赶到并进行处置。目前，有关教师正在对该女生进行安抚、劝导。

(2) 小红和男友都来自玉林，高中时在同一所学校读书。小红原本和另外的一名男生关系较好，但其男友通过恐吓、威胁的方式，最终使两人确定为恋爱关系，考大学时也约好报考同一所学校。

(3) 小红选择了人文管理系被分在东校区；男友选择了数学系，在西校区。来到大学后不久，两人的关系逐渐疏远，并从本学期初开始闹分手。三四月份时，两人还曾因分手的问题于晚上 12 点在西校区的草坪上发生口角。当时，经校警劝解后，小红并没有回宿舍休息，而是独自一人躲在教室里哭泣，直到后半夜才被辅导员和同学们找到。

(4) 小红来自单亲家庭，和三个弟弟一起，由母亲抚养。

简单了解情况之后我来到女生宿舍保卫室的门前，看到报讯的教师和小红的辅导员一起，正在对小红进行安抚和劝导。笔者站在门外旁听。因为两位教师开导得法，所以小红的情绪比较稳定，时机成熟后，笔者经两位教师介绍和小红面谈。

在进入保卫室之前，小红正和亲人通电话，显得有些不耐烦。我想，通话的应该是和她关系比较密切的亲人。待她稍微安静之后，我才进去。由于空间比较狭窄，我选择了一个并排的位置，两人都面朝门框，这对营造安全感应该比较有利。刚刚坐下不久，小红就主动开口说话，提到当时看到他们两个人在一起的样子，自己真的非常生气，以至于行为失控，大打出手，现在想起来还觉得有些不可思议。听着她的诉说，我感觉到她此刻的心境是比较平和的，也乐于接受我关于火山喷发后恢复平静的比喻。然后，我明确地告诉她当前最关心的问题是自杀，希望她能谈一谈。她说，当时真的感到很绝望，真想就这么一走了之。但是，脑海里立即想起，如果就这么走了，不知道有谁能照顾孤独的妈妈。说到这里，小红开始抽泣，我默默地递上一张纸巾，心里也渐渐有了底。因为我知道她的情绪正得到释放，而且通过交谈找到了她最在乎的东西——亲情，这是解决问题的突破口。我试探性地问："刚才一起通话的是不是妈妈？"她点点头。我问她："你如此在乎妈妈，那为什么打电话的时候却显得很不耐烦呢？"她微笑着说，自己从小都这样，喜欢用一种相反的方式和妈妈交流。尽管如此，每当自己感到压力极大或者无助迷茫时，确实会产生自杀的念头，只不过从来都没有实施过，因为自己很怕疼。我告诉她："在她的身边还有很多关心她的人，而且还有很多重要的事情等着她去做，很多重要的亲人等着她去照顾，所以一定要坚强地活着。"

　　谈完自杀，接下来我们谈到了在她心里"系铃的人"——男友。谈到男友，小红的情绪开始出现一些波动，她不能理解以前那个执著追求、以她为中心的男友现在却判若两人。分手也是在没有任何征兆的情况下发生的，她还没来得及接受现实，就发现他另寻新欢，纵然想方设法希望挽回，男友也没有预留出一丝希望。所以她反复强调说："现在我明白了，为那个人不值得。反正不管我做什么，都无法挽回了，我很失望。"

　　她对男友的评价是：他曾经对她非常好，但也很自私和小气，为达目的不择手段，而且还限制她不能与别的男生交往。笔者告诉她，听了这些评价，估计很多女生都不太愿意跟这样霸道的人保持长期的亲密关系，除非那女生是自愿的。由此可见，当时小红虽然感到有些不自由，但因为男友的所作所为都是针对自己，所以她能理解，也愿意宽容，而且还逐渐形成了依赖。据小红说，她从小就是一个特别自立的人，不到10岁就敢自己坐长途汽车走亲戚，当时很多司机都不太愿意接纳像她这样的单身小客人，所以拦车很难。但聪明的她知道通过向别的大人求助来解决这个问题，所以她很自信于自己的独立。结合她的家庭背景，笔者认为这种源自生活压力的、过早的自立，更容易造成她对男性关爱的依赖。因此，对她来说，和男友的关系就超越了恋人关系的层面，分化出更多含义和价值。现在这个关系消失了，而且还是在她没有得到缓冲的情况下消失的，所以她的爆发也就不足为奇了。

　　为了帮助她从被辜负的阴影中走出来，我说她对男友的感情更多的是处于一种对被疼爱、被呵护的安全感的追求，而非出自于对男友人格、人品的崇敬及好感，所以两人长期生活会遇到很多不确定的因素，难以形成稳定的情感和生活关系。既然对关系的追求大于对当事人的追求，那么放弃这个男友其实并不会损失多少，反而能让自己得以解脱。而且，现在她也明白了，男友翻脸比翻书还快，对她的追求也只是一时的占有而已。笔者希望她能通过此事汲取教训，将来再选择对象时懂得人品比感觉更重要。

　　最后，笔者把话题转到她的妈妈，目的是帮助她明确当前的情感支柱从而提升安全感。小红对妈妈的感情是矛盾的，内心有责怪妈妈的成分，更有心疼和依恋妈妈的成分。所以我用了火山与大地的比喻来形容她和妈妈的关系。火山积累了很多能力，且性子暴躁随时都可能喷发。而广袤的大地蕴藏着巨大的力量，与火山相反，她的性格温和，她是一位真正伟大的母亲，以博大的胸怀宽容、接纳和支持着躺在自己身上的所有孩子。想一想，如果没有大地的容忍，又哪来火山的悠然自得和快活呢？生活中，妈妈也许没有给她最完美、优越的家庭环境，但妈妈始终竭尽所能地给予孩子所能给予的一切。与妈妈的艰辛相比，自己的遭遇又算得了什么呢？我希望骨子里深爱着"大地"的"火山"，能明白这个道理，减少爆发的次数，成为彼此最坚实的依靠。

夜深了，笔者对小红的心理危机干预也接近尾声，互留电话号码之后，我们约好下周四晚小红没课的时候再谈。

三、小结

经过初步评估，笔者认为小红的自杀倾向不显著，属于因应激事件引起的应激反应。由于安抚、劝导及时，她的情绪调控良好，心理危机现象得到明显缓解。

四、咨询建议

心理危机干预后，笔者请班主任或辅导员继续密切关注其行为举止和思想动态，加强与家长的沟通合作，如发现异常及时和心理咨询中心联系。此外，还要在关注她的同时继续进行相关的心理辅导。

五、后续

2010年5月6日星期四上午9:25，笔者和小红通了电话，她认为自己恢复得很好，所以婉拒了当晚的面谈。最后，我告诉她，如果今后再遇到心理上的困惑，可以通过办公室的电话联系我们。至此，对本个案的心理危机干预结束。

第八章 心理问题分类与症状识别

世界上任何事物都有正、反两个方面，人的心理活动也是如此。心理的正面，即正常心理活动能保障人作为生物体顺利地适应环境，健康地生存发展；保障人作为社会实体正常地进行人际交往，在家庭、社会团体、机构中正常地肩负责任，使人类赖以生存的社会组织正常运行；使人正常和正确地反映、认识客观世界的本质及其规律性，创造性地改造世界，创造出适合人类生存的环境条件。心理的反面，即异常心理，也称为变态心理，是丧失了正常功能的心理活动。由于丧失了正常心理的上述三大功能，无法保证人的正常生活，而且以其异常的心理特点，随时破坏人的身心健康。

第一节 心理问题的分类

一、概念区分

心理正常、心理不正常；心理健康、心理不健康，这是我们在学习和讨论心理咨询问题时常常使用的概念。很多同学搞不清楚它们之间的关系，因此，有必要将这些概念区分清楚，把它们之间的联系梳理通顺。

心理正常就是具备正常功能的心理活动，或者说不包含精神病症状的心理活动；心理不正常或心理异常，或者称为变态心理，是指有典型精神障碍症状的心理活动。很显然，正常与异常是标明和讨论"有精神障碍"或"没有精神障碍"等问题的一对范畴。而"健康"与"不健康"是另外一对范畴，是在"正常"范围内，用来讨论"正常心理"水平的高低和程度。可见，"健康"和"不健康"这两个概念，统统包含在"正常"这一概念之中。这种区分是符合实际的，因为不健康不是有病，不健康和病是两类性质的问题。另外，临床上，鉴别心理正常和异常的标准与区分心理健康水平高低的标准也是截然不同的。

二、正常心理与异常心理的区分

(一)常识性的区分

由于至今没有公认的统一判断标准，所以，非专业人员区分正常与异常心理，依然是依据生活经验。尽管这种做法不太科学，但也不失为一种方法。这种方法可以归纳为以下四点。

1. 离奇怪异的言谈、思想和行为

比如，有人对你讲："我是国际巡回大使，主管世界所有国家的军政大事，昨天我从纽约回来，明天飞往莫斯科，找俄罗斯总统普京，让他陪我检阅波罗的海的海舰。"又如，你见到一人披头散发、满脸污垢、满街乱跑。这时，尽管你不是变态心理学家或精神病医生，你也可以判断他们的言行是异常的。

2. 过度的情绪体验和表现

比如，一个人终日低头少语，行动缓慢，与人交流十分吃力，甚至想不出词汇，未开言泪先流；流露出对生活的悲观失望，失去兴趣，觉得现实世界似乎笼罩在灰蒙蒙的雾中；或者，一个人彻夜不眠，时而唱歌，时而跳舞，语言兴奋，时而说东，时而说西，说个不停。这时，你可以依据自己的生活经验判断，他的行为已经偏离了正常。

3. 自身社会功能不完整

比如，一个人怕与他人的目光相对，为此而不敢见人；又如，一个人，由于他的耳朵长得比别人大一些，所以他不允许别人摸耳朵，他认为，别人摸耳朵就是讽刺他，为此，常常与别人吵架。你碰到这样的人，也会依据自己的生活经验，认定他的行为偏离了正常。

4. 影响他人的正常生活

当你接到骚扰电话，或某个人的恶作剧危害了你的正常生活，你首先是气愤，而后，就会想"这是为什么"，当你从自身找不到任何缘由时，你一定会判断"对方的精神肯定有毛病！"这同样是依据生活经验做出来的判断。

(二)非标准化的区分

李心天依据人们看问题的角度不同，粗略地将非标准化的区分归纳为以下几种。

(1) 就统计学角度，将心理异常现象理解为某种心理现象偏离了统计常模。如智商在70以下的是智力缺陷，属异常范围。

(2) 就文化人类学角度，将心理异常理解为对某一文化习俗的偏离。

(3) 就社会学角度，将心理异常理解为对社会准则的破坏。任何对社会带来威胁的破坏性行为，无论是对人身的或是对政治的、经济的破坏，如果有明确的犯罪动机，那就是犯罪；如果没有任何理由，找不出任何犯罪动机，那就被认为是行为异常。

(4) 就精神医学角度，将心理异常理解为古怪无效的观念或行为，如幻觉、病理性错觉、性欲倒错这些古怪的心理行为，以及妄想、强迫观念等无效的观念，都属于心理异常。

(5) 就认知心理学角度，将心理异常看做是个体主观上的不适体验。

(三)标准化的区分

李心天对区分正常与异常心理提出如下四类判别标准。

1. 医学标准

这种标准是将心理障碍当作躯体疾病一样看待。如果一个人的某种心理或行为被疑为有病，就必须找到它的病理解剖或病理生理变化的根据，在此基础上认定此人有精神疾病或心理障碍。其心理或行为表现，则被视为疾病的症状；其产生原因则归结为脑功能失调。这一标准为临床医师们广泛采用。他们深信，有心理障碍的人，他们的脑部，应当有病理过程存在。

2. 统计学标准

在普通人群中，人们的心理特征，在统计学上显示常态分布。在常态曲线上，居中的大多数人属于心理正常范围，而远离中间的两端则被视为"异常"。因此，一个人的心理正常或异常，就以其偏离平均值的程度来决定。显然这里"心理异常"是相对的，它是一个连续的变量。偏离平均值的程度越大，则越不正常。

统计学标准提供了心理特征的数量资料，比较客观，也便于比较，操作也简便易行，因此，受到很多人欢迎。有些心理特征和行为也不一定成常态分布，而且心理测量的内容同样受社会文化制约。所以，统计学标准的普遍性也只是相对的。

3. 内省经验标准

所谓内省经验标准，一是指病人的内省经验，如病人自己觉得焦虑、抑郁或说不出明显原因的不舒适感，自己觉得不能控制自己的行为等。二是就观察者的内省经验，如观察者把被观察者的行为与自己以往经验相比较，从而对被观察者做出心理正常与否的判断。当然，这种判断具有很大的主观性。

4. 社会适应标准

在正常情况下，人能够维持生理和心理活动的稳定状态，能依照社会生活的需要，适应环境和改造环境。因此，正常人的行为符合社会的准则，能根据社会要求和道德规范行事。

(四)心理学的区分原则

郭念锋认为，既然目的是区分心理的正常与异常，就应该从心理学角度切入，以心理学对人类心理活动的一般性定义为依据。

1. 主观世界与客观世界的统一性原则

因为心理是客观现实的反映，所以任何正常的心理活动或行为，必须就形式和内容上与客观环境保持一致性。不管是谁，也不管是在怎样的社会历史条件和文化背景中，如果一个人说他看到或听到了什么，而客观世界中，当时并不存在引起他这种知觉的刺激物，那么，我们必须肯定，这个人的精神活动不正常了，他产生了幻觉。另外，一个人的思维内容脱离现实，或思维逻辑背离客观事物的规定性，这时我们便说，他产生了妄想。这些都是我们观察和评价人的精神与行为的关键，我们称它为统一性标准。人的精神或行为只要与外界环境失去同一性，必然不能被人理解。

在精神科临床上，常把有无"自知力"作为判断精神病的指标，所谓无"自知力"或"自知力不完整"，是患者对自身状态的反映错误，或者说是"自我认知"与"自我现实"的统一性的丧失。在精神科临床上，常把有无"现实检验能力"作为鉴别心理正常与异常的指标。

2. 心理活动的内在协调性原则

人的精神活动可以分为认知、情感、意志行为等部分，但它自身确乎是一个完整的统一体，各种心理过程之间具有协调一致的关系。这种协调一致的关系，保证人在反映客观世界的过程中高度准确和有效。比如，一个人遇到一件令人愉快的事，会产生愉快的情绪，手舞足蹈，欢快地向别人述说自己的内心体验，这样我们就可以说他有正常的精神与行为。如果不是这样，一边用低沉的语调向别人说令人愉快的事；或者对痛苦的事做出快乐的反应，我们就可以说他的心理过程失去了协调一致性，成为异常状态。典型的强迫性神经症，也可以表现为认知与意志行为的不协调性。

3. 人格的相对稳定性原则

每个人在长期的生活道路上，都会形成自己独特的人格心理特征。这种人格特征一旦形成，便有相对的稳定性；在没有重大外界变革的情况下，一般是不易改变的。如果在没有明显外部原因的情况下，一个人的个性相对稳定性出现问题，我们也要怀疑这个人的心理活动出现了异常。比如一个用钱很节俭的人，突然挥金如土，或者一个待人接物很热情的人，突然变得很冷淡；如果我们在他的生活中，找不到足以使他发生改变的原因，那么我们就可以说，他的精神活动已经偏离了正常轨道。

三、心理健康水平的十项标准

正常心理包括健康心理和不健康心理，但健康与不健康不是截然分开的，也不是一成不变的，它是一种状态，是一个变化过程。任何一个人都可能在人生的某个阶段，在某个方面存在不同程度的不健康状况。所以，在此我们主要讨论心理健康水平的评定标准，大家可以按此标准衡量自己的心理健康水平。

心理健康水平的十项标准如下。

(一)心理活动强度

心理活动强度是指对于精神刺激的抵抗能力。在遭遇精神打击时，不同的人对于同一类精神刺激，反应各不相同。这表明不同的人对于精神刺激的抵抗力不同。抵抗力低的人往往反应强烈，并容易留下后患，可以因为一次精神刺激而导致反应性精神病或癔病；而抵抗力强的人，虽有反应但不强烈，不会致病。这种抵抗力，或者说心理活动强度，主要和人的认识水平有关。一个人对外部事件有充分理智的认识时，就可以相对地减弱刺激的强度。另外，人的生活经验、固有的性格特性、当时所处的环境条件以及神经系统的类型，也会影响到这种抵抗能力。

(二)心理活动耐受力

前面说的是面对突然的强大精神刺激的抵抗能力。这种慢性的、长期的精神刺激，可以使耐受力差的人处在痛苦之中，在经历一段时间后，便在这种慢性精神折磨下出现心理异常，个性改变，精神不振，甚至产生严重躯体疾病。但是，也有人虽然被这些不良刺激缠绕，日常也体验到某种程度的痛苦，但最终不会在精神上出现严重问题。有的人，甚至把不断克服这种精神苦恼当作强者的象征，作为检验自身生存价值的标准。我们把长期经受精神刺激的能力，看做衡量心理健康水平的指标，称它为心理活动的耐受力。

(三)周期节律性

人的心理活动在形式和效率上都有着自己内在的节律性。比如，人的注意力水平，就有一种自然的起伏。不只是注意状态，人的所有心理过程都有节律性。一般可以用心理活动的效率做指标去探查这种客观节律的变化。有的人白天工作效率不太高，但一到晚上就有效率，有的人则相反。如果一个人的心理活动的固有节律经常处在紊乱状态，不管什么原因造成的，我们都可以说他的心理健康水平下降了。

(四)意识水平

意识水平的高低，往往以注意力品质的好坏为客观指标。如果一个人不能专注于某种工作，不能专注于思考问题，思想经常"开小差"或者因为注意力分散而出现工作上的差错，我们就要警惕他的心理健康问题了。因为注意水平的降低会影响到意识活动的有效性。思想不能集中的程度越高，心理健康水平就越低，由此而造成的其他后果，如记忆水平下降等也越严重。

(五)暗示性

易受暗示的人，往往容易被周围环境的无关因素影响，引发情绪的波动和思维的动摇，有时表现为意志力薄弱。他们的情绪和思维很容易随环境变化，给精神活动带来不太稳定的特点。当然，受暗示这种特点在每个人身上多少存在着，但水平和程度差别较大，女性比男性较易受暗示。

(六)康复能力

在人的一生中，谁也不可避免遭受精神创伤，在精神创伤之后，情绪波动极大，行为暂时改变，甚至某些躯体症状都是可能出现的。但是，由于人们各自的认知能力不同，人们各自的经验不同，从一次打击中恢复过来所需要的时间会有所不同，恢复的程度也有差别。这种从创伤刺激中恢复到往常水平的能力，成为心理康复能力。康复水平高的人恢复得快，而且不留什么严重痕迹。每当再次回忆起这次创伤时，他们表现得较为平静，原有的情绪色彩也很平淡。

(七)心理自控力

情绪的强度、情感的表达、思维的方向和思维过程都是在人的自觉控制下实现的。所谓不随意的情绪、情感和思维，只是相对的，它们都有随意性，只是水平不高以致难以觉察罢了。对情绪、思维和行为的自控程度，与人的心理健康水平密切相关。当一个人身心十分健康时，他的心理活动会十分自如，情感的表达恰如其分，辞令通畅，仪态大方，不过分拘谨。这就是说，我们观察一个人的心理健康水平时，可以从他的自我控制能力进行判断。

(八)自信心

当一个人面对某种生活事件或工作任务时，首先是估计自己的应对能力。有些人进行这种自我评估时，有两种倾向，一种是估计过高，另一种是估计过低。前者是盲目的自信，后者是盲目的不自信。这种自信心的偏差所导致的后果都是不好的。前者，由于过高的自我评估，在实际操作中因掉以轻心而导致失败，从而产生失落感或抑郁情绪；后者由于过低评价自己的能力而畏首畏尾，因害怕失败而产生焦虑不安的情绪。为此，一个人是否有恰如其分的自信，是精神健康的一种标准。"自信心"实质上是正确自我认知的能力，这种能力可以在生活实践中逐步提高。但是，如果一个人具有"缺乏自信"的心理倾向，对任何事情都显得畏首畏尾，并且不能在生活实践中不断提高自信心，那么，我们可以说，此人心理健康水平是不高的。

(九)社会交往

人类的精神活动得以产生和维持，其重要的支柱是充分的社会交往。社会交往的剥夺，必然导致精神崩溃，出现种种异常心理。因此，一个人能否正常与人交往，也能标志着这个人的心理健康水平。

当一个人毫无理由地与亲友和社会中其他成员断绝来往或者变得十分冷漠时，这就构成了精神病状态，叫做"接触不良"。如果过分地进行社会交往，与任何素不相识的人也可以"一见如故"，也可能是一种躁狂状态。在现实生活中，比较多见的是心情抑郁，人处在抑郁状态下，社会交往受阻较为常见。

(十)环境适应能力

在某种意识上说，心理是适应环境的工具。人为了个体保存和种族延续，为了自我发展和完善，就必须适应环境。因为，一个人从生到死，始终不能脱离自己的生存环境。环境条件是不断变化的，有时变动很大，这就需要采取主动性的或被动性的措施，使自身与环境达到新的平衡，这一过程就叫做适应。主动适应，其内涵是积极地去改变环境；消极适应，其内涵是躲避环境的冲击。有时，生存环境的变化十分剧烈，人对它无能为力，面对它只能韬晦、忍耐，即进行所谓的"消极适应"。"消极适应"只是形式，其内在意义也含有积极的一面，起码在某一时期或某一阶段上有现实意义。当生活环境条件突然变化时，一个人能否很快地采取各种办法去适应，并以此保持心理平衡，标志着一个人心理活动的健康水平。

四、心理不健康的分类

(一)一般心理问题

一般心理问题是由现实因素激发的，持续时间较短，情绪反应能在理智控制之下，不严重破坏社会功能，情绪反应尚未泛化的心理不健康状态。

诊断为一般心理问题必须满足以下条件。

(1) 由于现实生活、工作压力、处事失误而产生内心冲突，并因此而体验到不良情绪(后悔、自责、紧张、焦虑)。

(2) 不良情绪不间断地持续满 1 个月，或不良情绪间断地持续两个月仍不能自行化解。

(3) 不良情绪反应仍在相当程度的理智控制下，始终能保持行为不失常态，基本维持正常生活、学习、社会交往，但是效率有所下降。

(4) 自始至终，不良情绪的引发仅仅局限于最初事件，即便是与最初事有联系的其他事件，也不会引起此类不良情绪。

一般心理问题的鉴别诊断如下。

(1) 与精神病相鉴别。根据病与非病的三项原则，精神病的特点是患者的知情意不统一，没有自知力，一般也不主动求医，常常表现出幻觉、妄想、逻辑思维紊乱及行为异常等。而求助者知、情、意协调一致，有自知力，主动求医，无幻觉、妄想等精神病的症状，因此可以排除精神病。

(2) 与严重心理问题鉴别。严重心理问题的反应强度强烈，反应已泛化，对社会功能造成严重影响，病程大于 2 个月。而求助者的心理问题并不严重，没有对社会功能造成严重影响，持续的时间也较短，因此可以排除严重心理问题。

(3) 与神经症鉴别。求助者虽然存在抑郁、焦虑、猜疑、痛苦等症状，但其时间短，仅为 1 个月左右，内容未充分泛化，对社会功能尚未造成明显影响，其生理功能也基本正常，且求助者的心理冲突带有明显的道德色彩，与神经症心理冲突的变形不同，因此可以排除神经症。

(二)严重心理问题

严重心理问题是由相对强烈的现实因素激发，初始情绪反应剧烈，持续时间长久、内容充分泛化的心理不健康状态。

诊断为严重心理问题，必须满足以下条件。

(1) 引起严重心理问题的原因是较为强烈的、对个体威胁较大的现实刺激。不同原因引起的心理障碍，求助者分别体验着不同的痛苦情绪(如悔恨、失落、恼怒、悲哀等)。

(2) 从产生痛苦情绪开始，痛苦情绪间断或不间断地持续 2 个月以上，半年以下。

(3) 遭受的刺激强度越大，反应越强烈。多数情况下，会短暂地失去理性控制；在后来的持续时间里，痛苦可逐渐减弱。但是，单纯依靠"自然发展"或"非专业性的干预"却难以摆脱，对生活、工作和社会交往有一定程度的影响。

(4) 痛苦情绪不但能被最初的刺激引起，而且与最初刺激相类似、相关联的刺激，也可以引起此类痛苦，即反应对象被泛化。

(三)可疑神经症(神经症性的心理问题)

这种类型的心理不健康状态，已经接近神经衰弱或神经症，或者它本身就是神经衰弱或神经症的早期阶段。有时，我们也把有严重心理问题但没有人格缺点者列入这一类。表 8-1 所示为心理正常与异常区分表。

表 8-1　心理正常与异常区分表

	正　　常		不　正　常
健康	1. 一般心理问题 2. 严重心理问题 3. 神经症性心理问题	不健康	1. 神经症、强迫症、焦虑症、恐怖症、疑病症、植物功能紊乱、神经衰弱 2. 人格障碍 3. 严重精神障碍、抑郁症、精神分裂症

第二节　神经症与人格障碍

一、神经症

神经症(或神经官能症)这一个词汇，经常被使用，但它真正代表什么意义呢？要用一句话为它下个定义是有困难的。但简单说来，神经症就是"由于欲求不满、压抑、强度的不安定感所产生的情绪紧张，而衍生的不适应症状"。

这种不适应症状，并不是由头部外伤、酒精中毒、麻药中毒等脑髓或神经组织受到破坏而产生。也就是说，在生理上没有问题，而是机能上的障碍。随之，头脑变得奇怪，做出常人无法理解的言行。精神病患者丧失了"自己生病了"的意识及判断，神经官能症患者，则是过度意识到自己的病态。

在中国，神经症的病名曾引起不少人的误解与恐惧。有的人把它与"神经病"混为一谈。

"神经病"是指人体内神经系统受损后产生的疾病。这些器官的受损有一定的规律性，主要呈现感觉和运动方面的改变，如感觉过敏、疼痛或麻木，但精神上没有异常，不出现思维、情感和行为的破裂或紊乱。常见的神经病有坐骨神经痛、癫痫等。"神经症"主要是由心理、社会因素导致产生的一类心理疾病，神经系统没有病变，痊愈后一般比神经病、精神病要好。

神经症与精神病也不是一回事。"精神病"是由于大脑机能紊乱，往往表现在人的精神活动的障碍，如感觉、知觉、运动方面的障碍是不按神经分布的，有别于神经病。如精神分裂症、更年期精神病、老年性精神病，表现为精神失常。虽然有些神经病的患者，也可能有精神病状(如脑萎缩产生的记忆困难)，但这部分疾病，治疗仍以治神经病为主。而绝大部分精神病，到目前为止还没有找到明显的神经细胞或纤维的形态学上的改变。

说到底，神经症是一组功能性疾病，是一组非器质性的、轻型大脑功能失调导致行为异常的精神障碍的总称。它包括抑郁性神经症、恐怖症、强迫症、焦虑症、疑病症、神经衰弱等。其共同特征为：起病常与社会心理因素有关；病前多有一定的素质与人格基础；症状主要表现为脑功能失调症状、情绪症状、强迫症状、疑病症状、分离或转换症状、多种躯体不适感等，这些症状在不同类型的神经症患者身上常常混合存在；没有器质性病变；无精神病性的症状；对疾病有相当的自知力，疾病痛苦感明显，有求治要求；社会功能相对完好，行为一般保持在社会规范允许的范围之内；病程大多持续迁延，要持续3个月以上。

(一)抑郁性神经症

抑郁性神经症是指由于社会心理因素引起的一种持久的情绪抑郁，其程度较轻，病程较迁延，具有如下特征。

(1) 具有持久的情绪低落、沮丧、压抑，伴有焦虑、躯体不适和睡眠障碍。

(2) 无重性抑郁症的特征，如无明显精神运动性迟滞、幻觉、妄想及无生物学方面改变所致的昼夜节律的改变，早醒失眠，无明显原因的体重减轻等。

(3) 与周围接触良好，日常的工作、学习及生活无明显异常。

(4) 有自知力，能主动求治。常见的心理社会因素有夫妻争吵、离异、亲人的分别、意外伤残、工作困难、人际关系紧张、考试失败等。本病女性多见，多起病于青少年期。

大多数患者病程较长，痊愈后良好，尤其精神因素单一，无抑郁人格者。但如病情反复，常随着精神因素的影响而波动，具有抑郁人格障碍者，病程较迁延，预后欠佳。本病治疗需心理治疗及药物治疗同时进行，可获得良好效果。

神经症性抑郁症不同于精神病性抑郁症。一般来说，两者区别在于神经症状抑郁症的特点为兴趣减退但不消失；对前途悲观但不绝望；自觉疲乏无力、精神不振但无精神运动性迟滞；自我评价下降但愿意接受鼓励或赞扬；不愿主动与人交往但被动接触良好，且乐意别人给予真心实意的同情；有想死的念头但内心矛盾重重；自认病情严重但又希望能治好并且主动求治。

小贴士

抑郁自评量表

抑郁自评量表(SDS)共有 20 个项目，分别列出了有些人可能会有的问题。请仔细阅读每一条目，然后根据最近一星期以内你的实际感受，选择一个与你的情况最相符合的答案。A 表示没有或很少时间有该项症状，B 表示小部分时间有该症状，C 表示相当多的时间有该症状，D 表示绝大部分时间或全部时间有该症状。

请你不要有所顾忌，应该根据自己的真实体验和实际情况来回答，不要花费太多的时间去思考，应顺其自然，应根据第一印象作出判断。

注意：测验中的每一个问题都要回答，不要遗漏，以避免影响测验结果的准确性。

(1) 我觉得闷闷不乐，情绪低沉。

(2) 我觉得一天之中早晨最好。

(3) 我一阵阵哭出来或觉得想哭。

(4) 我晚上睡眠不好。

(5) 我吃得跟平常一样多。

(6) 我与异性亲密接触时和以往一样感觉愉快。

(7) 我发觉我的体重在下降。

(8) 我有便秘的苦恼。

(9) 我心跳比平时快。

(10) 我无缘无故地感到疲乏。

(11) 我的头脑跟平常一样清楚。

(12) 我觉得经常做的事情并没有困难。

(13) 我觉得不安而平静不下来。

(14) 我对将来抱有希望。

(15) 我比平常容易生气激动。

(16) 我觉得作出决定是容易的。

(17) 我觉得自己是个有用的人，有人需要我。

(18) 我的生活过得很有意思。

(19) 我认为如果我死了别人会生活得好些。

(20) 平常感兴趣的事我仍然照样感兴趣。

计分：正向计分题A、B、C、D按1、2、3、4分计；反向计分题按4、3、2、1计分。反向计分题号：2、5、6、11、12、14、16、17、18、20。

总分乘以1.25取整数，即得标准分，分值越小越好，分界值为50。

一般来说，抑郁总分低于50分者为正常；50～60者为轻度，61～70者是中度，70以上者是重度抑郁。

产生抑郁性神经症的主要诱因大多是精神心理因素，如生活中遭受的损失、挫折引起的情感失调、自尊心受伤害等，并且常在一定的性格(抑郁性格)基础上发生。与此病有关的性格常表现为情绪不稳、多愁善感、依赖心重、处世悲观、内向闭锁、心情忧郁等。此外，在患抑郁性神经症的患者身上，常可发现错误、片面、不合理的认知方式和观念。

抑郁情绪如果得不到及时解决，就会极大地危害学习、工作和生活。当抑郁情绪严重时，就需要去看精神科医生，进行药物治疗。轻中度的情况，可能通过心理治疗与咨询或自我调节来缓解症状。

知识扩展

抑郁情绪自疗

抑郁情绪有三个重要步骤。

(1) 把消极念头写在纸上，不要放在脑子里，然后坐下来读几遍，想想是否合理，若认为不合理，写上几句评语。当一种消极念头淡化了，你再把昨天写的东西看两遍，自然会觉得幼稚，可笑，你可趁机讽刺自己几句。

人头脑产生的各种消极情绪，都是来源于自我认识。而在心境不佳的时候，外界的事物依然生生息息，并没有蒙上黑色，只是你严重歪曲了外界事物，这可能是你精神上受折磨的结果。

克服认知障碍的方法可以帮助你这样去调整自己的消极思想。

① 别求尽善尽美。事事不要追求完整无缺，比如在公共汽车上被人骂了一句，觉得

损害了自己的形象，转而又埋怨自己不好，认为自己无能，处处都倒霉。其实，这是自寻烦恼。

② 别对自己太绝对。对失看得太重，进而在思想上走极端。一次被小伙子甩了，你便认为所有的男人都不好，再也不与男人交往了。如此下去，只能以凄凉、孤独伴随着自己。

③ 别胡乱下结论。人生在发展，千万别草率给自己下结论。一次考试考砸了，就说自己一辈子没出息。别人说一句话，可能并不是冲你来的，你偏往他故意刺激你那里去想，当然觉得处处不尽如人意。

④ 改变自责的习惯。明明是小偷掏了你的腰包，你却想：如果今天不上街就不会发生这件事了。什么事做完以后都对自己挑剔一番，什么事都后悔，当然在做什么事时，总是畏畏缩缩，顾虑重重。

(2) 走出体验的圈子。抑郁的产生是因为自己在感情上套了枷锁。若实在无法自己排除，就到新的环境中去，到人群中去，找朋友去，让新环境驱散烦恼。

抑郁情绪的调节，最根本有效的方法是扩大自己获得快乐的途径。在追求事业成功的同时，我们还应该注意发展一些其他的方式，去体会人生的快乐。比如，与老朋友聚会、聊天、旅游等，与家人团聚、共享天伦之乐，发展自己的业余爱好，比如听音乐、参加体育运动和书画收藏等。当然，还可以通过主动帮助别人的方式让自己体会到人生的价值与快乐，因为帮助别人可以使自己在心理上给自己一些肯定和鼓励。

(3) 肌肉松弛法。静静地躺在床上，伸直腿，闭上眼，自然呼吸，注意空气从鼻腔、口腔、喉部进入肺部的过程，让全身处于全部松弛状态。默默地体验肌肉放松时的愉快感。走路时，放松四肢，学会昂首阔步。这样，肌肉就会放松，心境就会开朗起来。

(二)恐怖症

情绪心理学告诉我们，人类的基本情绪有四种：快乐、愤怒、悲哀和恐惧。其中，恐惧指的是企图摆脱、逃避某种危险情境时产生的情绪体验。引起恐惧的重要原因是缺乏处理可怕情境的能力或缺少对付危险的手段。当一个人不知道用什么办法击退威胁，或者发现自己企图逃脱的路径被堵塞，因而被一种不可抗拒的力量包围时，恐惧就产生了。比如失火、地震发生时，会引起人们普遍的恐慌。这是一种正常的情绪反应。当人们习惯了危险的情境，或者学会了应对危险情境的方法时，恐惧就不再发生了。

恐怖症与正常的恐怖的区别在于：使恐怖症患者产生强烈恐怖情绪的对象是那些对正常人并无威胁或威胁不那么大的特定对象，而且患者深知这种恐怖明显过分，却无法控制，并影响了正常的学习和生活。

恐怖症依据恐怖对象的不同，可分为社交恐怖、旷野恐怖、动物恐怖、高空恐怖、尖锐恐怖、水恐怖等多种类型。社交恐怖主要是害怕在众人面前出现，特别是对于被人注意尤为敏感：不敢从成排的人面前走过；不敢与别人对坐吃饭；不敢在乘公共交通工具时与人面对面坐；不敢与人讲话，尤其不敢在众人面前讲话；怕见陌生人或异性，以至于不敢出门上街，或者出门时总要戴一副深色墨镜。旷野恐怖是指患者的经过空旷的地方时就会出现强烈的恐怖、焦虑和不安，不敢经过空旷的地方，甚至惧怕任何空间，如怕过街道、怕过桥、怕穿庭院或走廊等。高空恐怖是患者不敢站立在与地面有一定距离的半空中，更不敢往下看。比如不敢乘坐高空缆车，不敢从楼房的窗户中向外看，不能爬山、爬设置在楼房外面的楼梯，不敢荡秋千，甚至不敢站在凳子上，等等。总之，凡是双脚不能接触地面时，便会双眼紧闭、浑身发抖、出冷汗，甚至无法移动，瘫作一团。动物恐怖是对某种动物有特别强烈的畏惧，如看见蛇就感觉到像是有冰冷、滑腻的软体动物缠绕在自己身上；看到蟑螂就仿佛浑身上下爬满了这种恶心的东西；另有人怕狗怕猫、怕老鼠等。水恐怖者一般是看见流水，甚至听见流水声就觉得头晕目眩、耳鸣心跳，有一种强烈的窒息感。恐怖症有自己明确具体的对象，只有针对这特定的对象时才发生恐怖，一旦脱离开恐怖对象，症状就会消失。

为什么有人会患上恐怖症呢？一种解释是当一个中性刺激与某种恐怖情境相结合，形成了条件反射时，这一中性刺激便成了恐怖的对象。尽管患者知道此物无害，但由于形成了条件反射，自然会出现恐怖情绪。心理学家做过实验，当把婴儿与大白鼠放在一起时，婴儿并不畏惧，并用手抚摸；换成大白兔，婴儿也不害怕，并想抚摸。这时突然在他身后发出一声巨响，儿童便会产生恐怖。此刻如果大白兔出现，婴儿就会害怕；再看见大白鼠，甚至一切有白毛的东西，如白胡子、白头发的人等，婴儿也会发生恐怖反应。而这种童年期经验一旦被保留下来，就形成了成人的某种特定恐怖。还有观点认为恐怖症是对焦虑的防御性反应，这种焦虑是由与性和攻击性情感冲动相关的潜意识冲突引起的。此外，内向、孤僻、胆小、羞怯、谨慎、多思等个性特点也为生病提供了一定条件。

对于恐怖症患者来说，如果不能及时寻求治疗，很容易使自己背上沉重的心理负担，终日惶惶不安，生活在令人窒息的苦闷之中，给人生蒙上浓重的灰暗色彩。

(三)强迫症

强迫症是以强迫症状为主要临床表现的神经症。其特征为意识的自我强迫与意识的自我反强迫同时并存，两者的冲突导致患者紧张不安、焦虑痛苦。患者明知这是异常但无法摆脱。强迫症多种多样，主要有强迫观念、强迫情绪、强迫意向和强迫动作四大类。强迫症与心理社会因素关系密切，强烈或持久的精神因素的作用及激烈的情绪体验的影响往往是此症发生的直接原因。此外，谨小慎微、墨守成规、缺乏自信、胆小怕事的性格特征也与此症的发生有关。

强迫症是一种典型心理冲突，也就是说，患强迫症的人病前即存在难以调节的内心冲突、潜在焦虑，这是导致紧张不安的原因。而强迫症状是紧张不安心理的一种转移和释放。然而也恰恰是由于患者意识到这种强迫症状的不必要并进而竭力要去抵抗它、控制它，从而形成新的心理冲突和新的紧张焦虑。其结果便是以强迫症状的出现而得以暂时缓解，而缓解的同时，又出现了患者对此的自责和担忧，如此恶性循环，症状就进一步地巩固和加深。

此外，强迫症与患者的人格特点也有关。许多患者具有主观任性、争强好胜或者优柔寡断、谨小慎微、墨守成规、生活习惯呆板、追求十全十美、喜欢过细地思考问题等特点。

强迫症的危害在于难以克制，从而引起内心痛苦，带来剧烈的心理冲突和紧张、焦虑、抑郁、惧怕等心理与情绪反应。

知识扩展

矫 治 措 施

(1) 预防强迫性格缺陷对预防强迫症具有重要意义。强迫性格的形成并非一朝一夕，在儿童期和青少年期必须及早识别和矫治。强迫症患者与其父母家庭教养方式过分严格、刻板及追求完美无缺的生活模式有着重大关系。我们要求孩子从小养成认真细致的生活习惯，这是正确的，但是不能过分和极端。应该与随和及灵活的作风相结合。基本要点是适应社会，与大多数人的心理特点一致，不可严重偏离。一旦发现强迫性格缺陷，必须赴医学心理咨询门诊积极矫治。

(2) 强迫症治疗有一定难度，患者必须充分认识到矫治本病的长期性和艰巨性。医生应该向患者如实地讲明疾病的性质、特点、表现和治疗方法，以提高患者自知能力，增强与疾病作斗争的决心。教育患者不能过分注意自己的症状和强化自己的强迫现象，以免加重焦虑和痛苦。对强迫症患者都要赠送一句重要的生活准则："凡事只许想一次、做一次，力戒重复和不放心。"

(3) 强迫症治疗方法基本上有两种：行为治疗和药物治疗。前者适用于强迫性行为，后者主要用于强迫观念。对强迫行为的治疗效果不如强迫观念。临床实践表明，使用氯丙咪嗪结合其他药物，对强迫观念为主的强迫症疗效比较满意，但是根治则需较长时间的服药控制。

(4) 强迫行为基本上采用行为疗法，即"暴露疗法"，也称满灌疗法。如果认真坚持治疗，效果良好，有根治可能，并且可不必应用药物。但是，以本法治疗的先决条件是：患者必须具备较坚强的意志，迫切求治的愿望，方法正确，有坚持不懈的信心和决心。

暴露疗法基本治疗步骤与系统脱敏疗法相似。首先在掌握治疗方法和要求、提高认识的基础上，学会四种松弛训练方法，以备日后治疗时对抗情绪障碍。其次是想象训练，选择一种强迫行为(一般先选择程度较轻的行为)作为靶症状。想象在日常生活中发生强迫行为的全过程，重点认真想象在自行控制强迫行为发生内心不安时，如何忍耐和不许其行为重复出现，坚持一小时以上。逐步升级，向强迫行为严重和顽固的症状想象，忍受并逐渐心理适应。最后，转入实际训练阶段，对患者实际生活中的强迫行为逐一矫治和克服，并且消除在中断强迫行为时心理不适应症状。如果遇到无法克服的内心强烈不适，则采用松弛法对抗。必须达到"凡事只做一次和只想一次"的目标。

(四)焦虑症

焦虑症是以持续的焦虑或发作性惊恐状态为主要临床症状的神经症。焦虑是一种复杂的综合的负性情绪，是预期即将面临不良处境的一种紧张和不愉快的感受，在心理上体现为泛化了的担心、烦躁和顾虑重重。焦虑、烦躁、易激惹是焦虑症的临床表现。神经症性的焦虑与常人的焦虑不同，后者是情绪性的，往往事过境迁，而前者的焦虑症状是持久的，与情境完全不相称，并伴有运动性不安(如坐立不安、常变换姿势、不知所措等)和植物性神经功能障碍(如心悸、胸闷、皮肤潮红、苍白、多汗、恶心等)。焦虑症通常由心理冲突所引起，情绪不稳定、自卑多疑、好夸大困难等性格特征亦与焦虑症的发生有关。

焦虑性神经症的内心深处往往有一种无法解脱、不愿正视的心理问题。焦虑只是那种矛盾、冲突的外显，借此作为防御机制，以避免接触更深层的困扰。

知识扩展

焦虑自评量表

焦虑自评量表(SAS)共有 20 个项目，请仔细阅读每一条，把意思弄明白，然后根据你最近一星期的实际情况，选择一个与你的情况最相符的答案。A 表示没有或很少时间有该项症状，B 表示少部分时间有该症状，C 表示相当多的时间有该症状，D 表示绝大部分时间或全部时间有该项症状。

(1) 我觉得比平常容易紧张或着急。

(2) 我无缘无故地感到害怕。

(3) 我容易心里烦乱或觉得惊恐。

(4) 我觉得我可能将要发疯。

(5) 我觉得一切都很好，也不会发生什么不幸。

(6) 我手脚发抖打颤。

(7) 我因为头痛、颈痛和背痛而苦恼。

(8) 我感觉容易衰弱和疲乏。

(9) 我觉得心平气和，并且容易安静地坐着。

(10) 我觉得心跳得很快。

(11) 我因为一阵阵头晕而苦恼。

(12) 我有晕倒发作，或觉得要晕倒似的状况。

(13) 我吸气呼气都感到很容易。

(14) 我的手脚麻木和刺痛。

(15) 我因为胃痛和消化不良而苦恼。

(16) 我常常要小便。

(17) 我的手脚常常是干燥、温暖的。

(18) 我脸红发热。

(19) 我容易入睡并且一夜睡得很好。

(20) 我做噩梦。

计分：正向计分题 A、B、C、D 按 1、2、3、4 分计；反向计分题按 4、3、2、1 计分。第 5、9、13、17、19 题反向计分。

总分乘以 1.25 取整数，即得标准分，分值越小越好，分界值为 50。

一般来说，焦虑总分低于 50 分者为正常；50～60 者为轻度；61～70 者是中度，70 以上者是重度焦虑。

焦虑性神经症的患者常有其个性特点，如情绪不稳、自卑多疑、好夸大困难或回避困难、依赖性强、谨小慎微、优柔寡断、神经质倾向等。因为这种类型的人在潜意识中，不太愿意接受诸如考试不合格、失恋、不受人欢迎、亲人病亡等现实，而又身感难以避免，又不愿别人交流或用其他方式转移情绪，因而只有以焦虑症的形式表现出来。

焦虑症的发病原因主要与心理和社会因素有关。对大学生来说，焦虑和紧张形影不离。考试的紧张，人际关系紧张，经济上紧张，都可以带来焦虑的情绪。如果有失败和挫折的经历，就会感到极度焦虑，甚至会达到植物性神经机能紊乱，表现出种种神经官能症症状。

知识扩展

自我治疗 ABC

对于焦虑性神经症的治疗主要是以心理治疗为主，当然也可以适当配合药物进行综合治疗。患者不妨按以下几种方法进行自我治疗。

(1) 增加自信。自信是治愈神经性焦虑的必要前提。一些对自己没有自信心的人，对自己完成和应付事物的能力是怀疑的，夸大自己失败的可能性，从而忧虑、紧张和恐怖。

因此，作为一个神经性焦虑症的患者，你必须首先自信，减少自卑感。应该相信自己每增加一次自信，焦虑程度就会降低一点，恢复自信，也就是最终驱逐焦虑。

(2) 自我松弛。也就是从紧张情绪中解脱出来。比如，你在精神稍好的情况下，去想象种种可能的危险情景，让最弱的情景首先出现，并重复出现，你慢慢便会感觉到任何危险情景或整个过程都不再体验到焦虑，此时便算终止。

(3) 自我反省。有些神经性焦虑是由于患者对某些情绪体验或欲望进行压抑，压抑到无意识中去了，但它并没有消失，仍潜伏于无意识中，因此便产生了病症。发病时你只知道痛苦焦虑，而不知其因。因此在此种情况下，你必须进行自我反省，把潜意识中的原因找到。

(4) 自我刺激。焦虑性神经症患者发病后，脑中总是胡思乱想，坐立不安，百思不得其解，痛苦异常。此时，患者可采用自我刺激法，转移自己的注意力。如在胡思乱想时，找一本有趣的能吸引人的书读，或从事紧张的体力劳动，忘却痛苦的事情。这样就可以防止胡思乱想再产生其他病症，同时也可增强你的适应能力。

(5) 自我催眠。焦虑症患者大多数有睡眠障碍，很难入睡或突然从梦中惊醒，此时你可以进行自我暗示催眠。如：可以数数，或用手举书本读等促使自己入睡。

在自我采取以上方法的同时，还必须使用抗焦虑药。常用的有安定、利眠宁等，可以口服也可以肌肉或静脉注射。如果焦虑伴有抑郁，服用多虑平、阿米替林等三环类抗抑郁药会有良好效果。

焦虑性神经症患者，如果能够严格遵照医嘱，并密切配合自我治疗，不长时间内一定能摆脱焦虑。

(五)疑病症

疑病症的主要临床表现为过度关注与担忧自己的身体健康，对健康估计之坏和关心之过分与躯体的实际情况很不相称，处于对疾病或症状持续、强烈的恐怖之中。甚至尽管没有任何证据，但患者确信自己躯体有病，并固执地坚持自己的不正确的观点。

身体某部位不适或在传染病流行时，怀疑、担心自己得了病，这不是疑病症，是正常的。关心自己的健康状况是常有的，不能把这些情况说成是疑病症。但如果经必要的检查和医生的解释，甚至多次检查无异，疑虑还是不能打消，总深信自己得了病，以至情绪苦闷，影响了正常的学习和生活，那就可能是病态了。

疑病症既有个性因素，又有心理因素和外界因素。疑病症患者常有反复思索、缺乏灵活性、固执、吝啬、谨小慎微、敏感多疑、好依赖、对身心健康特别关注以及要求十全十美等个性特点。作为诱发原因，有时源于医务人员医疗过程中的言语不慎，诊断的不确切，不科学的卫生宣传，还有的是看了医学书刊后的片面理解或心理挫折作为自身的不良暗示等。而诱发因素的背后，常常以躯体病后的衰弱状态或心理挫折作为疑病症的基础。如果对疑病症进行进一步分析就会发现，它的患病在于内心的不安全感，疑病症是不安全感的一种转移。来访者对健康和疾病的过分关注和烦恼是对现实生活的一种转移，是在逃避矛盾纠纷，逃避现实的或可能的挫折。把一切不顺心的事，已经出现或即将出现的挫折、失败归咎于"病"，可以减少一个人心理上的压力、内疚和自责，避免对自己能力、才学、人格等的怀疑和否认，避免自以为可能出现的名誉、地位的损失，从而心安理得。因此，疑病症是一种自我心理防御机制作用的结果，是精神上的自我保护。

治疗疑病症，通常以心理治疗为主，一般的支持性心理治疗和认知治疗可结合使用。由于疑病症的产生除了与其性格基础有关外，还可能有心理社会等综合性因素。一般人在受刺激后，往往会通过言语或情感将内心不良的情绪发泄出来，如痛哭一场或亲友一番恳切宽慰的言谈都可使情绪平静下来。而疑病症患者则不然，国外一学者认为，他们受到打击后，是用器官语言(指器官的病变)来表述自己的痛苦。故在治疗时，首先应尽可能地全面了解其起病的背景情况，让病人尽情地述说，在其叙述过程中细察致病的真正原因。然后指导病人将只关注自己身体的注意力转向缤纷的外界，注意力的转移，有时可大幅减少其主观症状。再同时配以认知治疗，以矫正病人因不良认知行为模式而形成的疑病观念。如认为自己曾有过肝功能异常，将来发展的结局肯定是肝硬化或肝癌，这一认知模式不断强化，终成疑病观念，甚至出现相应的"症状"，通过认知治疗，可将其误断矫正。森田疗法也可用于治疗疑病症，这是一种非言语交流性的心理治疗，因程序较复杂，必须在专科医师指导下进行。无论何种方式的心理治疗，医生都会避免仅向病人作简单的解释，或直接地否定其症状，以不使病人失去对医生的信心而中途放弃治疗。

药物治疗仅起辅助作用，一般不直接针对疑病本身，而是用于因疑病而产生的焦虑或抑郁等症状，常用药物有苯二氮䓬类抗焦虑药或三环类抗抑郁药等。

(六)神经衰弱

神经衰弱是以神经过程易于兴奋和易于疲劳为特点的神经症。指一种以脑和躯体功能衰弱为主的神经症，以精神易兴奋却又易疲劳为特征，表现为紧张、烦恼、易激惹等情感症状，以及肌肉紧张性疼痛和睡眠障碍等生理功能紊乱症状。这些症状不是继发于躯体或脑的疾病，也不是其他任何精神障碍的一部分。多缓慢起病，就诊时往往已有数月的病程，并可追溯导致长期精神紧张、疲劳的应激因素。偶有突然失眠或头痛起病，却无明显原因。病程持续或时轻时重。在人群中有较高的发病率，黎凡等对兰州地区 4868 名大学生的调查表明：该地区 8.46%的大学生患有神经衰弱。黑龙江的调查表明：该地区高校学生中患神经衰弱者多达 17.1%。神经衰弱的概念经历了一系列变迁，随着医生对神经衰弱认识的变化和各种特殊综合征和亚型的分出，在美国和西欧已不作此诊断，CCMD-3 工作组的现场测试证明，在我国神经衰弱的诊断也明显减少。

引起神经衰弱的主要原因，是某些精神因素长期存在引起大脑机能活动过度紧张，从而使精神活动能力减弱。比如，长期的学习紧张，尤其是一年级大学生，从高一开始，连续几年的紧张学习，没有得到心理上的放松。可是进入大学后，发现大学里群英荟萃，人才济济，在没有改变原来学习方式的情况下，为不失去自己原来的优势，只有玩命用功，结果因学习方法不当，学习成绩不理想，又造成心理上更大的失落和紧张，这样就使大脑处于高度疲惫状态。再加上环境的干扰(宿舍同学生活没有规律，各行其是)，人际关系不和谐，焦虑不安情绪的增长导致大脑兴奋和抑制功能失调。除学习问题外，还有人际关系问题、恋爱问题、社会工作以及生活适应问题等，都容易引起强烈的心理冲突和压力。如果得不到及时调节，很容易诱发神经衰弱。心情不开朗，敏感多疑，主观急躁，自制力差，情绪易波动，易受外界刺激，思虑过多的人更容易罹患此病。长期压抑、心情不愉快是导致躯体症状的直接原因，而在其背后则存在着迄今未知的内心冲突。只要解决了内心冲突，消除了焦虑、抑郁等不愉快的心情，那么躯体症状就可以消失了。因此，它是完全可以治好的，但跟其他疾病的治疗有所不同，并不是靠药物，而是靠患者自己的勇气和毅力。值得注意的是越是依赖医生和药物，此病就越是顽固，甚至会产生其他副作用，因为隐藏在内心深处的矛盾冲突只有依靠自己才能解决。

对此病的治疗应以心理治疗为主，结合药物和理疗的综合治疗方法。当然，主要是预防。在日常学习、生活中，讲究学习方法，注意劳逸结合，加强体育锻炼，避免大脑神经活动长时间处于紧张状态。对各种精神刺激要及时、有效地缓解，消除压力，保持心理平静。加强个性修养，端正认知方式是预防神经衰弱及一切心理疾患的基础。

知识扩展

神经衰弱自救措施

一般来说，此种病症的患者多为青壮年，脑力劳动者居多。因此，只要有与疾病作斗争的愿望和决心，从解决认识问题入手，并在行为上进行自我调节，就完全可以依靠自己的力量恢复健康。

(1) 认识自身内部的冲突。尽管此种病症患者的内心冲突是处于潜意识状态的，但只要从下述三个方面去对照自己，便不难搜索出自身内部冲突的根源。

① 自卑。当一个人自认为低人一等，不相信自己的能力和价值时，他就已经在与环境交往中把自己摆到了一个容易诱发冲突的不利地位。因为自卑者同样具有正常人的一切正常愿望，但往往临阵退却、坐失良机而陷入深深的自责、责人的冲突之中。一般来说，一个人所持的消极自我评价越多，他所遇到的麻烦就越多，与环境的关系就会变得越紧张，经反馈，就更容易构成恶性循环。

② 自我设障。患者往往会凭借想象为自己制定许多不必要的心理规则。其思维方式陷入非此即彼状态，认为自己必须服从某些条条框框，否则就会产生紧张、焦虑、自责等负性情绪。他们否定了生活的多变性、丰富性以及人们之间的差异性等基本事实，实为作茧自缚。

③ 矛盾性需求。经过自省，患者不难发现自己是鱼与熊掌兼而得之的主张者，这也是违反基本的生活法则的。问题的关键在于，相互矛盾性需要的存在并不会带来消极的作用，强行压制一方满足另一方，则会导致心理失去平衡而发生冲突。

(2) 增加自己的心理自由度。在认识到自己内部冲突的来源之后，就可以有针对性地进行自我消解工作。患者会发现，自卑、自我设障的矛盾性需求都是自己造成的。其实，一个人尽管受环境的制约，但他在心理上是完全自由的。人的命运掌握在自己手中，现实中永远有着机会和挑战。认识到这一点是非常重要的，这意味着患者正是自己剥夺了自己的自由，要想战胜因此而带来的疾病，必须自己给自己增加自由，至少在认识上要做到以下方面。

① 允许自己有缺点。造成自卑的原因固然很多，但不允许自己有缺点的完美主义观点是根本的一条。事实上，世上完人是不存在的。只有当一个人学会坦然地说我错了、这一点我不如你的时候，他才可以放松自我，自由自在地表现自我，享受生活。

② 不怕使别人失望。害怕让别人失望而压抑自我的做法常常是造成心理问题的原因。事实上，一个人无论如何也满足不了所有人的愿望，更何况许多自认为必需、应该的事情

也往往出自个人主观的判断。只要自己尽了力，所作所为合乎社会规范(法律、道德等)，那么就不必介意别人失望与否。

③　允许矛盾感情同时存在。矛盾性的需求引起矛盾性的感情。正像任何事物都具有两面性一样，人的感情永远具有两极性，永远不会统一。爱与恨、苦与乐、勇敢与懦弱、信任与怀疑总是结伴而行。一个人在心理上同时具有矛盾性的需求并不证明其人格的卑劣，承认这是人之常情就不至于徒增紧张，然后进行理智的抉择，客观的矛盾便会迎刃而解。

(3)　放松训练。在解决认知的基础上，有意识地改变身体的活动状况，做一些自我调节机体运行的体操，会达到标本兼治的功效。

深度呼吸练习。患者常感到疲乏、头痛、头晕，实际上是由于紧张而导致的。有意识地进行深度呼吸练习可有效地解除上述症状，令人神清气爽、精神焕发。练习的方法很多，最简单的操作程序是尽可能深吸一口气，气沉腹底，然后屏气，感到有点憋闷时再缓缓呼出，呼气要尽可能彻底些。如此循环20次左右，一般就可起到平缓紧张情绪的作用。

渐进性肌肉放松训练。情绪状态与肌肉活动之间，通过神经系统的作用存在着互为因果的关系，情绪紧张的同时伴随着肌肉的绷紧，而绷紧的肌肉会通过神经作用导致情绪的紧张。如能主动地放松肌肉，便会使紧张情绪得到缓解。此训练要求患者在安静状态下想象一幅记忆清晰的令人松弛和愉快的自然风景，同时自我暗示，依次放松全身每一块肌肉。训练要领是先收紧某一部位的肌肉(如紧握拳头)，并体会紧张的感觉。持续10秒钟左右，然后放松，并体会放松时的感觉。如果做了一遍还达不到平静情绪的效果，可再做一遍。经过一段时间的练习，便能够在很短的时间内进入全身放松状态，达到自我调节的目的。

二、人格障碍

人格障碍一般是指在没有认识过程问题或无智力障碍的情况下，人格显著偏离正常。其突出表现是在特定的文化背景中，具有一种根深蒂固的适应不良的行为模式。这些行为模式对行为及心理功能的多个重要环节有影响，致使对环境适应不良，常常伴有主观的苦恼或精神痛苦以及社会功能和行为方面的问题。

人格障碍者的一般特征为：①有紊乱不定的心理特点和与人难以相处的人际关系，如偏执怀疑，自我爱恋，被动性，侵犯等；②把自己遇到的一切困难都归咎于命运和别人的错误，把社会和外界对自己不利的条件都看做是不应该的，对自己的缺点却无所觉察，也不改正；③自我中心，认为自己对别人不负任何责任，对不道德的行为没有罪恶感，对伤害别人的行为不后悔，对自己的一切行为都执意偏袒与辩护，以自己的利益为中心，而不能设身处地体谅他人；④在任何环境是都表现出猜疑、仇视和偏颇的看法，难以改变病态观念；⑤缺乏自知。当行为后果伤害他人时，自己却泰然自若毫无感觉；⑥一般意识清醒，无智力障碍；⑦大都从早年开始，逐步而缓慢地发展，因此找不到准确地变态时间。人格障碍形成后一般难以改变，甚至持续终生，具有相对稳定性。也有少数人在中年以后，由于经验与教训和精力不足等原因而自动缓解。一般认为紊乱不定的心理特征和难以相处的人际关系是各类人格障碍的突出特征。

(一)人格障碍的种类

我国《中国神经精神疾病诊断标准(CCMD-3)》中将人格障碍分为如下八类。

1. 偏执型人格障碍

偏执型人格障碍是一种以猜疑和偏执为主要特点的人格障碍。常表现为广泛性猜疑，易将别人无意的或友好的行为误解为敌意或轻蔑而产生歪曲的体验。有时把周围事物解释成不符合实际的"阴谋"。对自己估计过高，过分自负，对批评和挫折过分敏感，常把错误和失败归咎于别人。脱离实际地争强好胜，固执地追求一些不合理的权利或利益。看问题主观片面，往往言过其实。

2. 分裂型人格障碍

分裂型人格障碍是以观念、外貌和行为奇特，以及人际关系有明显缺陷，且情感冷淡为主要特点的人格障碍。患者具有奇异的信念，或与社会文化不相称的行为；有时服饰奇特或不修边幅；言语怪异，令人费解；情绪冷淡，缺乏亲切感，对赞扬和批评都无动于衷，没有愉快的情感体验；孤独自处，行为怪癖。

3. 反社会型人格障碍

反社会型人格障碍是以行为不符合社会规范为主要特点的人格障碍，通常表现为行为紊乱，行为与整个社会规范相背离，对他人的感受漠不关心，缺乏同情心；忽视社会道德规范、行为准则和义务，对自己的行为不负责任；认识完好，但行为未加深思熟虑，不考虑后果，常因微小的刺激引发攻击、冲动或暴力行为；无内疚感，不能从挫折中吸取教训，知错不改；不能与他人维持长久关系，如责怪别人，强词夺理，或为自己的粗暴行为进行辩解。

4. 冲动型人格障碍

冲动型人格障碍也称暴发型人格障碍，其特点为对事物容易做出暴发性反应，稍不如意就火冒三丈，易于暴发愤怒、冲动或与此相类似的激情，易与他人冲突和争吵。行为有不可预测和不计后果的倾向，且暴发时不可遏制。

5. 表演型人格障碍

表演型人格障碍也称癔症型人格障碍，这是一种以过分感情用事或夸张言行吸引他人注意为主要特点的人格障碍。这种人常戏剧性的、过分夸张的自我表现；暗示性强，行为易受他人影响；情感浮浅，极易波动；自我为中心，自我放纵，不为他人着想；夸耀自己，不断渴望受人赞赏；感情易受伤害；常富于幻想、说谎欺骗，操纵他人为自己的需要服务。

6. 强迫型人格障碍

强迫型人格障碍特点是刻板固执，做事情循规蹈矩，墨守成规，不会随机应变；优柔寡断，由于个人内心深处的不安全感导致怀疑和过分谨慎；要求十全十美，但又缺乏自信，导致过度地反复核对某种事物；过分注意细节，以至忽视全局；由于过分谨慎多虑，过分注重于工作成效而忽视人际关系。

7. 焦虑型人格障碍

焦虑型人格障碍特点是懦弱胆怯，胆小怕事，易惊恐，有持续和广泛的紧张和忧虑的感觉；敏感羞涩，对任何事物都表现出忐忑不安；有自卑感，追求别人对自己的认可和接受，对排斥和批评过分敏感；日常生活中惯于夸大潜在的危险，达到回避某些活动的程度；个人交往十分有限，对与他人建立关系缺乏勇气。

8. 依赖型人格障碍

依赖型人格障碍特点为缺乏独立性，感到自己无助、无能、缺乏精力，生怕被人遗弃；将自己的需要依附于别人，过分顺从于他人的意志；要求并容忍他人安排自己的生活，当亲密关系终结时则有被毁灭和无助的体验；有一种将责任推卸给他人来对付逆境的倾向。

(二)人格障碍的矫治

人格障碍的治疗是困难的。人格障碍的治疗应以心理治疗为主，包括对适应环境能力的训练，选择适当职业的建议与改善行为方式的指导，人际关系的调整以及优点与特长的发挥，等等。特别是认知治疗与行为矫正疗法可以发挥作用，但治疗需要较长时间与极度耐心，同时要防止患者的依赖与纠缠。药物治疗只有临时对症的效果，镇静剂、抗焦虑药与抗抑郁药均可酌情选用，长期用药则利少弊多，尤应停止药物依赖。

特别值得注意的是，人格障碍的治疗应与预防相结合。尽管人格障碍到成年时才能定型，但大多数在儿童时期就开始形成了。父母的爱护、悉心照料和正确教养以及良好的环境，可减少人格障碍的发生。儿童大脑有较大的可塑性，一些性格倾向经适当的教育可以纠正，如听之任之，发展下去可出现不正常人格。因此，为儿童提供良好的家庭和社会环境与教育是极为必要的，这是预防和减少人格障碍的有效手段。

第三节　精　神　障　碍

常见的心理异常的主要症状，是精神科医生和心理咨询师必备的基础知识。但是，精神科医生运用这些知识是为了诊断精神障碍和进行治疗，而心理咨询师了解这些知识是为了鉴别精神障碍和非精神障碍，以便将精神障碍转诊给精神科医生，留下非精神障碍。

对于有精神障碍的人，即通常所说的精神病患者，也要进行心理咨询和心理治疗，但它是辅助性的，而且是有条件的。其具体条件如下：必须是在经过系统临床治疗，病理性症状缓解或基本消失后；主要目标应是社会功能的康复和预防复发；必须密切配合精神科医生一起实施。

一、精神病的早期识别

世界卫生组织公布，目前心理疾病已成为全球第四大疾病，仅抑郁症就有 4 亿人。预计到 2020 年，心理疾病将跃居世界第二位，排在癌症之前，心肌梗死之后。我国卫生部在 2009 年提供的数据显示，中国有心理问题和精神疾病的人口比例达到 7%，总数超过 1 亿人。而在英国一家医学刊物的报告指出，实际上，在中国有 17%的人患有某种程度的精神疾病。

青年期、高压力是容易诱发精神疾病的两个因素。精神疾病的早期症状如同其他疾病一样，症状轻、不典型，往往不为人注意，或认识不到是精神病，以致延误治疗时机，带来不良后果。如能学会简单鉴别心理活动的正常与异常，了解一些异常心理症状，在工作中就不会把需要药物治疗的精神病性学生用德育方法来处理。

常见异常心理的症状如下。

(1) 内心被揭露体验(被洞悉感)。患者"直觉地"感到自己内心的想法或隐私，未经自己语言文字的表达，别人就已经知晓。或者，患者感到他的思想已经被"传播"或"广播"出去(思维播散)。

(2) 被控制体验。患者感到自己的身体活动完全是被动的(躯体被动体验)，或者是不由自主地"扮演"出来的(被强加的体验)。

(3) 思维插入。患者在思考时突然出现与主题无关的意外联想，患者认为这种思想不受自己意志支配，是别人强加给他的；或者患者感觉很自然就要接着想到的思想忽然"被夺走"了，他既说不出被夺走的思想是什么，也否认那是由于"忘记了"、"一时想不起来"；或者患者在思考时，思想突然中断，无以为继，可伴有忽然言语中断的客观表现。

(4)　特征性言语幻听。幻听评论患者当时正在进行的活动，或者幻听命令患者必须怎样做。幻听内容与病人的心情和思想无关；或者患者能够听到自己的思想，称为思维鸣响。

(5)　特征性妄想。妄想的特点是以毫无根据的设想为前提进行推理，违背思维逻辑，得出不符合实际的结论，而且对荒唐的结论坚信不疑，不能通过摆事实讲道理以及亲身经历来纠正这种荒唐的结论。

①　关系妄想：患者认为电视里在演他和他家的事情，或认为报纸的内容是影射他或他家，或认为陌生人的谈话是议论他，认为吐痰、咳嗽是针对他，等等。

②　被害妄想：患者坚信有人在监视、打击、陷害自己，甚至在其食物、水里下毒。受妄想支配可有拒食、逃跑、伤人、自伤等行为。

③　影响妄想：患者感到他的思想、情感或行动受到某种外力(如个人、某个集团或受人操纵的某种仪器等)的控制，患者不能自主。

④　特殊意义妄想：认为周围人的言行举动与自己有关，而且有种特殊的含义。

⑤　夸大妄想：患者夸大自己的能力、地位、权力、财富。

⑥　自罪妄想：患者毫无根据地认为自己犯了严重的错误和罪行，应受到惩罚。

⑦　疑病妄想：患者毫无根据地坚信自己患了某种疾病，因而到处求医，但是医院的详细检查检验都不能纠正其歪曲的信念。

⑧　钟情妄想：患者坚信某异性对自己产生了爱情，即使遭到严词拒绝，反而认为对方是在考验自己对爱情的忠诚度。

⑨　嫉妒妄想：坚信配偶对其不忠，想方设法找所谓的证据。

另外还有很多如被窃妄想、变兽妄想、非血统妄想等。

(6)　特征性思维障碍。例如，在一连串的自发言语中，有时上一句话与下一句话之间缺乏任何联系，而追问起来患者也说不出任何恰当的解释；或者患者持有特有的逻辑，推理十分荒谬，而且坚持己见，不能被说服；或者患者自己创造一些文字、词语、图形、符号，并赋予其特殊的含义；或者思维形式上出现"思维奔逸"(患者自己觉得脑子反应灵敏、表现语量多、语速快、词汇丰富、滔滔不绝、诙谐幽默，症状严重时谈话主题很容易转换)和"思维迟缓"(思维活动显著缓慢，联想困难，思考吃力，反应迟钝，表现在语量少、语速慢、语音低沉，患者觉得自己脑子不灵，本人非常努力，但是效率很低，多见于抑郁症)。

(7) 特征性紧张症状群。

① 木僵：指不言不语、不吃不喝不动，或者言语动作减少，但是没有达到完全消失的地步，则称为亚木僵。

② 违拗：患者对别人要求他做的动作不做任何反应，或者不但不执行，反而做出相反的动作。

③ 蜡样屈曲：即使姿势不舒服，也可在较长时间内像雕塑一样保持不动。

另外还有模仿动作、刻板动作、缄默、强迫动作等。

(8) 青春症行为。不时出现不可预测、前后毫无联系且与环境显得极不相称的各种显著怪异的行动；或突如其来、没有任何明显的动机，似乎指向一定的目标但没有完成又中止的行动；或忽然无故改变目标，事后说不出任何恰当的解释，使人无法理解的行为，等等。

(9) 特征性情感障碍。如情感倒错，无故独自发笑，由于微不足道的事或无明显缘故而悲啼或暴怒等；或者情感淡漠，对周围的事情漠不关心，表情呆板，等等。

二、大学生常见精神障碍

(一)情感性精神障碍

情感性精神障碍(心境障碍)是以心境显著而持久的高扬或低落为基本特征，伴有相应的思维和行为改变，并反复发作，间歇期完全缓解，症状较慢者可达不到精神病程度的精神障碍。一般痊愈后良好，少数病人可迁延而经久不愈。本病发作可表现为躁狂相或抑郁相。又称心境障碍，是以心境或情感显著而持久的改变—高扬或低落为主要特征的一组疾病，伴有相应认识和行为的改变，有反复发作的倾向，间歇期精神状态基本正常。发作症状较轻者可达不到精神病的程度。

(二)偏执性精神障碍

偏执性精神病是一组以系统妄想为主要症状而病因未明的精神病，若有幻觉则历时短暂且不突出。在不涉及妄想的情况下，不表现明显的精神异常。以固定、持续、较系统的妄想为主要症状，伴有相应的情绪与行为。伴有与妄想内容相联系的幻觉，但在临床相中不占突出地位。在不涉及妄想的情况下往往没有明显的精神异常，病期虽久并不引起精神衰退。智力保持良好。

(三)反应性精神障碍

主要由于突然或持久的应激性不良心理社会因素，导致精神活动功能性障碍的一组心理疾病。这类疾病是典型的心因性障碍，病前有明确的精神创伤或应激性生活事件，起病常比较急骤，经过适当治疗措施，病情很快好转，恢复健康，痊愈后良好。人们常误认为一切精神疾病都是由精神刺激诱发的，没有精神刺激因素不会得病。这其实是一种误解。严格地讲，大多数精神疾病并非由精神创伤作为病因的，充其量不过是一种诱发因素或促发因素。真正由精神创伤直接导致精神障碍的疾病就是反应性精神障碍。所谓"反应性"，是指对不良心理社会因素(通常指应激强度大、频度高和时限长的)作用下引致的精神障碍。典型例子就是我国古典名著《儒林外史》所描述的范进中举后的精神病态。本病是一组由应激所致的精神障碍。一般来说，决定精神障碍的发生、病程和临床表现的因素有以下三个。

(1) 生活事件和处境。

(2) 文化背景。

(3) 人格特点、教育程度、智力水平和生活信念。

本病不包括神经症、心身疾病和性心理障碍，也必须排除器质性、症状性精神病和精神分裂症等疾病。

(四)精神分裂症

属于重型精神病，是精神病里最严重的一种。病因未明，多青壮年发病，隐匿起病，临床上表现为思维、情感、行为等多方面障碍以及精神活动不协调。患者一般意识清楚，智能基本正常。精神分裂症是一种精神科疾病，是一种持续、通常慢性的重大精神疾病。主要影响的心智功能包含思考及对现实世界的感知能力，并进而影响行为及情感。

精神分裂症的精神异常表现如下。

(1) 思维联想障碍，逻辑进程障碍，病人的思维贫乏，有被害妄想、嫉妒妄想、疑病妄想等出现。

(2) 由幻觉和妄想而产生情感障碍，表现为紧张综合征、恐惧、忧郁或情感突然爆发。

(3) 意志行为和自我意识障碍，对外界事物缺乏兴趣，行为孤僻退缩，脱离现实，也可出现被控制感、被洞悉感，对自己病态缺乏自知力，导致影响社会治安的行为，如自杀、凶杀的发生。

(4) 部分病人有感知觉障碍，以幻觉为常见症状，但以语言性幻听最多见，内容可能是对患者下达指令或对其行为加以评论、讥笑、谩骂。由于声音清晰，使患者信以为真，因而可支配患者的行为，或影响其情绪，可导致自杀或凶杀。患者须在精神病院治疗。

躁狂抑郁症也是在大学生中可以见到的一种以情感活动过分高涨或低落为基本症状的精神症，故又名情感性精神病。其特征为躁狂状态或抑郁状态反复出现，二次发作间有明显的精神状态完全正常的间隙期。躁狂发作时出现情绪高涨、思想奔逸、动作增多的三大症状。言语明显增多，联想加快，观念飘忽，注意力不集中，自我感觉良好，自我评价过高，情绪极端高涨，行为活动显著增多，精力充沛，行为轻率。抑郁发作时则与此相反，以情绪低落、思维迟缓和动作迟缓为三大症状。言语明显减少，联想困难，体能下降，自我评价低，情绪低落，可有自杀意念、行为活动减少，自责自罪等特征。

本病虽多次发作，但精神活动并不衰退，故预后较好，但有时对社会秩序影响较大，应积极加以防治。

三、精神障碍的发病原因

当今社会发展节奏日益加快，人们整日忙于工作，生活和工作上的压力，使他们的精神包袱越来越重，因此很多人都受到精神障碍的困扰。那么，究竟是什么原因引发精神障碍呢？下面我们就来一起了解一下精神障碍的发病原因。

(一)遗传因素

在调查中可以认定精神障碍在遗传方面有明显的趋向性，但在细胞遗传学和分子遗传学方面的研究至今没有一个结论性的结果。因为遗传性是"先天既得性"与"后天获得性"两者相互作用而形成的，所以说遗传性的显现，是同病人病前和发病时的社会环境对病人的影响有直接的关系，因此，应该说病人的遗传因素对病人发病会起很大的作用。

(二)理化生物因素

身体其他部位的病变也可累及中枢神经系统而引发精神障碍。如脑部的感染、肿瘤、外伤、出血、中毒、变性、营养代谢和精神活性物质等器质性病变，均可直接或间接地损害人脑的正常功能和结构。

(三)性别因素

女性由于性腺的内分泌和某些生理过程等特点会引起情绪不稳、冲动、焦虑等临床表现。这与中枢神经抑制催乳素的分泌有关。因为女性如出现月经过少或泌乳等现象时，就会反馈到中枢神经而促使体内催乳素升高，这样就会常常伴有焦虑、抑郁、精力减退和对应激的耐受力下降等症状发生。男性多受酒精和烟草的影响，体内血睾丸酮水平的降低会诱发男性的抑郁症的发生。

(四)年龄因素

童幼年时期，由于儿童身体和精神的发育并未成熟，所以缺乏自我控制情感和行为的能力。同时因为保持着幼稚的情感、行为和原始反射，所以对外界环境的适应能力较差。再加上现在社会各方面对孩子的压力增大，所以孩子们会因各种心理因素的影响而出现情感和行为方面的障碍。进入青春期的青少年由于内分泌系统特别是性腺不断的发育成熟，会出现植物神经系统的不稳定性，表现有异常的情绪波动，对外界应激因素的影响极为敏感。在生活中常常会出现如强迫症、癔症、心境障碍和精神分裂症等疾病。

人到中年，大脑活跃体力充沛，但在长时间处在极度的工作兴奋状态和沉重的生活压力下，就会引起心身疾病和抑郁性障碍等疾患。人到老年以后，由于身体和大脑的生理功能进一步地衰竭，在临床上更容易产生如脑动脉硬化性精神障碍、帕金森病、阿尔茨海默病和其他由脑退行性变而引发的其他精神性疾病。

(五)素质因素

素质里包含有心理素质和躯体素质两个方面。所谓心理素质就是指人的神经系统的兴奋性和稳定性。临床上表现为不同人对不同事物的反应强度、速度、觉醒度和情绪指数。躯体素质是指个体反应潜力和决定个体精神活动方式的生物学基础。比如：一个人在性格上较为内向，又多有敏感和脆弱的性格特征，那就会在外界的不良刺激下，发生应激性精神障碍。

以上就是对精神障碍的发病原因的具体介绍，在了解了这些原因之后，我们在日常生活中就要有意识地避免，要注意养成健康的生活习惯，劳逸结合。同时要保持心理健康，遇到不开心的事情可以和朋友家人谈，及时缓解心理压力。必要时，可以咨询专业的心理医生。

案例一

某晚自习时间接学生电话

生：老师，你家在哪里？我要到你家里来。

师：是不是有什么事情不能在学校里说呢？

生：嗯，是的，必须在校外说！我现在在校门口，校警不让我出去！

……

师：我们现在到了法院的位置，发生什么事情？怎么不能在学校里面说呢？

生：我担心在学校里说他们会听见。

师：你是说我们两人的谈话别人能听得到吗？

生：是的，他们听了后就会到处乱说的。

师：你觉得哪些人能够听到我们的谈话呢？

生：那些男生呀！我担心他们会知道我心里的想法。

师：你有没有把自己心里的想法告诉他们呢？

生：没有，但是他们会知道。(思维被洞悉)

师：这个确实让人觉得不舒服。你有没有听到过他们在别的教室或者教学楼里议论你呢？

生：这个倒没有，不过学校里有很多仪器，这些仪器会控制我(物理妄想)，所以我天天想着怎样从学校逃出去。

师：嗯，确实挺痛苦的。这样吧，我们先回学校，你就藏到咨询室，那里很少有人去，很安全。你藏好后，我就去把那些仪器的电源都拔掉，保证你的安全，好不好。

生：不过，我也想，现在科技还不是那么发达，怎么能造出这么先进的仪器，竟然能看到人的思维呢？(不完全丧失自知力)

注：该生成绩优秀，目前在家休养。

案例二

生：我觉得我在班级的人际关系不好。

师：可以说具体的事例吗？譬如说……

生：譬如说在上课时，如果我不认真，他们就会故意用吐痰、咳嗽的方式提醒我。

师：他们是指哪些人？

生：全班同学呀！我有时候也会使劲咳嗽，如果我咳嗽的声音比较大，他们被镇住，就不敢了(关系妄想)。

师：你有没有听到过离你很远的地方同学们说话的声音呢？

生：是的，经常听到对面教学楼的同学在议论我(幻听)，有时我还会跟同学们"玩僵持大战"。就是上课时我会保持不动2节课以上，全身都是僵硬的，一动不动(木僵)。

师："玩僵持大战"？你事前有没有跟同学挑战呢？

生：没有说过，不过他们都会知道。尤其是我旁边的同学，我不动他们就都不敢动了(关系妄想)。

注：后经调查，该生母亲是精神分裂症患者。

附录　普通高等学校学生心理健康教育工作基本建设标准(试行)

教思政厅[2011]1 号

教育部办公厅关于印发《普通高等学校学生心理健康教育工作基本建设标准(试行)》的通知

各省、自治区、直辖市党委教育工作部门、教育厅(教委)，新疆生产建设兵团教育局，有关部门(单位)教育司(局)，部属各高等学校：

为深入贯彻落实全国教育工作会议、教育规划纲要以及全国加强和改进大学生思想政治教育工作座谈会精神，进一步深入贯彻落实《中共中央、国务院关于进一步加强和改进大学生思想政治教育的意见》(中发[2004]16 号)，推进大学生心理健康教育工作科学化建设，现将《普通高等学校学生心理健康教育工作基本建设标准(试行)》印发给你们，请结合本地本校实际情况，认真贯彻执行。

本标准自印发之日起试行，适用于普通高等学校，其他类型高校可参照执行。各地各校制定的实施方案和政策措施请及时报送我部思想政治工作司。

附件：普通高等学校学生心理健康教育工作基本建设标准(试行)

教育部办公厅

二〇一一年二月二十三日

附件：

普通高等学校学生心理健康教育工作基本建设标准(试行)

加强和改进大学生心理健康教育是新形势下贯彻落实全国教育工作会议和《国家中长期教育改革和发展规划纲要(2010～2020 年)》精神，促进大学生健康成长、培养造就拔尖创新人才的重要途径，是全面贯彻党的教育方针、建设人力资源强国的重要举措，是推动高等教育改革、加强和改进大学生思想政治教育的重要任务。为推进大学生心理健康教育工作科学化建设，根据《中共中央、国务院关于进一步加强和改进大学生思想政治教育的意见》(中发[2004]16 号)和《教育部、卫生部、共青团中央关于进一步加强和改进大学生心理健康教育的意见》(教社政[2005]1 号)等文件精神，特制订本标准。

1. 大学生心理健康教育体制机制建设

(1) 高校应将大学生心理健康教育纳入学校人才培养体系。应成立专门工作领导小组，指定主管校领导负责，心理健康教育和咨询机构、学生工作部门、宣传部门、教务部门、人事部门、财务部门、安全保卫部门、后勤保障服务部门、校医院以及各院(系)、研究生院和相关学科教学研究单位等负责人为成员，负责研究制订大学生心理健康教育工作的规划和相关制度，统筹领导全校大学生心理健康教育工作。党委常委会或校长办公会应定期听取专门工作汇报，研究部署工作任务，解决存在的问题。

(2) 高校应有健全的校、院(系)、学生班级三级心理健康教育工作网络，各级各部门应有明确的职责分工和协调机制。学校应有机构负责大学生心理健康教育和咨询，纳入学校思想政治教育工作体系，具体组织协调开展全校学生心理健康教育工作；院(系)应安排专兼职教师负责落实心理健康教育工作；组织学生班委会、党团支部等学生组织积极协助辅导员、班主任和研究生导师开展心理健康教育工作。

(3) 高校应根据实际情况，研究制订大学生心理健康教育工作的意见或实施办法。应建立考核、奖惩机制，制订年度工作计划。

(4) 高校应围绕心理健康教育和咨询机构的规范管理、心理危机预防与干预、心理咨询工作流程、心理健康教育课程教学、心理健康教育从业者职业道德规范等内容，建立健全各项规章制度。

2. 大学生心理健康教育师资队伍建设

(1) 高校应建设一支以专职教师为骨干，专兼结合、相对稳定、素质较高的大学生心理健康教育和心理咨询工作队伍。高校应按学生数的一定比例配备专职从事大学生心理健康教育的教师，每校配备专职教师的人数不得少于 2 名，同时可根据学校的实际情况配备兼职教师。

(2) 高校应将大学生心理健康教育师资队伍建设纳入学校整体教师队伍建设工作中，加强选拔、配备、培养和管理。从事大学生心理健康教育的教师，特别是直接从事心理咨询服务的教师，应具有从事大学生心理健康教育的相关学历和专业资质。专职教师的专业技术职务评聘应纳入大学生思想政治教育教师队伍序列，设有教育学、心理学、医学等教学研究机构的学校，也可纳入相应专业序列。专兼职教师开展心理辅导和咨询活动应计算相应工作量。

(3) 高校应重视大学生心理健康教育专兼职教师的专业培训工作,将师资培训工作纳入年度工作计划和年度经费预算。应保证心理健康教育专职教师每年接受不低于40学时的专业培训,或参加至少 2 次省级以上主管部门及二级以上心理专业学术团体召开的学术会议。适时安排从事大学生心理咨询的教师接受专业督导。应支持大学生心理健康教育教师结合实际工作开展科学研究。

(4) 高校所有教职员工都负有教育引导学生健康成长的责任,要着力构建和谐、良好的师生关系,强化大学生心理健康教育的全员参与意识。学校应将心理健康教育内容纳入新进教师岗前培训课程体系。辅导员、班主任、研究生导师是大学生心理健康教育工作的重要力量,每年应为他们至少组织一次心理健康教育专题培训。应对学生宿舍管理员等后勤服务人员开展相关常识培训。

3. 大学生心理健康教育教学体系建设

(1) 高校应充分发挥课堂教学在大学生心理健康教育工作中的主渠道作用,根据心理健康教育的需要建立或完善相应的课程体系。学校应开设必修课或必选课,给予相应学分,保证学生在校期间普遍接受心理健康课程教育。

(2) 高校应充分考虑学生的心理发展规律和特点,科学规范大学生心理健康教育课程的教学内容,切实改进教育教学方法。应有专门的教学大纲或教学基本要求。教学内容设计应注重理论联系实际,力求贴近学生。应通过案例教学、体验活动、行为训练等多种形式提高课堂教学效果,通过教学研究和改革不断提升教学质量。

4. 大学生心理健康教育活动体系建设

(1) 高校应面向全体学生开展心理健康教育活动,不断创新心理健康教育活动形式,拓展心理健康教育途径,积极营造良好的心理健康教育氛围。

(2) 高校应通过广播、电视、校刊等多种媒介,积极开展心理健康教育宣传活动,应重视心理健康教育网络平台建设,开办专题网站(网页),充分开发利用网上教育资源。

(3) 高校应充分发挥广大学生在心理健康教育工作中的主体作用,满足学生自我成长的心理需要。应重视发挥班集体建设在大学生心理健康教育中的重要作用,支持学生成立心理社团,组织开展心理健康教育活动,普及心理健康知识,充分调动学生自我认识、自我教育、自我成长的积极性、主动性。

5. 大学生心理咨询服务体系建设

(1) 高校应根据行业要求设立心理咨询室，为学生提供心理咨询服务。有条件的高校可在院(系)及学生宿舍设立心理健康教育辅导室。心理咨询室开放的时间应能满足学生的咨询需求。

(2) 高校应加强心理咨询制度建设，遵循心理咨询的伦理规范，保证心理咨询工作按规定有效运行。应建立健全心理咨询的值班、预约、重点反馈等制度。应加强心理咨询个案记录与档案管理工作，坚持保密原则，按规定严格管理心理咨询记录和有关档案材料。应定期开展心理咨询个案的研讨与督导活动，不断提高心理咨询的专业水平。

(3) 高校应通过多种途径开展心理咨询服务。应经常开展团体辅导活动，针对不同学生群体的需求，研究制订相应的团体辅导计划和实施方案，努力帮助学生解决心理问题，促进健康发展。应向全校学生公布心理健康教育和咨询机构的咨询信箱、咨询电话和网址。有条件的学校可提供网上咨询预约和网络咨询服务。

6. 大学生心理危机预防与干预体系建设

(1) 高校应坚持预防为主的原则，重视心理健康知识的普及宣传工作，充分发挥心理健康教育工作网络的作用，通过新生心理健康状况普查、心理危机定期排查等途径和方式，及时发现学生中存在的心理危机情况。学校要对有较严重心理障碍的学生予以重点关注，并根据心理状况及时加以疏导和干预。应加强对患精神疾病学生康复及康复后的关注跟踪。

(2) 高校应制订心理危机干预工作预案，明确工作流程及相关部门的职责。应积极在院(系)、学校心理健康教育和咨询机构、校医院、精神疾病医疗机构等部门之间建立科学有效的心理危机转介机制。有条件的高校可在校医院设立精神科门诊，或聘请精神专科职业医师到校医院坐诊。对有较严重障碍性心理问题的学生，应及时指导学生到精神疾病医疗机构就诊；对有严重心理危机的学生，应及时通知其法定监护人，协助监护人做好监控工作，并及时将学生按有关规定转介给精神疾病医疗机构进行处理。转介过程应详细记录，做到有据可查。

(3) 高校应按照有关规定做好心理危机事件善后工作，应重视对危机事件当事人及其相关人员提供支持性心理辅导，最大限度地减少危机事件的负面影响。应及时总结经验教训，提高师生对心理危机事件的认识以及应对心理危机的能力。

7. 大学生心理健康教育工作条件建设

(1) 高校应保障心理健康教育工作经费，并纳入学校预算，确保大学生心理健康教育的日常工作需要。

(2) 高校应加强心理健康教育和咨询场地建设。心理健康教育和咨询场地的建设应符合大学生心理健康教育工作的特点和要求，能够满足学生接受教育和咨询的需求。心理健康教育和咨询场地包括预约等候室、个体咨询室、团体辅导室、心理测评室等。

(3) 高校应为心理健康教育和机构配备必要的办公设备、常用心理测量工具、统计分析软件和心理健康类书籍等心理健康教育产品。

参 考 文 献

[1] 乐国安. 咨询心理学[M]. 天津：南开大学出版社，2004.

[2] 江光荣. 心理咨询的理论与实务[M]. 北京：高等教育出版社，2006.

[3] Gerald Corey. 石林等译. 心理咨询与辅导的理论及实践(第 8 版)[M]. 北京：中国轻工业出版社，2010.

[4] 陈国海，刘勇. 心理倾诉——朋辈心理咨询[M]. 广州：暨南大学出版社，2001.

[5] 李笑燃，陈中永. 大学生心理自助[M]. 呼和浩特：内蒙古人民出版社，2005.

[6] 湖南省高校大学生心理健康教育研究会. 大学生心理健康教育与指导(第 3 版)[M]. 长沙：湖南大学出版社，2007.

[7] 中华精神科学会常委会. 中国精神障碍分类与诊断标准(第 3 版)[M]. 济南：山东科学技术出版社，2001.

[8] 郭念锋. 心理咨询师[M]. 北京：民族出版社，2005.

[9] 萨默斯·弗拉纳根. 陈祉妍等译. 心理咨询面谈技术[M]. 北京：中国轻工业出版社，2001.

[10] 王文鹏，贾喜玲. 大学生心理健康教育[M]. 开封：河南大学出版社，2006.

[11] 石芳华. 美国学校朋辈心理咨询述评[J]. 上海教育科研，2007(8)：52.

[12] 向光富，向靖. 让同辈辅导在大学推行[J]. 中国心理卫生杂志，2004(12).

[13] 胡远超，赵山. 心理委员制度：朋辈咨询在我国高校的本土化形式[J]. 南京邮电大学学报(社会科学版)，2008(10)：63～66.

[14] 刘富良，朱逢九. 朋辈辅导：高校心理健康教育的新模式[J]. 衡水学院学报，2007(12).

[15] 孙炳海，孙昕怡. 朋辈心理咨询模式述评[J]. 思想理论教育，2003(09)：65～68.

[16] 隋丽丽，杨秀文. 高校心理健康教育的新途径——朋辈心理咨询[J]. 高教高职研究，2007(05)：21～22.

[17] 杨婉秋，张满堂，李辉. 朋辈心理咨询在学校心理咨询中的作用[J]. 国际中华应用心理学杂志，2006(03)：75～76.

[18] 梁利苹. 学生朋辈心理辅导员的理论思考与实践探索[J]. 重庆邮电大学学报(社会科学版)，2008(03)：30～32.

[19] 王凯旋. 朋辈心理辅导：大学生心理健康教育的新途径[J]. 承德民族师专学报，2006(26).

[20] 樊富珉. 我国团体心理咨询的发展：回顾与展望[J]. 清华大学学报(哲学社会科学版)，2005(06).

[21] 韦志兆. 团体辅导在大学生心理委员培训中的运用[J]. 教育与职业，2010(08).

[22] 卢勤. 团体辅导在有同学丧失班级中的运用[J]. 中国健康心理学杂志，2010(06).

[23] 霍阳. 试论大学生的心理健康教育[J]. 才智，2011(08).

[24] 孙时进，范新河，刘伟. 团体心理咨询对提高大学生自信心的效果研究[J]. 心理科学，2000(01).

[25] 徐鹰. 大学生心理健康问题及其解决对策[J]. 绥化学院学报，2005(06).

[26] 华道云. 女大学生常见心理问题的调查与分析[J]. 社会心理科学，2006(03).

读者回执卡

欢迎您立即填妥回函

您好！感谢您购买本书，请您抽出宝贵的时间填写这份回执卡，并将此页剪下寄回我公司读者服务部。我们会在以后的工作中充分考虑您的意见和建议，并将您的信息加入公司的客户档案中，以便向您提供全程的一体化服务。您享有的权益：

★ 免费获得我公司的新书资料；
★ 免费参加我公司组织的技术交流会及讲座；
★ 寻求解答阅读中遇到的问题；
★ 可参加不定期的促销活动，免费获取赠品；

读者基本资料

姓　　名 ＿＿＿＿＿	性　别 □男　□女　年　龄 ＿＿＿＿＿
电　　话 ＿＿＿＿＿	职　业 ＿＿＿＿＿　文化程度 ＿＿＿＿＿
E-mail ＿＿＿＿＿	邮　编 ＿＿＿＿＿
通讯地址 ＿＿＿＿＿	

请在您认可处打√ （6至10题可多选）

1、您购买的图书名称是什么：＿＿＿＿＿＿＿＿
2、您在何处购买的此书：＿＿＿＿＿＿＿＿
3、您对电脑的掌握程度：　□不懂　　　　　　□基本掌握　　　□熟练应用　　　□精通某一领域
4、您学习此书的主要目的是：□工作需要　　　　□个人爱好　　　□获得证书
5、您希望通过学习达到何种程度：□基本掌握　　　□熟练应用　　　□专业水平
6、您想学习的其他电脑知识有：□电脑入门　　　□操作系统　　　□办公软件　　　□多媒体设计
　　　　　　　　　　　　　　□编程知识　　　□图像设计　　　□网页设计　　　□互联网知识
7、影响您购买图书的因素：□书名　　　　　□作者　　　　　□出版机构　　　□印刷、装帧质量
　　　　　　　　　　　　□内容简介　　　□网络宣传　　　□图书定价　　　□书店宣传
　　　　　　　　　　　　□封面、插图及版式　□知名作家（学者）的推荐或书评　□其他
您比较喜欢哪些形式的学习方式：□看图书　　　□上网学习　　　□用教学光盘　　□参加培训班
您可以接受的图书的价格是：□ 20 元以内　□ 30 元以内　□ 50 元以内　□ 100 元以内
何处获知本公司产品信息：□报纸、杂志　□广播、电视　□同事或朋友推荐　□网站
的满意度：□很满意　　　　□较满意　　　　□一般　　　　　□不满意
的建议：

1	0	0	0	8	4

贴　邮
票　处

100084—157信箱

服务部　　　　　　收

邮政编码：□□□□□□

技术支持与资源下载：http://www.tup

读 者 服 务 邮 箱：service@wenyu

邮 购 电 话：(010)62791865

组 稿 编 辑：张彦青

投 稿 电 话：(010)62788562-3

投 稿 邮 箱：zhangyq-tup@163